LAISHI DE LU
来时的路

亲历者讲述红色故事

首战平型关

杨 勇 等◎著

于长城 刘和平 李云鹏◎编

中国文史出版社

图书在版编目（CIP）数据

首战平型关 / 杨勇等著；于长城，刘和平，李云鹏

编 . -- 北京：中国文史出版社，2024.12. --（来时的

路：亲历者讲述红色故事 / 朱冬生主编）. -- ISBN

978 - 7 - 5205 - 4900 - 4

Ⅰ . I251

中国国家版本馆 CIP 数据核字第 202428F2N1 号

责任编辑：金　硕　胡福星

出版发行：中国文史出版社

社　　址：北京市海淀区西八里庄路 69 号　　邮编：100142

电　　话：010 - 81136606/6602/6603/6642（发行部）

传　　真：010 - 81136655

印　　装：廊坊市海涛印刷有限公司

经　　销：全国新华书店

开　　本：700mm×1000mm　1/16

印　　张：19.25

字　　数：184 千字

版　　次：2025 年 1 月北京第 1 版

印　　次：2025 年 1 月第 1 次印刷

定　　价：79.00 元

丛书编委会

总　主　编　朱冬生

执 行 主 编　史延胜　金　硕

执行副主编　吕　鹏　任德才　左厚锋

编　　　者　庞召力　孙召鹏　丁　伟　杨顺雨

　　　　　　彭　曾　倪慧慧　冯长青　牛胜启

　　　　　　冯华安　刘英芳

出版说明

选题缘起

一是贯彻落实习近平总书记提出的"要讲好党的故事、革命的故事、根据地的故事、英雄和烈士的故事，加强革命传统教育、爱国主义教育、青少年思想道德教育，把红色基因传承好，确保红色江山永不变色"重要指示精神，深入挖掘红色资源，丰富精神宝库。"采取青少年喜闻乐见、易于接受的形式"，讲好"四个故事"、加强"三个教育"，以高度的历史自觉培育有理想、有本领、有担当的时代新人。抚今追昔、鉴往知来，不忘初心、牢记使命，始终牢记"我们走得再远都不能忘记来时的路"，让信仰之火熊熊不息。

二是引导人们树立正确的历史观。中国共产党百年非凡奋斗历程为我们留下了丰厚的精神遗产，随着时间的推移，现阶段人们尤其是年青一代对当年那一段血与火的历史已渐感陌生；网络时代媒体传播的多元化，极大丰富了人们的信息资源，但在一定程度上也干扰了人们对历史的正确认知，特别是关于党史和军史，存在不准确甚至不正确的史料传播。本丛书旨在通过收集和整理史料，让历史说话，用史实发言，为人们树立正确历史观提供翔实资料。

三是文史资料再开发的尝试。现存的权威军史资料大都时日已长，为防止宝贵的红色资源湮没在历史尘埃中，迫切需要对其进行深度挖掘、梳理整合，以"亲历、亲见、亲闻"的"三亲"史料的形式，让红色资源以新的体系、新的样态呈现在世人面前，更好地发挥教育功能。

编选原则

一是坚持正确的政治立场。牢牢坚持党性原则，牢牢坚持马克思主义新闻观，牢牢坚持正确舆论导向，牢牢坚持正面宣传为主。

二是主题鲜明。丛书反映了中国共产党团结带领中国人民，以"为有牺牲多壮志，敢教日月换新天"的大无畏气概，书写了中华民族几千年历史上最恢宏的史诗；展现了坚持真理、坚守理想，践行初心、担当使命，不怕牺牲、英勇斗争，对党忠诚、不负人民的伟大建党精神。

三是史料权威。丛书内容来源于《中国人民解放军历史资料丛书》《中国抗日战争军事史料丛书》《中国工农红军长征史料丛书》所收录的文章及老一辈革命家的回忆录等。涉及党内路线斗争的题材概不收入；涉及犯有重大错误的人员的情况只做客观描述，不做评述；理论性较强，不便于一般读者理解的文章慎重选录。

四是注重"三亲"性。所选文章紧扣"亲历、亲见、亲闻"的特点，内容感人至深、思想丰富深刻、语言通俗易懂，为加强红色资源的故事化提供生动范例，做到知识灌输与情感培养并举。

卷册专题划分

一是在纵向上按照中国革命的历史进程，讲述了土地革命战争时期、抗日战争时期、解放战争时期及新中国成立初期的党史和军史故事。

二是在横向上各个历史时期再按区域或按部队序列进行分述。如土地革命战争时期的各地武装起义，按照当年武装起义比较集中的地区，如湘赣、湘鄂西、鄂豫皖、苏浙闽沪、陕甘等分别编辑成册。抗日战争时期，按照八路军第一一五师、第一二〇师、第一二九师、新四军、华南抗日游击队、东北抗日联军等分别编辑成册。解放战争时期，按照第一、第二、第三、第四野战军和华北军区部队，以及剿匪斗争、策动国民党军起义投诚等分别编辑成册。后勤工作、军队院校等特殊领域，单独成册。

　　囿于文史资料的自身特点，作者个人身份立场、视野角度不同，一些人撰稿时年事已高、事隔经年，记忆恐有偏差，细节难求完全准确，有意偏重或弱化亦难避免。对此，我们力求维持原貌，体现多说并存，只对一些显而易见的讹误进行了谨慎订正。诚然如此，由于我们能力水平和主客观条件的限制，难免有疏漏之处，恳请广大读者批评指正！

编　者

2024 年 6 月

本
书
提
要

　　1937 年 8 月，中国工农红军第一、第十五军团主力及陕南红军第七十四师合编为国民革命军第八路军第一一五师（以下简称"第一一五师"）。1937 年 8 月 22 日，第一一五师主力在三原地区誓师出征，东渡黄河，沿同蒲路北上，于 9 月中旬进抵晋东北恒山地区。9 月 25 日，第一一五师为配合第二战区的友军作战，阻挡日军攻势，充分发挥近战和山地战的特长，首次集中较大兵力在平型关对日军进行伏击战，取得首战大捷。平型关大捷是全民族抗战爆发后中国军队主动对日作战取得的第一个重大胜利，打破了侵华日军所谓"不可战胜"的神话，极大地振奋了全国军民的抗战信心，提高了共产党和八路军的声望，使许多人由此相信共产党不但坚决抗日，并且是有能力战胜敌人的。同时，第一一五师多次配合、策应友军保卫太原、徐州、武汉，开辟敌后抗日根据地。1939年1月，第一一五师主力部队相继入鲁，与山东纵队并肩作战，广泛进行教育宣传，加强组织建设和整军训练，通过分散性、地方性的游击战开展反"扫荡"、反"蚕食"斗争。本书收录的文章反映了全面抗战期间八路军第一一五师和山东纵队在华北抗日前线、山东抗日根据地和苏北等地，英勇抗击日、伪、顽军的联合进攻，不断巩固和发展抗日根据地，为抗战全面胜利做出了突出贡献。

目　录

首战平型关

李天佑

军用列车吼叫着，日夜不停地沿着同蒲路向北疾驰。八路军一一五师的健儿，坐在敞篷车厢里，任风雨吹打，任困乏袭扰，慷慨高歌奔赴抗日前线。

卢沟桥事变后，日本帝国主义疯狂地叫嚣"三个月内灭亡中国"。华北日军在侵占了北平、天津、张家口、保定等地之后，气势汹汹地沿津浦、平汉铁路节节南下，兵分两路进逼山西。驻扎华北的 80 万国民党军队，在日军大举进攻下，迅速土崩瓦解，纷纷逃窜，真是"闻风四十里，枪响一百三"，使侵略者如入无人之境。在这国家民族的危难关头，只有 3 万余人的八路军，背负着人民的希望，东渡黄河，以大无畏的精神向敌后英勇挺进。在贺龙同志率领一二〇师开往晋西北的同时，我军一一五师于晋西南侯马市登车，向晋东北疾进。

一路上，有多少事情使人激动不已啊！我们每到一地，那些拄着拐杖的老大爷、老大娘，怀抱婴儿的母亲，热血沸腾的青年男女，就悲喜交加地围拢来，询问我们是不是上前线打日本的队伍。当我们回答说："我们是八路军，是上前线打日本侵略者的。"他们便转悲为喜，脸上立刻露出希望的微笑，接着便把大量的食品、香烟塞到我们手里。尤其使人感动的是那些东北流亡学生，他们一群群、一队队，冒着风雨挤在月台上，彻日彻夜地唱着悲愤的歌曲，欢送我们上前线。每逢火车进站，不等车停稳，他们便涌上车厢，拉住战士的手，哭诉对日本帝国主义的仇恨。这些远离家乡、到处流浪的青年人，生活本已濒临饥寒交迫，但还要把自己仅有的一件大衣、一条围巾或一副手套送给战士。有的搜尽腰包，倾其所有，买了馒头、烧饼送来，表示自己对抗日战士的一片热忱。目睹国家受辱，同胞流离失所，谁不义愤填膺啊！战士们挥舞着拳头高呼："头可断，血可流，宁死不做亡国奴！"生死已到最后关头，八路军和人民的悲愤融合在一起了。

在原平下车后，沿途所见，更是一番令人触目惊心的景象。溃退的国民党军队洗劫了这一带地方，搞得大小村庄冷冷清清，真是侵略军还未到，百姓先遭殃。我们急急忙忙往前线赶，蝗虫般的国民党溃兵却枪上挑着包裹、小鸡，撵着驮有箱笼的牲口，慌慌张张往后跑，一边跑一边叫："厉害啊，鬼子厉害！"恐日病已是国民党文武高官的不治之症。他们不仅到处大谈其"打不得"的亡国论调，而且当我军战士挺胸阔步向前奔进时，还瞪着眼睛，讥讽地说："你们背着吹火筒、大刀片，真的要去送死吗？"

呸！脓包，还有脸说得出口！心里早就气得发颤的我军战士，真想狠狠地教训他们一顿。但是，为了团结抗日，大家只好忍受了这种讽刺。

的确，我们的装备不仅远不及日寇，也远不及国民党军队，有的战士连土造步枪都摊不上，只是背着大马刀。在懦夫看来，我们未免太不自量力了，然而我们的战士都是中华民族最优秀的子弟，在强敌面前，他们有勇往直前的英雄气概。在雪片般飞来的请战书上，战士们纷纷写下钢铁般的誓言：有的表现了视死如归的精神，给父母妻儿写下了最后一封信，有的准备好了最后一次党费。千万个人同一个决心：誓与侵略者决一死战，为保卫祖国流尽最后一滴血！

1937年9月下旬部队进到灵丘以南的上寨地区时，传来了灵丘失守的消息。接着，得知日军板垣师团在侵占灵丘后，正蜂拥西进，直取晋东北边陲重镇平型关。23日上午，忽然接到师部通知：连以上干部到师部参加战斗动员会。由于形势紧张，工作繁多，我们已几天几夜未休息了。但是，一听说要和敌人交锋，大家就立刻振奋起来。我和团政治委员杨勇同志并肩走向师部，我们一边走一边谈论："国民党溃兵留下的影响太坏了！""是啊，他们宣传敌人硬，咬不动。这真是长敌人威风，灭同胞志气！""敌人再硬，我们也要咬！""不仅要咬，而且要咬烂他！我们要让全国同胞知道：我们能够打败侵略者；我们要让敌人明白：在中国共产党和毛主席领导下的中国人民是不可战胜的！"

我们很快来到了上寨村小学校的土坪上。动员会上，师首长分析了战局，介绍了敌情，激动而有力地号召：中华民族正在经历着巨大的考验！我们共产党人，应该担当起，也一定能够担当起这救国救民的重任！接着，下达了任务：我们要在日军进攻平型关时，利用这一带的有利地形，从侧后猛击一拳，打一个大胜仗！最后，还把这次伏击敌人的具体打法向到会干部做了详细交代。

黄昏时分，部队出发了。我们六八六团连夜赶到距平型关30余里的冉庄，在这里进行战斗准备：召开党委会、战斗动员会，组织干部到前面观察地形，派侦察部队到各要路口，断绝行人，封锁消息。战士们忙着擦拭武器，分配弹药，每个人不过100多发子弹和2颗手榴弹，但谁都明白：为什么要打这一仗，为什么必须打好这一仗。要是随便问一个战士："你准备怎样打这一仗？"他就会这样回答："冲锋在前，退却在后！"这是党对共产党员的要求，也是全体指战员的共同决心。

24日傍晚，师部接到了晋绥军从平型关正面出击的计划，计划中别有用心地要求我军加入他们正在溃乱的战线，替他们正面堵击敌人。师首长洞察了他们的阴谋，决定仍按原定计划，在平型关至东河南镇沿20里的山沟伏击日寇，并命令部队当日午夜 12 点进入阵地。

我们原想在出发之前，抓紧时间睡一觉，但是，激动使人无法平静下来。杨勇同志开玩笑地对我说："呵，老战将了，怎么还这么紧张！"我说："不是紧张，头一回和日本侵略军交手，生怕哪里想不到，误了事！"杨勇同志说："是啊，全国人民都在等着我们的胜利消息呢！"

午夜 12 点，队伍向前运动。

为了隐蔽，我们选择了最难走的毛毛道。天空布满了乌云，战士们担心下了雨耽误赶路，互相催促着快走。乌云越来越浓，大地越来越黑，瓢泼大雨终于落下来了，战士们没有雨具，身上的灰布单军装被浇得湿淋淋的，冷得发抖。天黑得像是罩了口锅，令人不敢抬步。每个人只得拽着前面同志的衣角，高一脚低一脚地往前赶，一不小心，就会摔倒。行军速度慢下来了。我们希望多打雷、多打闪，好趁着刹那亮光放开步子往前跑。

行进间，碰见一位随连队行动的机关干部，我问："战士们有什么反应吗？"

"有点急躁。大家说，吃点苦算不了啥，只要能打着敌人就行。"

"要是打不上呢？就该埋怨了，是吗？"

他没有回答，我觉得他在黑暗里笑了。是的，人民的战士就是这样：为了民族生存，他们希望赴汤蹈火，希望投入如火如荼的战斗，现在他们就是怕打不上，怕"扑空"。可是，这倒霉天气，却偏偏与人作对，雨"哗哗"地下个不停，真令人生气。

最糟糕的是山洪暴发了，而我们却要沿着一条山溪绕过来蹚过去。浪涛咆哮，水深齐胸，有几个战士急于蹚过去，被水冲走了。奔腾的洪水，拦住了前进的道路。怎么办？似乎只有停下了。然而，队伍中却是一片催促前进的声音："蹚啊，蹚过去啊！""长征途中的雪山、草地都没拦住我们，一条小河顶个屁！"

我们不像平时行军，可以早点过，也可以晚点过，我们是要赶在敌人进攻平型关时，利用有利地形打伏击，因此，必须按时赶到预伏的地方。

"快过！大胆过吧！"人们互相鼓励着。

战士们把枪和子弹吊在脖子上，手拉着手结成一条坚固的锁链，向对岸蹚去。9月末，这里已经降霜了，河水冰冷透骨。战士们不声不响地同山洪搏斗，蹚过去蹚过来，不下20多次！许多人的牙齿碰得"咯咯"响，我也感到两条腿麻木了。

经过大半宿的艰难行进，当我们快赶到目的地时，天亮了，雨也停了。这时我才看清忍受了一夜寒冷和风雨的战士，一个个唇青嘴乌，有的因为摔跤过多，滚得像个泥人。队伍在公路南的山沟里隐蔽下来。天还是阴沉沉的，又不许生火，战士们只有咬牙忍受，让沸腾的热血来烤干湿淋淋的衣服。

25 日清晨，我团全部进入阵地。我同杨勇同志到前面指挥所去。指挥所设在一块谷地的坡坎下，前面是公路，两旁是山峦。我和杨勇同志举起望远镜向两侧观看，但见树叶在轻微地抖动，或许是秋风摇曳着草木，在催促它凋零；抑或是披着伪装物的战士，因为衣湿身寒，趴在湿润的地上，冷得发抖。我们分不清哪是树木哪是人，只知道那儿埋藏着几百颗愤怒的心。"吃点苦算不了啥，只要能打着敌人就行。"这时，我好像又听见战士们在这样说。

我摘下望远镜对杨勇同志说："隐蔽得很好。"

杨勇同志意味深长地说："是啊，野兽虽然狡猾，但我们这些聪明的猎手一定不会放过他们！"

我们转向前看，在几块谷子地的尽头，一条公路由东而西，那便是灵丘通平型关的古道了。公路以北是座三四百米的秃山，山腰有座不大的古庙，那是老爷庙。这座山雄踞路北，是控制公路的制高点。遗憾的是我们已经来不及在它上面埋伏一支兵力了，必须等战斗打响后再去抢占。

在我团的两翼，也看不到兄弟部队的一点踪影。但我们知道在这20里雨道的两侧，都已埋伏了重兵：六八七团在我团东面，从灵丘来的日军将首先从他们面前经过；六八五团在我团西面，距平型关仅10余里。单等敌人来到，攻击的命令一下，左右兄弟部队截头断尾，我团就要拦腰打下去，共同歼灭敌人。

通到营里的电话架好了。我再次用电话询问了各营隐蔽的情况。问到战士们的情绪时，他们说："早就上好了刺刀。大家共同的决心是：决不辜负全国人民对我们的期望。"

上午 7 点，山沟里传来了马达声，100 余辆汽车载着日本兵和军用物资在前面开路，200 多辆大车和骡马炮队随后跟进，接着开过来的是骑兵，车声隆隆，马蹄嗒嗒，声势煞是浩大！那些日本侵略军士兵，脚穿皮鞋，头戴钢盔，身披黄呢大衣，斜背着枪，叽里呱啦，谈笑自若。

周围异常沉静。战士们握紧手榴弹，瞪大眼睛，看着敌人得意扬扬的样子，气得直咬牙。

大概是由于公路泥泞不好走吧，几十辆汽车在兴庄至老爷庙之间停了下来。西进的敌军行列还在向前拥，人马车炮挤成一团。这正是个开火的好时机，我抓起耳机询问瞭望哨："喂，敌人全进了伏击圈吗？""通灵丘的公路上已经看不见敌人了。"

也就是说：这是板垣师团的后尾了。我放下听筒，马上派参谋去报告师首长。

参谋走后不久，突然，敌人向两侧山上开枪射击起来。怎么回事呢？原是长驱直入的敌人，怎么忽然以火力搜索？是发现了我们吗？不可能！我们的部队隐蔽得很好，一点也没有暴露。显然，敌人是在盲目地进行火力侦察。

我正在盼望师首长的指示，到师部报告的参谋跑回来了，他喘着气兴奋地传达了师首长的攻击命令。不等他说完，我抓起耳机，命令担任突击任务的一营："攻击开始！打！"

战士们盼望的时刻到了，两侧的山岗顿时怒吼起来。机枪、步枪、手榴弹、迫击炮一齐发射，把拥塞在公路上的敌人一时打得人仰马翻。一辆从平型关开过来的汽车中弹起火，拦住了西进的道路。我正在紧张地观察着战斗的发展，一个参谋同志大声招呼我："团长！团长！师指挥所通知，要你去一趟！"

"师首长要我去？好。"师指挥所就在我们右后侧的山坡上，有里把路远。我从谷地里一气跑了过去。师首长看我跑得气喘喘的，便说："沉着些。敌人比较多，比较强，战斗不会马上结束的。"然后，又指着战场对我说："看到了吗？敌人很顽强。"

我顺着师首长手指的方向看去，公路上的敌人正在利用汽车顽抗，并组织兵力抢占有利地形。师首长接着说："我们包围了一个旅团，有 4000 多人，块儿大不好一口吃掉，你们一定要冲下公路，把敌人切成几段，并以 1 个营抢占老爷庙。拿下了这个制高点，我们就可以居高临下，把敌人消灭在沟里！"

"看！有几个鬼子正在往老爷庙爬呢！"我指着山沟说。

"是啊！你们动作要快，慢了是不行的！"

"明白了！"

"好，去吧，要狠狠地打！"

我跑回团指挥所时，山沟里的枪炮响得更加激烈了，左侧的六八五团也开始突击了。为了加强指挥，保证打好，杨勇同志和其他几个同志决定下到营里去，留我在指挥所负责全面指挥。他们走后，我马上命令右侧山上的三营向老爷庙冲击。

霎时间，巨大的喊杀声震动山谷，战士们勇猛地向公路冲去。敌人东奔西窜，战马惊鸣。然而敌人终究是凶狠的，而且枪法很准，他们不顾伤亡，利用汽车和沟坎顽抗，机枪打得"嘎嘎"地响。我举起望远镜清楚地看到，我们的火力压制不住敌人的火力，冲上去的战士一个又一个地倒下来。然而"冲啊！""杀！"的喊声不断，战士们前仆后继地前进。敌人的确很顽强，一部分已经爬到对面山上，占领了老爷庙。情况对我们很不利。

看到自己的同志接二连三地倒下，该有多么痛心！然而，战士们那豪迈的誓言又在我耳旁响了起来——牺牲是光荣的！当亡国奴是可耻的！是的，为了民族的生存，我们必须付出代价！我咬紧牙关，再一次命令三营："三营长，不要怕伤亡！猛冲，一定要拿下老爷庙！"

"是！保证完成任务！"三营营长坚定地回答。

我马上告诉侧翼连队加紧攻击，吸引敌人的火力，支援三营冲锋。

山沟里烟雾弥漫，响声震耳。三营战士钻进烟雾里，往前跑，往前爬，往前滚。终于，他们冲上了公路，同敌人展开了白刃格斗，只见枪托飞舞，马刀闪光，吼杀声，爆炸声，搅成一团。

足足拼杀了半个小时，敌人支撑不住了，纷纷藏到汽车底下。我们的战士当时不懂得烧毁敌人的汽车，使其失去掩蔽物，还以为日军和内战时期的敌人一样，被打狠了就会缴枪。他们停止了射击，向躲在汽车底下的敌人喊话："缴枪不杀！优待俘虏！"

然而，眼前的敌人不仅不懂中国话，而且还是一群经过法西斯军国主义训练的顽固派！他们只知道向中国人开刀，喝中国人的血，吃中国人的肉。许多战士因为缺乏对日本侵略军作战的经验，反被垂死的敌人杀伤了。

一营的一个电话员，正沿着公路查线，看见汽车旁躺着一个半死的敌兵，他跑上去对那个敌兵说："缴枪不杀，优待俘虏！"没等他说完，那家伙扬手一刺刀，刺进了电话员的胸部。有的同志想把负了重伤的敌兵背回来，结果自己的耳朵被咬掉了。更有的战士去给哼哼唧唧的敌兵裹伤，结果反被打伤了。

由于敌人的野蛮和骄横，战斗始终打得很激烈，甚至敌军的伤兵也同我们的伤员扭打，直到拼死为止。

有人告诉我：三营伤亡很大，冲上公路以后，九连干部差不多打光了，全连只剩了十多个人。我当即用电话问三营营长："你们怎么样？还能打吗？"

他仍是那句话："保证完成任务！"

没有一位干部在报告时强调伤亡，他们很怕领导不给他们艰巨的任务。

战斗仍然激烈地进行着。然而，敌人不懂山地战术的特点，除以一小股兵力抢占了老爷庙外，大部分敌人始终挤在公路上挨打。我军冲过了公路，就直奔老爷庙，由于山上和山下火力的夹击，山坡又陡，三营营长也负伤了，但他坚持不下火线，继续指挥部队作战。在二营的积极援助下，他们终于占领了老爷庙制高点。

占领了老爷庙以后，我们从两面居高临下，打得山沟里的敌人无处躲藏。敌军指挥官猛然醒悟过来，挥刀喊叫，指挥着敌兵争夺老爷庙制高点。此刻，敌人的大炮、快速骑兵全都失去了作用，只有穿着皮鞋的步兵，乱七八糟地成群地往上爬。我军沉着应对，瞄准敌人，等他们爬得上气不接下气、与我贴近时，才一齐开枪。敌人刚冲上来，又被打垮下去了。

我让团指挥所移到公路北的一个山坡上。这时，五六百名敌人正拥挤着反复对老爷庙攻击，敌机贴着山头盘旋威胁我们。杨勇同志也负伤了，情况十分严重。如果两翼兄弟部队不能很快攻上来，我们又得同敌人肉搏了。一个参谋有点沉不住气，喊着："团长隐蔽，飞机！"

我告诉他："不要怕，敌人靠近了我们，它不敢扔炸弹！"

敌人越来越多，拼命往上攻。但是，无论怎样，他们也无法逃脱我军布下的天罗地网。我相信左翼部队很快就会攻上来，便命令部队：一定要坚持到底，直至最后一支枪，最后一颗子弹。

打到下午 1 点钟，六八七团攻上来了。我看敌人的后尾一乱，觉得消灭敌人的时机到了，便命令部队加强火力进行反击。敌人哪能挡得了我们的两面夹击，兴庄至老爷庙之间的敌人很快被我军干净彻底地歼灭在山沟里。

当我们完全控制了这条山沟以后，马上按师首长战前的指示，向西面的东泡池方向发起进攻。那里大约有 2000 名敌人，控制着东泡池高地，原为国民党晋绥军的出击目标。我们西进到东泡池一带，不用望远镜，便可清楚地看到内长城和雄踞关岭山头的平型关。但是，令人气愤的是，国民党晋绥军不仅不按预定的协同计划配合我军作战，致使东泡池之敌敢于集中力量向我军侧翼攻击，企图为被围之敌解围；而在我军消灭了被围之敌，主动西进，攻击他们阵前的这股敌人，经反复冲杀，使敌人面临被歼的局面时，国民党晋绥军却又放弃了团城口阵地，使敌人夺路逃窜。他们究竟还有几分抗日热情，不难明白了。

我军沿着十多里长的山沟撤出战场。举目四望，公路上血迹斑斑，躺着大批血肉模糊的敌兵尸体，战马、大车、汽车、大炮狼藉遍地。疯狂、残暴、凶恶的日本侵略军精锐板垣师团第二十一旅团，在中国人民的铁拳下，遭到了彻底的毁灭！首战平型关的伟大胜利，暂时稳定了华北国民党军溃退的局势，振奋了抗日军队的士气，并为尔后太原以北的保卫战，赢得了准备的时间。

出师大捷*

杨得志

1937 年卢沟桥事变后，我被聂荣臻同志派到一一五师三四三旅六八五团任团长。我火速出发，当我日夜兼程赶到芝川镇时，部队已经渡过了黄河，一直赶到山西侯马才见到了陈正湘、肖远久和邓华等同志。

9 月下旬，朱德、彭德怀、任弼时、左权、邓小平等同志率八路军总指挥部进驻五台山山区的南茹村，直接指挥我们作战。这时，日军分兵向太原方向推进：一路由大同进攻雁门关，南下直取太原；一路由蔚县、广灵西扑平型关，目的也是夺取太原。两关一旦失陷，太原必然难保。我党以民族利益为重，上级命令我师，从侯马沿同蒲路日夜向平型关疾进，迎击进犯之敌。

午夜，车到太原站，我便带着两个警卫员赶往太原城内

---

* 本文原标题为《出师大捷——回忆平型关之战》，收录时做了适当修改。

见林彪师长。林彪见了我，问了一下部队的情况，交代我要加快北上的速度，把部队开进到平型关一线。

我们又乘火车急速前进。谁知列车离开太原才三四十公里，日军飞机就来轰炸我们了，敌机扫射把列车车厢打穿了不少洞，我们有多位同志负了重伤。我动员他们下车转后方医院休养，他们怎么也不听，有位战士甚至哭着对我喊："团长，还没见着鬼子的面你让我有什么脸回后方？不！我不走！死也要死在前线上。"时间紧，任务急，我只得命令他们留在后方。其实，我当时心里也很矛盾：这样好的战士，我舍不得离开他们，但又必须离开他们。

傍晚，列车进入原平车站，由于前边的铁路被炸毁，无法通行了。这里离平型关还有100多公里，为了抢时间，我们奉命改乘汽车前进。这时，全团上下只有一个信念，就是天塌地陷，也要及早赶到平型关！

天亮时，我们到达了离平型关不远的大营。在途中，我们遇到了从灵丘败退下来的国民党官兵，他们只顾向平型关内溃逃，有些逃兵竟跑到我们的驻地来抢老百姓的东西。我问他们中的一个老兵："你们为什么不在前方打日本？"

那个老兵魂不附体似的说："日本人太厉害了，太厉害了！"

"你们打上了吗？"我又问。

"没有。"那老兵摇晃着脑袋，"连鬼子的影儿还没见着，上头就命令我们撤了。"

真是可耻、可悲、可气！

日军侵华精锐部队板垣师团占领灵丘没几天，便向平型关扑来。从关前至东河南镇之间的公路是板垣师团二十一旅团侵占平型关的必经之路，这条路北侧山高坡陡，极难攀登，路南侧山低坡缓，易于出击。上级决定，我们六八五团、六八六团、六八七团埋伏在南侧一线。

为了赶到伏击地域，我们连夜从上寨出发。当时大雨如注，狂风不止，加上天黑路滑，行动十分困难，全团上下被淋得透湿不说，几乎都成了"泥人"。深秋，山区的夜晚很冷，指战员一个个被冻得直打哆嗦。

拂晓时分，我们终于到达了目的地李庄，我把一营刘正营长、二营曾国华营长、三营梁兴初营长叫到一起，在大雨中指着前面的公路说："这就是我们的攻击地段。板垣的二十一旅团要进平型关必须通过这条路，这里居高临下，地形好得很呀！"我又指着东面说："从这里往东是六八六团，再往东是六八七团。"

我耐心地提醒他们说："一定要告诉所有的同志，从干部到战士，以至炊事员，这次战斗非同一般，政治意义更是巨大。国民党军队的溃逃不仅助长了敌人的嚣张气焰，而且对热心抗战的人民群众是个很大的打击。如今人民的希望寄托在我们身上，他们在看着我们呢！党中央、毛主席也在等着我们的胜利消息。所以，这一仗一定要发扬我们敢打敢拼、不怕流血牺牲的传统，彻底消灭这帮侵略者！打出八路军的威风来，打出中国人民的志气来！"

三位营长刚走，陈正湘、肖远久和邓华等同志就冒雨来到了我的身边，他们刚分头到各连做了战前动员，我问他们下这么大的雨，部队情绪怎么样。邓华同志说："一句话，劲头都集中到刺刀尖上，就等吹冲锋号了。战士们说：'日本鬼子嗷嗷叫，国民党兵往后跑，人民群众在吃苦，我们这口气死了也咽不下去！这样的奇耻大辱、深仇大恨怎么也得雪，怎么也得报。要不，就不是中国人，更不是共产党领导的八路军战士！'"

天亮后，风停了，雨住了。上午8点多钟，先是听见远处传来汽车的马达声，接着隐隐约约出现了汽车的影子，汽车一辆接一辆地开进了我们的伏击地域。这些家伙装备精良，侵华以来还未遇到过什么真正有力的抗击哩！他们在车上指手画脚，叽里咕噜地不知讲些什么。当日军的头几辆汽车开到我们阵地的山脚下时，按照师部的部署，我立刻命令："全体冲锋，打！"顿时，机枪、步枪、手榴弹一起开火，指战员们暴风骤雨般地向敌人冲去，日军最前面的汽车已被打坏，后边的汽车、大车、马匹等互相撞击，走不动了，日军嗷嗷地叫着跳下车来四处散开。我想他们大概没有想到，会在大白天遇上这样突然勇猛的打击。

应当说板垣第二十一旅团还是支很有战斗力的部队，他们从懵懂中一清醒过来，其骄横、凶狠、毒辣、残忍的本性就发作了，指挥官举着军刀拼命地叫着，钻在汽车底下的士兵爬出来拼命往山上爬，想占领制高点。我立即派通信员向各营传达命令："附近的制高点一个也不准鬼子占领！"这时，刘营长已指挥一营把公路上的敌人切成了几段，他接到我的命令后，马上指挥一连、三连向公路边两个山头冲去。山沟里的日军也在往山上爬，可是不等他们爬上去，迅速登上山头的一连、三连紧接着又反冲下去，一顿猛砸猛打，把这群日军报销了。这个营的四连，行动稍迟一步，被日军先占了山头。连长在冲锋中负了伤，一排排长就主动代替指挥，他用两面夹击的办法，很快把山头夺了回来，将日军逼回沟底全部消灭。

最激烈的白刃格斗在二营、三营的阵地上展开了。二营五连连长曾贤生同志外号叫"猛子"，战斗打响前，他就鼓动部队说："靠我们近战夜战的光荣传统，用手榴弹刺刀和鬼子干，让他们死也不能死囫囵了。"发起冲锋后，他率先向敌人突击，20分钟内，全连用手榴弹炸毁了20多辆汽车。在白刃格斗中，他一个人刺死10多个日本兵，身上到处是伤是血，一群日军又向他逼近，我们的英雄连长曾贤生同志拉响了仅有的一颗手榴弹，与敌人同归于尽。他的壮烈行为鼓舞着我们，更鼓舞着他身边的战友，这个连的指导员身负重伤，依然指挥部队；排长牺牲了，班长顶替；班长牺牲了，战士接着指挥。就这样，前仆后继，打到最后，全连只剩30多位同志，却仍然顽强地与敌人拼杀！三营的九连和十连，冲上公路后伤亡已经很大，但他们依然勇敢地与敌人拼杀，以一当十，没有子弹了就用刺刀，刺刀断了就用枪托，枪托折了就和敌人抱成一团扭打，哪怕只有几秒钟的空隙，他们也能飞速地捡起石块将日本兵的脑壳砸碎。战斗到最后，战士们眼睛都打红了，尽管伤亡都超过了半数，战斗情绪却依然旺盛得很。这场血战，是意志的搏斗，也是毅力的考验。

战斗进行到下午，以我们的最终胜利结束了。据后来的统计，此次战斗共歼敌1000余人，日军在中国人民的铁拳下，遭到了毁灭性的打击！

平型关一战，震动了野心勃勃的日本帝国主义，也使全国人民看到了貌似强大的日本帝国主义的虚弱本质，打出了中华民族的威风，打出了中华民族的志气，打出了全国人民对取得抗日战争最后胜利的坚强信念和信心！

冯家沟伏击战[*]

杨成武

　　平型关大捷的消息传开了，我们走到哪里，都遇到箪食壶浆踊跃劳军的群众。平型关大捷震动全国，国民党军队也开始在忻口、太原方向抗击日军，华北抗战出现了新局面。

　　1937 年 9 月间，毛主席又先后给八路军和地方党发出五个重要电报，规定了我军在抗日战争中的基本战略方针为坚持独立自主的游击战争。其中强调"整个华北工作，应以游击战争为唯一方向。一切工作，例如兵运、统一战线等等，应环绕于游击战争。华北正规战如失败，我们不负责任；但游击战争如失败，我们须负严重的责任"。当时，八路军总部和一一五师领导及时地将这些精神转达给我们，并且指出，坚持独立自主的山地游击战，深入敌后，广泛发动群众，开辟抗日根据地，是我们取得抗战胜利的唯一正确

* 本文选自《杨成武回忆录》，解放军出版社 2014 年版，收录时做了适当修改。

途径。

10 月上旬，总部即命令我们向敌后挺进，任务是配合忻口附近的国民党友军作战，破坏敌之后方联络，断绝敌之交通，以游击战术的手段与敌人在广灵、灵丘、涞源、蔚县地区周旋。此时，敌人每天都有数十数百辆汽车、马车在这一带的公路上跑来跑去。涞源之敌，因深入山地，怕挨打，不敢出城。

10 日夜，我们的一营及便衣队袭击涞源，日军 100 多人闻风而逃，我们胜利收复涞源城。当天夜里，我们又接到了十一师转来的朱德、彭德怀、任弼时电令：向敌后挺进，以北岳恒山地区为中心，放手发动群众，开创根据地。我们即派出小部队四处侦察，很快摸清了敌人运输部队的行动规律，并决定：一营和三营立即从涞源城、上寨两地出发，插向灵丘、广灵公路之间的冯家沟地区，伏击日军的运输队；二营则以涞源城为基地，由萧思明同志率领原红十三团的三连、四连乘胜向紫荆关、易县退却之敌跟踪追击，收复易县城，沿途发动群众，袭击守城日军，大刀阔斧地开辟抗日根据地。

10 月 11 日拂晓，准备前去伏击敌人运输队的部队饱餐了一顿小米粥和煎饼，第一营营长曾保堂、副营长袁升平令各连立刻到指定地点集合，全营指战员精神振奋地在一个晒场上集合了。我下达了任务，又简短地动员了几句。同志们听说去伏击敌人的运输队，都很高兴。运输队是块大肥肉，拉着满满的粮秣和弹药，我们出师两个多月，该好好补充一回了。号声渐逝，部队进入山间崎岖小路，这里离冯家沟约200里，几乎全是深山大谷，可是明晨必须赶到，因为迟了，敌人运输队就会溜过去。

前不久，第一营曾打过一回伏击，谁知敌人竟没有出现，战士们白跑了100多里，又在山头上埋伏了一夜，身子都几乎被冻僵了，最后败兴地返回。今天再度出击，他们不顾昨夜奔袭涞源城的劳累，却忆起上回伏击不成的窝囊。心中有气，脚底生风，情不自禁地越走越快。没走出多远，天就下雨了，原来就模糊不清的山路，现在更黝黑难辨了。有石板的地段，步步打滑；没有石板的地段，泥泞拖脚。只要听到枪支撞击岩石的声音，那就八成是有人摔倒了。不过，大雨、狂风、跌跤和疲劳对于久经沙场的战士们来说，根本算不了一回事。大家最担心的是：天下雨，日军的运输队不肯出动。

快半夜时，我率领着团部从上、下北泉来到腰站这个小山村。不料，我们刚走到村头，忽然传来哨兵的询问："站住，你们是什么人？"

"第一一五师独立团。你们是哪一部分的？"

"我们是第一营。"

我感到奇怪：按照计划，第一营应该在前面迅速前进着，怎么会在这里放起哨了？便上前问："营部在哪里？"

哨兵认出我了，答道："在村子里。"

"为什么不前进？"

"不知道，营长叫停止前进的。"

我急忙进村，果然看见部队在村庄里分散休息了。找到营部，我劈头质问一营营长："谁通知你们休息的？"

一营营长不安地沉默一会儿，说："战士们太疲劳，天又下雨，敌人恐怕不会出动了……"

他说的是实情，战士们太疲劳了，有几个人在行军中还跌到山沟里摔昏了。但眼下无论如何不能擅自停下来啊。我严肃地说："不能休息，立刻集合部队前进！"

一营营长答应着，出门吹哨，集合部队后继续前进。我看了看表，这一停一走，就耽误了近一个小时，心里暗暗发急，便派人催促前面部队加速前进。

这天，我们在山隙和峡谷中，穿行了100多里。天黑时，赶到了一个很小的山村：荞麦川。这里的百姓们都姓杨，他们不知怎么听说来的这个团的团长也姓杨，都很高兴，互相转告着，纷纷腾出住房让战士们歇息，待我们亲如骨肉。几位老人还找到团部，问我："杨团长是哪里人？……"

尽管乡亲们热情相待，我们却不能久留，大家身不卸装，足不下履，只吃了一顿饭，又起身朝冯家沟地区疾进。到达北白堡，已是下半夜，雨下得更大了，脚下的道路几乎成了水沟子，不时有人扑通扑通摔倒。我们正要穿过村庄，我忽然发现村头影影绰绰有两个哨兵。一问，又是一营的。

原来，他们又在这里歇下来了。

这时，我很奇怪，进村找到营部。一营营长正在做饭吃，看见我，起身解释道："雨下得这么大，敌人肯定不会出动了，没必要再往前走了。"

我说："雨中行军速度慢，更须抢时间前进，你怎么知道敌人不会出动？"

我说过之后，他默不作声。集合哨又急骤地响起来，一营再次冒雨出发。然而，又耽误了宝贵的两小时，现在只有飞速前进才能把失去的时间夺回来。眼前可是一个关键啊，战士们几乎走不动了，如果能停下来休整片刻，那真是太美了。何况还真有这种可能：我们拼着命赶上去，敌人运输队就是不出动，我们想打却打不上呢。

可是我知道，不能有丝毫的侥幸和动摇，必须坚决执行命令，即使白跑一趟，也要全力以赴赶上去！因为，能不能打着敌人运输队，要等赶到伏击地域后才知道，如果在这里舒舒服服休息一阵，就很可能丢掉战机，我们的行动就会变得毫无意义。

一营营长是位红军干部，立过不少战功，前些日子腰站战斗打得不错，如今行军一疲劳，他又迁就了。不过，被指出以后，他又振奋精神，憋着一股子劲拼命往前赶。部队在大雨黑夜里居然跑步前进了。我听到他大声喊："万里长征都过来了，剩下几十里路算个啥。上啊！谁也不许掉队！"

党员们呼应着："赶到阵地再休息。""打了胜仗再休息。"

天亮前，一营终于赶到南阁崖村，这里距冯家沟只三四里。战士们进入树林隐蔽，迅速擦拭枪支上的污泥浊水，军事干部则向冯家沟方向侦察地形，选择伏击阵地。

夜雨渐停，东方白里透红。虽然现在可以休息了，战士们却反而不觉得疲劳了。眼下，"敌人来不来?"这倒成了大家最关心的问题。

冯家沟是一个小村子，紧挨着灵（丘）广（灵）公路，南接灵丘 60 里，北连广灵 20 里。路两旁全是连绵不绝的大山，中间利用干涸的沙河滩铺修出一条单薄的汽车路，路宽也就 10 来米，南边有个小山包，形成一个垭口。这种地形对于伏击从北面广灵南下的日军自然十分有利。

于是，我指示一营在冯家沟南边的这个垭口上布置一个口袋阵。他们让一连居西一线排开；二连靠东监视并阻击灵丘方向可能出现的援敌；四连占领路旁山坡；三连留作预备队，隐蔽待命。

随后，我又派三营营长黄寿发、教导员张襄国同志率领部队直插一营南面的义泉岭地区，准备重点伏击可能从灵丘出发往北来的日军运输队，在同一条公路上，我们向两个方向设伏，前者为主要伏击方向，后者为配合，但是哪个方向的敌人先出现，即成为实际的主要出击方向，另一方向为配合。这就既可互相支援，又可出其不意地打击敌人。

在一营布置阵地时，三连连长宋玉琳一直气鼓鼓的，因为三连被安排到后山去做预备队。他争辩着："干吗不让我们上，我们能打！"

在腰站战斗中，三连损失过半，枪支弹药消耗得更多，全连只剩下几把完好的刺刀了。那一仗下来，宋玉琳同志伤心得几天不肯说话。今天要打伏击了，他一方面想报仇雪恨，一方面想乘此机会多缴获些武器装备，可偏偏在伏击线上却没有三连的阵地，他能不恼火吗？

不管他怎么争，我们也没有同意他的要求。宋玉琳同志绷着脸走开了，独自在山头上转悠，我知道他在琢磨着为三连找一块阵地。

果然，他转悠了一会儿，大步赶回来，对营里的作战部署提出了异议，说：敌人的运输队将由北向南进入伏击圈，枪一响，有两个可能：一是边抵抗边撤；二是不顾死活地往南冲，妄图突破伏击圈。可我们现在布置的伏击地域纵深有限，敌人若是猛冲一气，很可能穿过"口袋"底部逃之夭夭。他建议让三连到"口袋"底部去，以便必要时堵住敌人，全歼之。

我们觉得他的意见有道理，便采纳了。宋玉琳同志终于得到了一块阵地。从这件事情上，我发现这位连长不但作战勇敢，而且肯动脑子，善于从敌我双方的态势来考虑一场战斗，思维缜密，是个很有发展前途的指挥员。

宋玉琳同志欣喜地领着三连奔向村东高地。途经一个小山坡时，他看到许多割下的谷草，绑成一捆一捆的，竖成一个个草垛子，心里一动：若从这里伏击敌人，定可出其不意啊！于是，他当即决定，自己率1个排，带3挺机枪，埋伏在距公路仅20来米的山坡上。他命令战士们隐蔽在谷草垛子后面，机枪穿过谷草对准公路，说："我不开枪，谁也不准开枪，我一打，都打！把敌人打倒后，就冲！非抓几个活的不可！"

军事干部选择阵地时，各连指导员也都抓紧时间对战士们进行了战前动员。他们的口号是：坚决勇猛向前冲，夺取敌人大汽车！

进入阵地后，大家说话也都压低了嗓音。有人还轻声哼起了《打骑兵》之歌："骑兵来了不要怕，我们举枪来打它。瞄得准，放得快，打得敌人栽下来。我们打垮它，我们消灭它！"

阵地上十分平静。初露的阳光穿过矮树缝隙射来，潮湿的山野开始挥发水汽，形成一片淡淡晨雾。轻、重机枪早已安放好，子弹已上膛待发，手榴弹也敞着盖摆在战士手边的草叶上。我们在山坡反斜面注视了两三个小时，仍不见北面观察哨发来敌情信号。

战士们按捺不住焦急的心情，气哼哼地议论道："狗崽子不来，我也不走，看谁熬得过谁。""我看不会来了，等也白等。"

干部们又分头做工作，告诫大家：我们已经抢在了敌人的前头，现在关键就是耐心等待了，谁也不要急。其实，干部比战士更急，因为他们知道，按照常规，敌人运输队大清早从广灵出发，现在应该通过这里了。

太阳越升越高，山野中雾气早已散尽，我们越等越不安，这时忽然接到观察哨的信号：发现敌人！

我心里一阵喜悦，战士们也笑了，有人还兴奋地捶了一下大腿，随即大家蹑手蹑脚地进入射击位置，连大气也不敢出，就像来的是一只狐狸，生怕把它惊跑了似的。

敌人还那么骄横大意，只见公路上轰隆隆开来两辆摩托车，接近我们伏击区时，忽然停下了，坐在车斗里的日本兵端起架在车上面的歪把子机枪，接着车头向右一转，扯起一条烟尘，闯进公路下面的冯家沟村庄里去了。随后，两个骑自行车的便衣，也跟着摩托车进了村庄。

稍过片刻，尘峰起处，公路上出现一群骑兵，约莫20人，前面那个家伙的枪刺上挑着一面日本旗。他们刚走到垭口边缘便停下来，瞭望了一会儿，接着勒转马头，退回村庄。只剩一敌骑兵立在马镫上，用望远镜继续观察公路两边的山坡，并不时向后看看，似乎在等待什么。

我有一丝不安，因为临战前的几分钟要比实际战斗更难度过，敌人已经来到陷阱边上了，这时只要哪位同志不慎抬一下胸脯或从他身边滚落一块石子，敌人就会立刻警觉或退缩，战斗的突然性和胜利的把握都会大为降低。这时需要全体同志高度自制、冷静、坚定，沉默得像那一块块山石！

村庄里传出阵阵骚动声和枪声，过后，开道的20多个敌骑兵又重新出现了。紧跟在后面的是日军板垣师团第二运输大队，足有120多辆胶轮大车，每辆大车都由三四匹骡马拉着，车上的作战物资堆得像小山一般，慢吞吞地沿公路往斜坡上爬。押车的日本兵可真大意极了，缩着脖子躲避寒风，三八大盖枪捆在车架上。可以肯定，他们还在半睡半醒哪。啊，车队的后面，还有30多个骑兵跟着哩！

大部分车子从坡顶上滑过来，进入我们的伏击区了。这时在坡顶处瞭望的敌骑兵忽然示意车队停止前进，准是发现我们了。可是车队正在下坡，根本停不住。前面的车刹住了，后面的车仍一辆紧挨一辆滑过来，在坡底处挤成一堆。这是绝好的战机！

埋伏在"口袋"底部的三连连长宋玉琳，眼看敌人的大车快要撞过来了，仍然耐心地等待着。直到敌人大车前后相撞，乱作一团时，他才下令开火。三挺机枪喷出三条火舌，直向车队扫去，敌人纷纷倒下，有的连插在袖管里取暖的手还没抽出来，就栽倒了。未死的敌人急忙用战刀劈断捆在枪上的绳子，拖着枪狼狈地钻到车辖辘后面抵抗。车上小山般的物资翻倒了，把好些死的和未死的日本士兵埋在下面。

这时，一连、二连同时开火，痛击车队后面的敌骑兵，用火力封锁了敌人的退路。一颗颗手榴弹飞了过去，在敌人车队中爆炸。

宋玉琳同志大喊："上，抓活的！"一马当先，率领战士们冲上公路。

残敌从车底爬出，端枪同我们拼刺。三连虽只有几把完好的刺刀，但毫无顾忌，他们一拥而上，没有刺刀的战士，就用枪柄、手榴弹，与敌人杀成一团。他们多想生俘几个日军啊！

可是敌人拼死挣扎，宋玉琳同志头上肩上两处负伤，浑身沾满鲜血。他见难以生俘敌人，火了，大叫道："开枪！"随着战士们枪一响，这股敌人当即全部毙命。

不一会儿，一连、二连也冲下公路，同敌人肉搏，不同语言的喊杀声和各种枪支的射击声汇成一片。峡谷里到处是翻倒的车辆，大小木箱滚了一地，受惊的骡马踏着敌尸乱蹦乱跳。它们还没脱缰，把大车拽得歪来歪去。敌人扛不住我们的打击，日本兵纷纷被击毙，30多个伪军跪地投降，有几个还恬不知耻地笑哩，惹起我们战士一阵怒斥："汉奸走狗，你还有脸笑！"

"嘿嘿。当俘虏比当汉奸好啊……我发誓，我是朝天开枪的！"

"为什么不朝鬼子开枪？为什么甘当汉奸却不敢和鬼子拼命？"

他们不作声了，灰溜溜地像一群土耗子。

这一仗，我们只用了三四十分钟，付出了很小的代价就大获全胜。继日军板垣师团主力在平型关被歼后，它的第二运输大队也在此覆没，只有几个骑兵漏网。我们共毙伤日本侵略军 100 多名，缴获摩托车 3 辆，大车 120 多辆，骡马 800 多匹，步骑枪 70 多支，各种短枪 10 多支，炮弹 20 多箱，子弹 40 多箱，罐头、饼干、汽水等食品多达 2200 多箱，还有一大批呢子大衣、军毯。

满身泥土、硝尘的战士们，把缴获的物资重新装上大车，运往上庄子地区。在路上，大家打开一包包饼干吃起来，那饼干配有红红绿绿的小糖豆，嚼在嘴里嘎嘣嘎嘣响，味道可真香甜。有的同志饿了，就用刺刀撬开牛肉罐头，吃得满嘴油乎乎的。他们高声说笑着，回忆刚才的战斗场面，其欢乐情绪真非笔墨所能描绘。

午城井沟之战

陈士榘　刘西元

1937年3月16日，我军——五师三四三旅根据师部意图，决定旅部和六八六团到公路以北的上下龙花一带集结，寻找隐蔽位置，准备在那里打一仗。六八五团转至大宁至午城之间相机截击日军。

当我们进入隐蔽位置时，日军的飞机由蒲县向午城方向进行低空侦察，几乎是擦着我们的头顶而过。由于我们有了平型关、广阳等战斗的经验，部队隐蔽得很好，所以敌机白飞了一趟。

曾被师部警备连阻拦在午城的日军第二十师团一部，又向西开进了。刚到罗曲镇，便遭到由杨得志团长率领的六八五团的猛烈侧击，200多名日军被击毙，100余匹骡马也全部被我缴获。

3月17日，日军从蒲县城出动60多辆汽车，由6辆卡车载着步兵保护着向大宁方向运送物资，大宁之敌则派了

500多人，带着两门炮前来接应。当大宁之敌进到罗曲镇附近的上下乌时，早已等候在那里的六八五团指战员立即开火，将这股敌人打了回去。敌军从蒲县城出来的车队慢慢进入了我军的伏击圈，隐蔽在那里的六八六团指战员立即开火，截获敌人汽车6辆，并消灭了200余人，其余的敌人开着车逃到午城，与那里的500多敌人聚集在一起。根据敌情，旅部立即命令两个团东西夹击，将午城包围起来，准备彻底消灭该敌。

午城镇位于吕梁山脉中南部山区腹地，北通隰县，东达蒲县，西连大宁，是三条汽车道的交会点。为了配合友军消灭西进的敌人，切断敌后方联络，使大宁之敌陷入孤立无援之境地，我们决定于当夜由六八五团两个连及六八六团三营为主攻部队，向午城镇敌人攻击，夺取午城镇。决心下定后，我们立即向师部报告，同时，向部队发出了动员令。

六八六团政委杨勇同志亲自向三营教导员刘西元等干部交代任务，又派政治干部下去向战士们做了动员。三营的同志们接受任务后，都很兴奋，战士们纷纷表示，一定要打好这一仗，用实际行动来保卫黄河，保卫陕甘宁边区。

我们提前吃了晚饭，每个人在左臂上都缠上一条白布，作为夜间识别的标志。一接到师部命令，我军主攻部队立即出发了，按时赶到了午城东南的预定集结地。

午城的敌军，因连续遭我军打击，夜晚总防备着我们的进攻。当我六八五团两个连乘夜从东北向午城打来之时，固守在北山的日军虽进行了一番抵抗，但毕竟是惊弓之鸟，很快就支持不住了。与此同时，我六八六团三营从西北向东进攻，很快占领了敌人的工事，并消灭了部分敌人，敌人的汽车队见势不妙，就想逃窜。我们的战士冲上去就是一阵手榴弹，打得敌人的驾驶员连车灯也不敢开，驾车就往前蹿，可那么多车，天黑又找不到路，于是许多车在沟里乱冲乱撞。后来，有些车虽上了路，却又正好跑到我们的伏击地带。送上门来的肥肉，怎么能不吃？打！经过一阵猛烈袭击，敌人的60多辆汽车全部报销了。

午城的这股敌人被消灭后，我们非常清楚，他们是不会善罢甘休的，一定还会组织力量前来报复。旅部即令六八六团连夜出发，争取拂晓前赶到佛连里集结，准备以一部分兵力埋伏在井沟、张庄以北的各条小沟里，并派人前去通知公路南边孙家庄的游击支队在南面山上设伏，六八五团担任控制午城镇和钳制大宁可能来援之敌的任务。

18日拂晓前，我军全部进入了预伏地带。战士们以不怕艰苦、不怕牺牲、连续作战的顽强作风，怀着再打一次胜仗的心情等待着这天的战斗。果然，早上6点钟，临汾的日军第一〇八师团步兵600人、骑兵200人和一个炮兵中队，奉命西进驰援大宁，已由蒲县经薛关镇向午城前进。侦察员将这消息报告旅部后，我们便立即通知各作战部队注意隐蔽，准备打击敌人。

由于敌人前几次吃了不少亏，所以今天行动时特别小心，他们用火力探索着缓慢地前进。上午10点钟，敌人的先头部队到达井沟、张庄。日军指挥官一声吆喝，一路纵队马上变成三路纵队，一个个日本兵都瞅着两边的山峦，胆战心惊，他们为了壮胆，还向东南山上打了几炮。我们埋伏的部队，离他们只有200米远，对敌人火力侦察那一套老把戏根本就不理会。过了一阵子，日军看看没有动静，指挥官又督促部队前进了。这时，趁着敌人放松警惕的时候，我们从两面山上和沟道里发起了攻击，手榴弹一齐飞出，机枪喷射着怒火，井沟至张庄2公里多长的公路上顿时硝烟弥漫，日军全部处在我军火力网下，一片混乱。

但是，敌人毕竟还是训练有素的部队，混乱了一阵，其先头部队立即组织占据井沟、张庄的石崖和井沟、张庄以南的龙王庙进行顽抗，4门大炮猛烈向我阵地轰击，战斗呈现胶着状态。被围困的敌人唯恐被我一口一口吃掉，立即向他们的指挥所呼救。下午1点多钟，敌人派了6架轰炸机从东飞来，朝我们的阵地丢了100多枚炸弹。同时，敌人的大炮也凶猛地向我们轰击，被夹击的敌人趁机突围，和我们展开了肉搏战。

敌人拼命了。我们的干部战士都懂得，这是一场战斗意志的较量。敌人拼，那是在挣扎；我们打，就是要坚决消灭他们。因此，同志们怀着誓死必胜的决心，在敌人飞机和大炮的轰击下，英勇地同敌人肉搏拼杀，打垮了敌人数次突围。在拼杀中，六八六团的两个营长负了重伤，副营长罗自坚、党总支书记肖志坚及其他营连干部也大都挂了彩，有的还壮烈牺牲了。就在这关键时刻，我们的共产党员显出了英雄本色，干部牺牲了，他们就自动出来代理，带领大家继续向敌人冲锋，阵地上到处可以听见他们的声音："同志们，不要管飞机，只管去消灭地上的敌人！""用刺刀，用手榴弹！杀啊！打呀！""为了保卫黄河，保卫陕甘宁边区，跟我来呀！"喊声与枪声一起震荡着战士们的心弦，鼓舞着整个部队的士气。

下午5点左右，战斗更加激烈，进入了决定胜负的关键时刻。敌人两次派出飞机轰炸也无济于事，我们在公路南的部队，利用居高临下的有利地形，配合北面的主力向敌出击，战至黄昏时，龙王庙、井沟一带的敌人全部被解决了，500多个日本兵丧了命，把一门山炮也留给了我们。此外，我们还缴获步枪100余支，机枪10挺。我们一面打扫战场，一面继续肃清残敌。直到19日早晨，午城、井沟之战结束。

此次战斗，我们共歼日军1000余人，焚毁汽车60余辆，缴获骡马200余匹及其他大批军用物资。我军伤亡500余人。午城、井沟战斗的胜利，对粉碎敌人西犯黄河的企图、丰富我们对日军的作战经验，对我军开辟和建立以吕梁山区为中心的晋西南抗日根据地、保卫陕甘宁边区的黄河河防都有着重要意义。

威震广阳

陈士榘

1937年深秋，我八路军第一一五师三四三旅奉命由五台山南下，驰援娘子关，寻机歼敌，以配合忻口会战，保卫太原。当时，我任该旅参谋长。

10月30日，我旅到达正太路南之沾尚地区。此时，日军已占领了平定及其以南的白家掌一带。预计日军左翼必经沾尚、松塔向榆次开进，于是我们决定在广阳巧设伏兵，痛击敌人。

为了选择有利地形，我们翻山越岭进行察看。广阳地处沾尚至松塔之间，是个不到200户人家的小村镇，附近都是南北走向的山岭，山峦重叠，沟壑纵横，有的山沟长达几十里，便于我们运动作战。从沾尚经松塔至榆次，虽有条碎石泥结公路，但由于年久失修，加上山洪暴发，砂石冲击，已经被破坏得不成样子，似路非路，似河非河，不便于日军机械化部队运动。这里地形复杂，又有疏落的树木，便于我部队隐蔽，正是打伏击的好地方。经过一番认真勘察，各部队都找到了理想的设伏地点。

11月3日，侦察人员向我报告，日军正向广阳方向开来。于是，我们连夜进行兵力部署，将部队埋伏在广阳到松塔之间的大川里。

11月4日早晨7点，日军举着太阳旗，气势汹汹地从沾尚向松塔行进。先是侦察搜索的骑兵部队，随后是主力部队，其中有步兵、炮兵和少量装甲车。他们自从在平型关吃了苦头后，比较鬼了，行军时总是把辎重部队夹在中间，前有骑兵开路，后有步兵保护，天上还有飞机掩护。队伍缓缓行进，像蛇一样向前蠕行，他们每通过一个地方，我们的观察哨就甩动帽子或摇动树枝，发来信号。

到晌午时分，日军第二十师团主力4000余人大部分进入了我们的伏击区，川里公路上尘土飞扬，人喊马嘶。隐蔽在山头上的我军指战员目睹着这些骄横地践踏着中国土地的日本侵略军，不由得怒火中烧。但为了整个战斗的胜利，只能强压下满腔怒火，耐心等待着总攻时机。我和六八六团团长李天佑同志都举着望远镜，不停地向敌人来路方向观察瞭望哨发出的信号。战士们也和我们一样，个个怀着紧张、兴奋的心情，像猎人一样静静地等待着野兽的到来。

时间一分一秒地过去，大战前夕的焦灼心情是难耐的。终于，远方观察哨那里发来了信号，日军二十师团殿后的七十九联队后卫已经离开沾尚，后面只有两个步兵连，再没有后续部队了。

好，进口袋了！我们的心一下子兴奋了起来。

时间已是下午3点多钟了。太阳稍微西斜的时候，这条蛇的头部已伸到松塔镇，而它的尾巴还在广阳附近慢慢地拖着，缓慢地爬进了我们为它设下的陷阱。

"咣！"一声信号枪响，我六八五团和六八六团的各路伏兵从山间、林中猛虎般地杀了出来，喊杀声、机关枪声、步枪声、手榴弹和迫击炮弹的爆炸声响成一片，震撼山谷。

这一突然的袭击，使日军无不惊慌失措，他们还没弄清是怎么回事，就被我军压在山沟里，欲进不成、欲逃不能，加上辎重队的骡马一乱，队伍霎时间就变得七零八落，人仰马翻。有些日本兵虽然一边跑一边射击，但也无济于事。他们在乱了一阵之后才清醒过来，重新组织力量，利用山沟洼地进行抵抗。

我们的战士在公路上东冲西杀，将这伙日军切成数段，分别围歼。山谷中，我们的战士和日军展开了白刃格斗，日军也使出他们的招数，垂死挣扎。可我们的战士是为民族存亡而战，一身正气，斗志昂扬，越战越勇，日军哪是我们的对手！

杀了一阵，我从望远镜里发现对面山脚下有少数日军逃到了路北洼地，便命令随行的警卫排排长带两个班冲下去抓几个俘虏，以便今后做瓦解敌军的工作。警卫排人人配有短枪和长枪，打仗勇猛而灵活。我用望远镜目送着警卫排排长带着战士冲下山去，期望他们能出色地完成这一任务。

我正在观察，忽听山脚下响起一阵激烈的枪声，从枪声辨别出是冲锋枪和驳壳枪在响。几分钟后，枪声停止了。我想，一定是警卫排把敌人压到北面山脚下了，这回大概能抓到几个日本兵了。不一会儿，警卫排排长他们就回来了，只带来几支缴获的大盖步枪，却没有抓到一个俘虏。原来，那些日军由于受武士道精神的毒害，一个个顽固不化，我们的战士只好将他们消灭掉。

枪声渐渐疏落下来。经过半小时的恶战，山谷中大部分日军被消灭，但还有一些零星日军藏在石崖下企图顽抗。六八五团的战士们，一部分从正面用机枪向敌人扫射，一部分绕到土岔村和广阳村北面，在敌人背后扔手榴弹，很快把这些日军从石崖下轰了出来。逃到小河边的敌人像没头苍蝇一样来回乱窜，不一会儿就报销了。

天色不知不觉暗了下来。各营不断用电话报告胜利的消息，我们也不断将战斗进展情况向旅部和师部报告。当我们将战斗进展迅速、战果十分可观的消息报告给师部时，电话里传来了师首长喜悦的鼓励声音："好！我们祝贺你们的胜利。希望你们尽快肃清残敌，将负伤的同志迅速转移下去，战利品也要马上运走，免得明天遭到日军报复。"

我还没有放下听筒，六八六团三营的通信员就来报告说，我们的部队已进入广阳镇，街内除极少数散兵负隅顽抗外，包围圈内再没有日军的踪迹了。

听完报告，我和李团长当即决定将指挥所转移到广阳镇里，以便指挥消灭最后的残敌和组织转运伤员。师部同意我们的决定，并让我们尽可能抓几个日军俘虏。

进入广阳镇，天已完全黑了。街上有两处房子还被少数日军占据着，不时传出几声枪响，我们走近时，战士们已经用手榴弹消灭了一所房子里的日军，只剩下一个日本兵藏在一所小院子里，不时向外打枪，我们没有马上进去。有人主张用手榴弹炸死他算了，我马上制止说："不能炸死，要抓活的！现在要消灭他很容易，一颗手榴弹或几颗子弹就够了。可是，上级一再要求我们最好能抓到俘虏，这就要请大家想想办法了。"还没等大家开口，我便对李天佑同志说："我还能说几句日语，我带几个人去看看。"说完，我便带师侦察科科长苏静等同志去了。

那个日本兵躲藏在一所小院子里南房的里间屋。我让战士们先将小房子团团围住，然后利用夜幕隐蔽，悄悄地移到了窗口，接着用不久前才学会的几句日语向里喊道："缴枪不杀，宽待俘虏！"几个战士也随我用生硬的日语喊开了。这个日本兵不但不肯出来，还向外打枪。

我们又喊了一次，那个日本兵才不向外打枪了，屋子里静得没有一点声音。为了防止他拼命往外冲，战士们端着枪紧紧地把住各个门窗。我们又向他喊了几句"缴枪不杀！"才听见他用生硬的中国话回答："明白，明白！"但等了一会儿，不见他出来，于是我们冲进屋去，原来那家伙站在老乡的粮食筐里，欲动不能，挣扎无用，吓得浑身发抖，两腿打战。我知道这是不了解我们的政策所致，想给他解释解释，可除了"缴枪不杀，宽待俘虏""不要为日本军国主义卖命"等几句话以外，别的日语我们就不会说了。正当着急之际，我突然想起日文有许多字形字义与我们是相同的，马上掏出一个笔记本，借着灯光在上面写了"你不要怕，我们是共产党领导的八路军，宽待俘虏""只要你放下武器就不伤害你"几个汉字。他看了之后，也连忙写出"理解"。我一看他不仅认识汉字，而且写得不错，又写字问他是哪个部队的，叫什么名字，这回我连本子带笔一起给了他。他看看字，又抬头看看我，然后拿起笔在本子上写下"七十九联队辎重兵军曹加滕幸夫"。他的汉字写得很好，看来文化水平不低。

通过笔谈，加滕幸夫供出所属部队是第二十师团等情况后，我又向他交代了我军的俘虏政策，他不住地点头表示信任。我们把他带到六八六团指挥所，李天佑同志一看我带了个活的日本兵来，高兴地笑着说："好啊！你到底抓了个活的回来了。你走了以后，师里打电话问你，我说你抓俘虏去了，师里还说你是个'冒失鬼'，让告诉你注意安全。"我说："不入虎穴，焉得虎子！你不冒险，能抓到俘虏？"一句话说得大家都哈哈大笑了起来。

这次伏击，我们歼灭日军 1000 余人，缴骡马 700 余匹和大批军用物资。战斗结束，打扫完战场，我们部队又向松塔镇方向追击了一天。然后，我军连夜转入山区。

11月7日，我兄弟部队一二九师三八六旅在旅长陈赓的亲自指挥下，以七六九、七七二、七七一团再次于广阳以东的大寒口、中山村、户封村等地设伏，又消灭了日军250余人。

广阳伏击战，沉重打击了西犯的日军，有力地支援了友军作战，对保卫太原起到了重要作用。

徂徕山抗战[*]

林浩　赵杰

1938 年 1 月 1 日，山东抗日游击第四支队在徂徕山正式成立了！上级任命洪涛为司令员，黎玉为政委，赵杰为副司令员，林浩分管政治部工作。

起义队伍组织起来以后，吃饭、住宿一时成了突出问题。山上没有像样的房子，仅有的几间破屋只能作为女同志和病号的住室。所以男同志们只能挤在各个山窝里，用干草当褥子，用光滑石头做枕头。

徂徕山区十分贫穷，乡亲们送来的粮食大部分是糠煎饼、生地瓜和"狗团子"，"狗团子"是用豆腐渣做的窝窝头。腊月的天气里，"狗团子"送上山时都被冻成了冰疙瘩，但同志们毫无怨言。一次开饭的时候，干部和战士们围在一起，把冻成冰疙瘩的"狗团子"放在锅里用火烧，化

冻以后，大家用手抓着吃。洪涛同志问一个战士："咱们的伙食怎么样？"那个战士笑着答道："行！是饭就充饥，只要填饱肚子就能打鬼子。"

为了进一步坚定大家的抗日信心，尽快提高这支武装的军政素质，我们一方面通过上政治课、做时事报告等，帮助大家明确抗日战争的正义性质和我们必定战胜日本帝国主义的有利条件；另一方面，支队还有计划地组织大家进行了利用地形地物、站岗放哨、瞄准射击和投掷手榴弹等军事训练。训练中，支队领导言传身教，手把手地教，战士们时常在一起讨论说，这个部队真好，当官的和当兵的比亲兄弟还亲。因此，战士们精神饱满，不怕苦，不怕累，抓紧点滴时间刻苦训练，有些战士练得连饭都顾不上吃。

1938年1月11日，支队领导经过研究决定带部队下山痛歼日军，扩大我游击队的影响，壮大抗日武装力量。

部队到达东良庄之后，立即派出侦察员了解敌情，准备寻机打击敌人。一天，保安庄的群众来报告说，国民党新泰县县长朱奎声带五名官员，正躲在保安庄一个外号叫"万小鬼子"的家里喝酒，准备去济南投靠日军，支队决定立即逮捕他们。于是，赵杰带程照轩等同志悄悄摸进村去，一枪未放就将朱奎声一伙抓获，并从朱奎声身上搜出不少日本股票和汉奸组织证件等。几天后，又有群众向我们报告说，近来经常有日军在新汶公路上往返，我们即派出侦察小组进行侦察，了解到有一股日军1月26日要经过大汶口，开往新泰县。支队便决定集中力量，在大汶口至新泰公路上的寺岭庄打一个伏击战。

25日晚，支队召开了排以上干部会，明确了战斗部署，决定由赵杰负责，以封振武、李锁卿的二中队1个排、程绪润的三中队，外加支队部分参谋人员组成突击队。突击队组成后，经过战前动员，迅速赶到埋伏地点。指战员们怀着一心杀敌的强烈愿望，从第二天早上埋伏到下午，尽管北风刺骨，腹饥口渴，但也没有一人叫苦。一直到下午3点，敌人才进入我们的埋伏圈。赵杰一声令下，我伏击部队的马枪、步枪、土枪一齐开火，埋伏在制高点上的我游击队战士将一捆捆集束手榴弹扔向敌群，打得敌人哇哇乱叫。战斗共进行了两个小时，击毁敌汽车10辆，毙伤日军10余人。战斗中我突击排排长杨桂芳同志光荣牺牲，他是支队成立后的第一位烈士。27日，部队在凤凰庄为杨桂芳同志举行了追悼会。同时，还处决了作恶多端、民愤极大的大汉奸朱奎声。

一天，泰安县的朱玉干同志前来报告说，国民党军溃散的1个连，约40人，有2挺机枪、5支盒子枪、40余支济南造步枪，由副连长刘国栋、班长石玉成等人带领，正在徂徕山后北王庄一带活动。支队领导马上派林浩和武中奇等同志前去做争取工作，经过耐心宣传我党统一战线政策和大敌当前应团结抗日的道理，终于把他们争取过来了，与我们一中队的部分同志合编为四中队。为了更好地团结改造这股新收编的部队，我们让原副连长刘国栋任中队队长，林浩兼任指导员。

2月中旬，我们在新泰县烈庄一带活动，发现泰新公路上的敌车辆活动频繁，原来是日军正在往台儿庄增兵。摸清敌情之后，支队派二中队前去打伏击。2月17日黄昏，部队到达新泰城西北10多公里处的四槐树村。翌日拂晓前，二中队隐蔽地将部队埋伏在公路旁，并在敌人要经过的公路桥上埋好了电发火地雷。上午7点多钟，10多辆满载日军的汽车由泰安方向驶来，很快就到了我们埋伏的地区。赵参谋让大家先放过四五辆，待后面的汽车过桥时，他及时按动发火器，一阵巨响，车上的日军被炸得血肉横飞，没有死的连忙滚下汽车，拼命往车底下钻。接着，我埋伏在路旁的战士迅速冲上公路，向敌人猛烈射击，经过一阵激战，炸毁敌汽车4辆，毙伤日军40余人，其中还有一名大佐，而我军则无一伤亡。

之后，我们又开展了交通破袭战，破坏了新汶公路北佐村至小协庄的桥梁，使敌人交通一度中断，迟滞了日军向台儿庄进犯。

寺岭、四槐树村伏击战和新汶公路破袭战之后，我们四支队撤离徂徕山区，转移到新泰县西部的谷里、烈庄一带开展宣传抗日和扩大武装的工作。3月初，又由烈庄转移到刘杜、岔河一带。

省委扩大会议后，为了适应抗日战争迅速发展的新形势，支队决定于新泰、刘杜兵分两路，实行南北扩展，开辟新的抗日活动区域。

3月下旬，鉴于部队缺乏有经验的军政干部和通信设备，黎玉同志根据省委扩大会议的决定，亲赴延安，向中央做汇报工作，并请中央调给一批军政干部和通信器材。黎玉同志赴延安后，由林浩代理省委书记兼第四支队政委。

当部队到达新泰雁翎关地区后，当地百姓纷纷前来控诉国民党顽固派秦启荣的部下何进步部破坏地方抗日工作，抓捕我党党员和抗日积极分子，敲诈勒索老百姓等罪行，请求将这个坏蛋除掉。根据群众的强烈要求，我部队进行了反击，活捉了何进步，其多数士兵经我们宣传教育后被编为第六中队。

这时，我们又了解到日军正进攻徐州，莱芜县城空虚，于是乘机一举攻克，解决了莱芜县维持会和部分伪军，将其把持的"官盐"分给了群众，并组建了群众团体，为建立抗日民主政权创造了条件。

之后，林浩带一个中队从莱芜县东北部插入博山县境的石马地区。在西石马与张敬焘等组织的两三百人的部队会合，并根据张敬焘等同志的要求，联合攻打博山城，很快解决了部分伪组织和伪军。

不久，林浩在淄川磁窑坞主持召开了一次省委扩大会。为适应日趋尖锐复杂的斗争形势，会议决定将第四支队改编为山东人民抗日联军独立第一师，将山东人民抗日救国第五军编为山东人民抗日联军独立第二师，统一组成南下指挥部，由洪涛任指挥，林浩任政委，廖容标任副指挥。

1938 年 6 月，根据中央指示精神，省委决定撤销"独立师"番号，改为"八路军山东人民抗日游击第四支队"。1938 年 12 月，成立了八路军山东纵队，我们四支队被编为八路军山东纵队第四支队。至此，我们这支徂徕山抗日武装正式纳入了八路军序列，在党中央和八路军总部的领导下，在人民群众的爱护和支持下，继续转战南北，在艰苦的抗日战争中，从弱到强，从小到大，不断发展壮大起来。

吕梁三捷

杨　勇

　　1938 年，八路军第一一五师三四三旅六八六团按照陈光、罗荣桓同志的指示，进至汾离公路东段，伺机打击敌人。

　　一天，我带着各营的干部出去观察地形。天刚蒙蒙亮，我们便登上了薛公岭，隐蔽在半人高的蒿丛中向公路瞭望，只见薛公岭四周峰峦重叠，沟壑交错，汾离公路顺着山势，由东蜿蜒而来。公路在薛公岭下爬过一段陡坡之后，便进入凹地。凹地一带并排平列着四条山沟，每条沟里都长满了齐腰深的茅草和杂乱的灌木。我们正看得出神，一个跑得气喘吁吁的侦察员送来师部的一份紧急命令：敌人 20 辆满载弹药和渡河器材的汽车，将在两天后从汾阳起运，上级要我们相机截击。大家知道了这个情况，指着那段凹地异口同声地说："团长，这儿就是个好战场，就在这儿干吧！"

　　同志们一个个劲头都挺大，唯有刘善福坐在一旁没有搭腔。他是我们的侦察队队长，一个多星期前就来到了薛公岭，情况最熟，为什么他不说话呢？

"刘善福，你看怎么样？"我指名问他。

"好是好，就是那个碉堡讨厌！"他指着对面一个山包上的碉堡给我看。

原来敌人对这段凹地也十分警惕，在对面的制高点上专门修了一座高大的碉堡。每当敌人运输车队到来时，总是先派巡逻队搜索一下山沟，然后控制碉堡，掩护汽车通过。如此说来，这倒真是个十分讨厌的事！

怎么办呢？大家围绕这个问题议论起来。有人说干脆提前拔掉碉堡，但很快就被大家否定了，因为那样会"打草惊蛇"。又有人提议，在沟里埋伏部队的同时，也在碉堡后边的凹地里埋伏一个排，打碉堡和打汽车同时开始，让敌人两头招架，不能相互支援。这样做一般是有把握的，只是地形对我不利，打起仗来伤亡怕不会小。尤其讨厌的是，碉堡背后的凹地不大，一个排的人隐蔽起来很容易暴露。讨论来讨论去仍没个结果。这时，一直低着头在一块石头上画来画去的迫击炮连连长吴嘉德同志，蛮有把握地冲着我说："这个任务交给我们吧！保证三炮消灭碉堡。"原来他已经在那里做了观察和计算。问题就这样解决了，大家都很高兴。

9月14日清晨，我和政治处主任曾思玉同志站在薛公岭南山一棵高大的核桃树下，用望远镜观察。7点多钟，活动在汾阳城附近的侦察员通过各村情报站送来了报告：敌人的汽车已经出城了。

两个小时之后，汽车队到达了薛公岭前不远的王家池。据守王家池的敌人，派出了一队巡逻兵在前边开道，掩护汽车通过薛公岭。巡逻队持枪哈腰，呈战斗队形沿公路缓缓前进，还煞有介事地走走停停，停停打打。待进至四条山沟附近时，虚张声势地用机枪、步枪四处盲目射击。搜索完毕之后，便稀稀拉拉地朝碉堡走去，一边走，一边还"哇啦哇啦"地扯起嗓门唱歌。"啪！啪！"两发信号弹升上天空，这是敌人向隔山等候的汽车队宣布：已经没有问题，可以通过了。转眼间满载着敌兵和军用物资的 20 辆汽车，便一辆接一辆地开了过来，进入了我们的伏击圈。

我向炮兵连连长吴嘉德发出的开炮口令刚一脱口，只听"轰"的一声，第一发炮弹已炸了。不偏不歪，恰好落在那个碉堡跟前。曾思玉同志禁不住说："好！打得好！"紧接着又是两炮，也打中了，那个大碉堡里边的敌人差不多都报销了。

随着第一发炮弹的爆炸声，战士们端着枪，挺着刺刀，神兵天降似的从几条山沟里冲了出来。没等押车的敌人弄清是怎么回事，成排的手榴弹就甩上了汽车，战斗一开始就在短距离内白热化了。车上的敌兵，有的跳下车与我军搏斗，有的趴在车厢里射击。他们还妄图顽抗，但已经无济于事，战斗持续不到一小时，200 多敌人除 3 人投降外，全部被歼灭了。

王家池据点的敌人虽近在咫尺，但一时还摸不着头脑。他们打电话向汾阳报告，电话线早已被截断了；出兵增援，又恐自身难保，只好架起钢炮向薛公岭的群山盲目轰击，一直打到半夜。

第二天，驻汾阳的敌人才出动了一个联队，外加上千的伪军，到薛公岭拉走了五车敌尸。

汾离公路上，一连几天不见敌人的汽车，远在黄河边上的敌人，因为粮秣和弹药得不到后方支援发生了恐慌。他们出来抢粮，又到处遭受游击队的袭击。末了，敌山口少将只好命令部下杀马吃肉，固守待援。

敌人"不到黄河心不死"，不久又开始了运输。不过，敌人很刁，16日先以100多人分乘几辆汽车，押送一车粮食试探前运。我们根据师部的指示，就先给他尝个甜头，把这一车粮食送了"人情"。

第二天，敌人果然胆大起来，又出动汽车18辆，满载通信、渡河器材从汾阳西进。当天下着大雨，100多个押车的敌人，个个淋得像落汤鸡。汽车在坎坷不平的公路上整整颠簸了一天，好不容易通过王家池，爬过薛公岭，眼看走过了三分之二的路程，不料却在油房坪一带较平坦的地方遭到了我们补充团的伏击。补充团在彭雄团长指挥下，冒着滂沱大雨，把敌人挡在公路的拐弯处，经过激烈的战斗，全歼了敌人，缴获了许多通信器材。

敌人连续被歼300余人，一〇八旅团原有的50辆运输汽车被搞掉了近五分之三，这个打击动摇了日军西渡黄河的决心。就在这时，师部又命令我们：敌人有撤退迹象，要不顾疲劳，迅速准备再战。为了狠狠地教训敌人，师部把六八五团二营和师部特务连临时配属了我们。

敌人已是惊弓之鸟，估计在撤退途中会更加小心。我们讨论的办法是钻到王家池据点去干！9月20日午夜，我各部队分路悄悄摸到了王家池附近，迅速进入指定位置，隐蔽起来。

次日上午9点左右，敌人垂头丧气地由离石出发向汾阳撤退。沿途我兄弟部队不断袭扰敌人，但敌人在山口"不得恋战，飞速前进"的命令下，只顾招架，并不还手，仓皇地沿公路败退下来。我们埋伏在王家池周围的部队，在"恭候"山口的半天里，忍着饥饿和风吹日晒，谁也不动。盼到太阳快要当头的时候，敌人的骑兵在公路上出现了。紧接着，辎重、炮车、步兵，前拥后挤、吵吵嚷嚷地来到了王家池山谷。敌人在村里没有停留，刚走出王家池，我二营便首先打响了战斗，各营紧跟着也发起了冲锋。一时间，冲锋号声、呐喊声震荡着山谷，我们的战士从各个山沟，各个角落，或从敌人碉堡旁，或从王家池寨子里，一齐杀了出来，像洪水暴发一般压向敌人。我团二营拦腰插进敌人中间，把敌人的指挥机关给冲乱了。大洋马惊恐地乱蹦乱跑，等我们一匹匹截获时，有的马身上还拖着鬼子的尸体。师特务连和一营、三营也抓住机会，猛烈冲杀。特务连是战斗力很强的一支连队，全部是日式装备，敌人后卫部队在该连的射杀下，伤亡不下 300 人。我们把敌人切成了几段，并死死抓住它的指挥机关不放，头尾两段敌人拼命反扑，想给它的指挥机关解围。在这紧要关头，第六八五团二营由中间出击，补充团二营断敌退路，很快便把敌人一段段地吃掉了。

三次大捷共歼敌 1000 余人，毁、缴汽车 30 余辆，战马 100 余匹，各种枪 560 余支。这一胜利极大地震慑了汾阳和太原的敌人。

吕梁山区伏击战

曾思玉

　　1938 年 3 月初的一天，奉八路军一一五师罗荣桓政治委员、陈光代理师长的命令，我六八六团从杨家庄地区出发，经隰县进至蒲大公路以北地区，准备在白儿里村庄阻击日寇的进攻。这时，国民党的军队闻风丧胆、丢盔弃甲，向南撤退。日寇数百人在飞机大炮的掩护下，向我军第六八六团二营五连阵地猛攻。国民党军卫立煌亲眼看到，在连长王永录同志的指挥下，战士们打得英勇顽强，他赞叹地对杨勇团长说："贵军一个连长指挥，打得真好，打得这样勇敢顽强，古今少有，令人钦佩。贵军真是教导得好，指挥有方呀！"

　　第二天，我军六八六团奉师首长命令，继续向蒲县至大宁公路以北地区开进，拟在午城镇以北地区集结待命，捕捉战机，配合六八五团歼灭向西进犯的日寇，保卫黄河，保卫延安，保卫陕甘宁边区。

　　由于侵犯大宁地区的日寇连遭六八六团的伏击，吃了败仗，驻蒲县之敌必然前来增援。

为了熟悉地形，我们团的侦察员同志化装成农民到午城镇侦察地形和搜集情报。杨勇团长率领营、连干部化装成老百姓，到现场勘察地形，预定设伏方案，并指示部队化装成老百姓，在山上打柴、拾草、放羊、放牛等迷惑敌人。

我们一连等了好几天，都没见到鬼子的影儿，一些干部和战士不耐烦了，有的猜疑是否暴露了目标，有的说也许敌情有了变化。各种各样的猜想直接影响着部队的情绪，必须解决好这个问题。当时我任团政治处主任，我们仔细地分析了部队的情况，针对这些新问题，立即派干部深入连队，并责成各级干部、党团员和积极分子，人人做宣传鼓动工作，向全体指战员讲明打埋伏就是要耐心等待，不要怕麻烦，不要怕走路，不要怕落空，要沉住气。并向大家讲清我们已掌握了日军的行动规律，他们一定会来的，大家要有信心，要耐心等下去。

3月17日下午，太阳已经偏西。在团指挥所里，突然电话铃急促地响了，只见杨勇团长拿起话筒，紧锁双眉认真地听侦察员报告敌情。顿时，杨团长紧锁的双眉舒展了，脸上露出了笑容。他说："敌人来了就好，你们继续观察敌人的行动。"

我急忙跑到设在山顶上的观察所，用望远镜向东望去，只见在那蜿蜒的公路上，腾起一阵阵黄色的灰尘，我们断定是鬼子的汽车队。当我回到设在窑洞里的团指挥所时，见彭雄参谋长刚给旅部打完电话，他对我们说："情况已向旅部做了报告，李天佑同志指示，不要打，把鬼子的汽车队放过去。"我问了一句："为什么不打？"参谋长告诉我们说："根据以往日军行动的规律，敌人的汽车队在我们破路断桥的情况下，天黑以前可能会龟缩到午城镇去。若敌人在午城镇宿营，你团派部队当夜突袭鬼子的汽车队，消灭敌人。"当我们弄清了情况和上级的意图后，都异口同声地喊了一声"妙"！

黄昏时，侦察员向团指挥所报告："敌人的45辆汽车停在午城镇通向大宁县的公路上，有十几个鬼子占领了公路北山头。"这时，夜幕降临，杨团长命令三营按照预定的方案夜袭午城镇，打掉鬼子的汽车队。三营的指战员在营长何忠伟和教导员刘西元的指挥下，以一部兵力歼灭公路以北山头上的敌人，以营的主力分进合击，迅速摸进午城镇街里，四面包围敌人的汽车队。部队到了伏击地后，只听指挥员一声令下，所有的轻重机枪和迫击炮一齐向敌人猛烈开火，子弹像暴风雨般落在敌人的汽车上。顿时，汽车着火了，火光把公路照得通明。

战斗打得非常顺利，速战速决，共击毙鬼子300多人，烧毁汽车45辆。三营的指战员们兴高采烈地背着刚缴获的歪把子轻机枪、掷弹筒、三八式步枪撤出了战场。

晚上，杨勇团长和彭雄参谋长在油灯下研究作战方案。杨团长说："敌人今晚在午城镇遭到我们的突然袭击，损失惨重，估计明天增援的敌人不会太少，我们要切实掌握敌情，抓住战机，吃掉敌人一股，给鬼子迎头痛击，再打他几个胜仗，鬼子西渡黄河的企图就得考虑考虑了。"参谋长指着地图上井沟到张庄的地段说："根据旅部指示，只要敌人一进来，我们部队就按预定方案，把部队布置在公路南北预伏地段上，突然出击，歼灭鬼子！"团长接着说："对！就这样干，命令各部队18日拂晓前进入指定地段隐蔽待机歼敌。"

18日清晨，太阳刚从东方升起，敌机贴着山沟低空飞来，在午城镇地区盘旋扫射，盲目地投弹轰炸。有几颗炸弹在三营埋伏地段上爆炸，烧着了一片荒草。我们担心三营暴露目标，更担心同志们的安全。我急忙拿起望远镜向三营方向望去，从弥漫的烟幕中看到部队仍一动不动地埋伏在山沟草丛里。敌人的狂轰滥炸，反而锻炼了部队的防空本领。

到了上午8点多钟，代旅长李天佑来电话告诉我们，鬼子一〇八师团600余人，加上一个炮兵中队，正由蒲县出动，向大宁方向增援，已沿公路向井沟以东开进。并指示，敌人过多，不要硬干。

我们按照旅部的指示，进一步落实检查打伏击的准备工作。不多一会儿，敌机掩护着地面上的数百名步兵，马拉着九二式步兵炮，夹杂着几辆汽车，列成行军队形，向我们的埋伏地段开来了。上午10点钟左右，敌人的先头部队到达井沟地段时，由于前几天吃了亏，鬼子显得更加谨慎、更加胆小起来。由一路变为两路、三路行进，边走边向四处射击。眼看敌人离我们打埋伏的部队只有两三百米了，一瞬间响起了猛烈的轻重机枪声，仇恨的子弹像暴雨般地射向敌群，迫击炮弹也不断地在敌群中开花。

顿时，敌人像热锅上的蚂蚁一样乱作一团。狡猾的敌人不甘心灭亡，利用汽车和公路旁的护路沟做掩护，进行垂死挣扎。鬼子的掷弹筒、九二式步兵炮向我方开火，敌机也不停地在我军阵地上空俯冲扫射，战斗打得非常激烈，枪声、手榴弹的爆炸声、炮声和战士们的喊杀声在山谷里震荡着，公路上的汽车被打得七零八落，战场上硝烟滚滚。狡猾的敌人在我军的猛烈打击下，一个个像兔子似的连滚带爬钻进了张庄、井沟村的窑洞里，妄图负隅顽抗，死守待援，伺机反扑。

19 日上午，敌军飞机前来支援张庄的鬼子。这时，躲在窑洞里的敌人认为反扑时机已到，组织了百余名鬼子分多路企图抢占张庄东北的 1016 高地，敌机对高地进行疯狂的扫射轰炸。面对凶恶的敌人，坚守在 1016 高地的三营一部，毫不畏惧，越战越勇。当敌人快要冲上来时，他们用手榴弹投向敌群，然后端起刺刀向敌人反冲锋。在指战员们的顽强奋战下，打退了敌人的反扑。

敌人在我军沉重打击下，不断向他们的上司呼救求援。翌日黎明后，蒲县增援之敌向井沟逼近，百余名残敌在飞机的低空掩护下，拖起九二式步兵炮向东突围。在敌人援兵接应下，边打边逃，十分狼狈地向蒲县方向逃窜，战斗胜利结束。

9月上旬，我团决心歼灭汾离公路来往之敌。当时已是深秋季节，部队按照规定严密地隐蔽着。18日黄昏前，两个侦察员气喘吁吁地跑了回来，向杨勇团长报告说："鬼子的25辆汽车，下午5点左右已到达王家池日伪据点。"

团司令部当即将这个情况通报了所属部队，判断敌人的汽车队19日一定会西进，为了万无一失，各部队认真检查埋伏部队临战准备情况。全体指战员听到敌情通报时，一个个兴高采烈，兴奋地说："等了几天了，到底没有白等呀。"

19日下午，日本鬼子的汽车队果然从王家池据点出动了。他们还是采用老一套办法，首先派出20余人的骑兵搜索队，沿着盘山公路向薛公岭制高点奔来，占领野战工事，准备掩护汽车队通过薛家岭山坳。鬼子一边走一边打枪，既进行火力侦察，又为自己壮胆。同志们愤恨地说："他们这套鬼把戏在我们面前已经不灵了。"埋伏在公路右边一个破房围墙里的小分队，十分沉着，不管鬼子怎么射击，他们都一动不动，密切注视着敌人的一举一动。

敌人的骑兵搜索队到了野战工事支撑点后，就沿用以前的办法燃烧起一堆火，表示搜索队已到指定位置。王家池据点里的敌人见到信号，车队立即向薛公岭驶来。团特务连连长朱耀华同志是个青年红军，作战勇敢机灵，他判断敌人遭到我军袭击后，一定会利用公路左翼的破草房围墙做掩护，就事先在这个围墙里埋上了炸药，接上电池和导火线，等待敌人落网。

这时，只见鬼子的汽车队扬着滚滚尘土，轰轰隆隆地沿着盘山公路向我们伏击地域开来。敌人的头一辆汽车被我军伏击班的轻机枪击中了，顿时浓烟滚滚。敌人汽车前撞后翻，歪倒在公路旁的护路沟里。这时，军号吹响了，隐蔽在草丛、山坡、树林里的轻重机枪猛烈地急袭，仇恨的子弹像雨点般地射向敌人，手榴弹在敌人的汽车上轰鸣，打得敌人晕头转向。

狡猾的鬼子想逃到公路旁的破草房围墙里抵抗，还没站稳脚跟，就"轰"的一声，被结果了性命。勇士们像猛虎下山，直扑敌汽车队同鬼子拼搏。迫击炮连连长吴嘉德同志，是经过二万五千里长征的红军，只见他身先士卒，亲自当炮手，几发炮弹全部命中了目标，摧毁了薛公岭敌人的支撑点。

这次伏击战，速战速决，击毙敌人 300 余人，烧毁敌汽车 25 辆，缴获步枪 200 余支、轻机枪 16 挺、掷弹筒 6 具，还有弹药、医药、大米等大批物资。

奇袭町店

韦　杰　冯志湘

1938 年 4 月，我八路军第一一五师三四四旅，在参加粉碎日军对晋东南地区的九路围攻之后，来到了长治一带进行整训和扩兵。

就在我们的整训工作搞得热火朝天的时候，国民党军卫立煌部准备反攻侯马的日军。为了配合他们的行动，6 月 30 日，师部命令我们到町店附近设伏，打击由晋城开往侯马的援敌。接受任务后，旅长徐海东、政委黄克诚亲自率领六八七团（团长田守尧）、六八八团（团长韦杰）和新兵营组成的一个加强支队，从长治出发，经高平县往町店进军。

这一天，骄阳似火，热得人们透不过气来，大家的衣服都被汗水浸透了，但指战员们仍顽强地向前行进。不一会儿，乌云遮天，电闪雷鸣，倾盆大雨哗哗地下了起来。同志们依然斗志昂扬，顶风冒雨，踏着泥泞的道路直奔町店。途中渴了，捧把路边积水解解渴；脚打水泡了，咬着牙坚持。

就这样，一昼夜行程 100 多公里，于 7 月 1 日夜里到达阳城以北的町店北山。

町店南北都是山，一条不算宽的公路在两山之间沿町店向东西延伸。通过实地观察，我们发现这一带真是打伏击的好地方。敌人要通过这里，我们无论占据南北哪一个山头，都能居高临下，打他个人仰马翻。

部队宿营后，我们接到师指挥所通报：日军第一〇八师团的一个联队，将从晋城出发，路过町店去侯马，预计最近几天便会到达。徐海东旅长当即召开营以上干部会，他强调说，日本侵略军自恃装备优良，必然骄横麻痹。我们要利用这一点，把工事构筑在距大路 200 米甚至 100 米处，隐藏在敌人的鼻子底下，打他个措手不及。接着，他做了具体部署：六八八团一营，沿土地庙、西冯庄、薛家岭到王家庄、沁河渡口一带伏击，以切断日军退路，阻击东路援兵；三营往西到山口和晋豫边游击队配合切断日军西进道路；二营在义城柏山、柳沟一带修筑工事，准备正面伏击；新兵营的一连驻窑堂，二连驻龙王、后岭，三连驻石旺沟、富家坪、山庄一带，待战斗打响后，迅速到五龙沟西山集结，准备增援六八八团二营伏击敌人；六八七团待命增援。

7 月 6 日，天气依然很热，太阳把人烤得火辣辣的。青纱帐里，同志们伏在潮湿的泥土上，目不转睛地注视着前方。一些不知名的小虫子，不时地骚扰着大家，不是叮脸，就是咬脖子，又疼又痒。"啪！"不知是谁，用手把一只小虫子拍死，嘟哝道："娘的，我们打鬼子，你有意见?"

"不，"另一个战士接着说："它是提醒咱们不要睡觉，别把日军放走。"两人的对话，逗得大家忍不住发出哧哧的笑声。顿时，同志们情绪为之一振，注意力更加集中了。

大约到了上午 10 点钟的时候，负责正面观察的同志突然压低嗓门对六八八团二营营长冯志湘说："营长，你看，来了。"冯志湘顺着手指的方向望去，敌人果然"大驾光临"了：50 辆汽车载着步兵，另骑兵一部，气势汹汹地从晋城方向扑来。瞧他们那如入无人之境的样子，根本没有料到我们会在这里打他们的埋伏。当他们的骑兵过后，汽车进入我二营正面伏击路段时，这些家伙竟午休起来了，有的钻到汽车底下睡大觉，有的坐在树荫下打盹，更有甚者，脱光了衣服跳到路边的河里洗起澡来。

是时候了，冯志湘把手枪一挥，令全营利用地形地物做掩护，迅速向敌人靠近。500 米，300 米，100 米，距离敌人越来越近了。就在这时，在旅首长的指挥下，六八七团二营向尾部敌人开火了，枪声、喊杀声响成一片。六八八团二营的同志们也一跃而起，猛虎下山般地冲入敌群。日军被这突如其来的阵势吓得慌作一团，不知如何是好，有的东瞧瞧、西望望，仿佛是在等候他们上司的命令。"杀啊!"同志们边喊边奋勇冲杀，稍远一点的用枪打，距离近的用刺刀捅，用梭镖扎，顿时，敌人一个个倒了下去。五连三排有个外号叫"傻大个"的战士，平时不大说话，打起仗来也不吱声。

他紧闭着嘴，瞪着眼，一梭镖捅死一个日本兵，又有一个日本兵从汽车底下钻出来，拼命到汽车上面去摸枪，"傻大个"赶上去，照他后背上就是一梭镖，这家伙"啊"的一声，倒在地上就再也不动弹了。最令人开心的是那些在河里洗澡的日军，见我们冲来，一个个赤身裸体地往岸上爬。不过，他们的动作太慢了，前头的刚离开水面，就被刺刀捅死；后面的见势不妙，掉过头来就往回游，但是他们哪能赛得过子弹的速度！一阵枪声过后，大都葬身于河水之中。当被打得晕头转向的日军清醒过来时，就拼命进行反扑。这时，再打下去，对我们就不利了。于是，大家边打边撤，很快撤到了町店北边的松树岭上。从出击到撤回，只用了半个小时，仅六八八团二营就打死打伤敌人100余名，缴获了大量的步枪、机枪和子弹。

当我们撤到松树岭不久，敌人又组织残部，调集步枪、机枪、小钢炮等所有武器，一齐向我阵地开火，顿时砂石横飞，睁不开眼。我们则利用山沟、田埂做掩护，狠狠地回击敌人。六连连长郭本银素有神枪手之称，100米之内枪响靶落。此时，他隐蔽在一块大石头后面，不慌不忙，一下一下地扣动着扳机，随着10声枪响，10个敌人应声倒下。日军急眼了，一个军官举着指挥刀，驱赶着日本兵继续往上冲。"好啊，不怕死的就来吧。"郭连长换上弹夹后又是一枪，敌军军官挺了几下肚子，倒下了。日军士兵见自己的上司被打死了，便一股脑儿退了下去。就这样，敌人冲上来，被我们打下去，再冲上来，又被打下去。一直到傍晚7点，敌人先后向我发动了六次冲锋，始终没冲上我阵地。

就在这时，一队人马从六八八团二营的后侧飞速赶来，原来是六八七团二营的同志们，走在最前头的是营长蔡家永，只见他肩扛崭新的三八式大盖枪，腰里还挂着一束无柄手榴弹，很显然，那是缴获的战利品。

"怎么样，老蔡，你那里打得不错吧！"冯志湘问他。

"不错，挺过瘾。"蔡营长抹了把满是尘土和烟灰的脸，讲起了他们的战斗情况。

原来，尾部敌人在他们营的打击下，死伤严重，不得不向中间的敌人靠拢。"敌变我变"，蔡营长他们就赶到这儿来了。"好！"听了他的介绍，冯志湘高兴地一拍大腿："老蔡，咱就来个合作，共同收拾这些家伙。"最后决定：蔡营长带他们营向右运动；六八八团二营五连向左运动；冯志湘带领一部分人员仍然负责正面反击。部署就绪，单等敌人再来送死。

"呼——咣——"突然一发炮弹在不远处落下，炸起的石块沙土呼啸着向四处飞散。紧接着，一发发炮弹铺天盖地而来。"娘的，有种就枪对枪、刀对刀地干，打炮算什么本事！"我们心里虽然这样想，但真恨自己手里没有几门炮，不然也叫这些浑蛋尝尝我们炮弹的滋味。炮火一延伸，敌人又蜂拥而来。这次，我们考虑到左右两侧都有部署好的部队，所以故意把敌人放得更近一些。200米，100米，50米，就在先头敌人距我六八八团二营不足 30 米时，我们的手榴弹"发言"了，一束束的手榴弹，雨点般地飞入敌阵。与此同时，右侧六八八团一连的同志，左侧六八七团二营蔡营长他们一齐开火了。顿时，机枪声、步枪声，连同手榴弹的爆炸声，响成一片。敌人被打得血肉横飞，如同无头苍蝇一般四下乱窜。就在冯志湘要下令反冲锋时，突然，一发炮弹呼啸而来，正好落在他的掩体内，特派员何传州同志当场牺牲，冯志湘也负了伤。望着何特派员那血肉模糊的身躯，同志们难过极了。多好的同志啊，平时，他总是默默无言地帮大家做各种事情，可牺牲前，连句遗言也没留下。大家牙齿咬得咯咯响，一颗颗预先打开保险盖的手榴弹，狠狠地向敌群砸去，随着"轰隆隆"的爆炸声，敌人又死伤一片。在同志们的英勇还击下，敌人的第七次冲锋又被打退了。

这时，负责这次战斗的总指挥徐海东旅长来到六八八团二营。他看到冯志湘同志负了伤，便亲切地说："你受伤了，快，快下去休息。"徐旅长一边说，一边朝两位战士招招手。尽管冯志湘想竭力坚持，但毕竟因伤势过重没有劲了，被两个战士架了下去。在徐旅长的亲自指挥下，我们又打退了敌人第八次冲锋。屡战屡败的敌人，见大势已去，便竞相逃命去了。

这次战斗，我们共歼日军 500 余人，俘虏 4 人，缴获重机枪 8 挺、轻机枪 30 挺、步枪 900 余支、掷弹筒 100 余具、82 毫米迫击炮 15 门、60 毫米迫击炮 18 门、战马 130 余匹，焚毁敌军汽车20余辆，缴获其他军用物资一大批。这一仗，壮大了我军的声威，鼓舞了全国人民战胜日军的信心。更为直接的是，由于重创了这股日军，迟滞了日军向侯马方向的增援行动，有力地支援了国民党卫立煌部的侯马之战。

争取高树勋

周贯五

我们一一五师东进抗日挺进纵队于 1938 年 7 月份到达冀鲁边，经过三个多月的工作，国民党山东省主席沈鸿烈和河北省主席鹿钟麟"冀鲁联防"被我们粉碎，使他们联合反共的阴谋破产了。边区的抗战形势蒸蒸日上，党政军各级抗日组织陆续建立和健全，广大群众的抗战热情高涨。整个边区抗战形势大好，令人鼓舞！

正在这时，北方局和一二九师师部发来电报说，国民党石友三的第十军团已从鲁南调到河北，配合鹿钟麟同我军搞摩擦，在冀南到处建立反共、反民主的"二政权"，第十军团的暂编第一军军长高树勋率部进入鲁西北，正向冀鲁边区开进。要我们切实做好准备，有理、有利、有节地进行斗争，维护边区抗战的大好形势。

萧华同志立即召集军政委员会委员举行紧急会议，分析讨论高军前来的目的和可能发生的各种情况，研究相应的措施。

高树勋部队的来意是显而易见的。国民党当局眼见"冀鲁联防"破产，岂肯善罢甘休，调高部入境，企图制造摩擦，把我军挤出边区。这是蒋介石在武汉失守后，蓄意对日妥协，加紧在华北、华中敌后与我八路军、新四军进行摩擦。

据有关情报和掌握的情况，我们感到对高树勋有可以团结的一面。高树勋是盐山县城南高金钟人，早年当过刘伯承师长的副官，他本人是比较倾向于抗战的，与顶头上司石友三貌合神离。这次蒋介石派他前来，是想利用他以乡土情谊笼络人心，争取群众，孤立、排挤我军。但又怕他与我军靠拢，特地委派鲁北国民党党部主任、鲁北保安部队政治部主任马皋如任高军的政治部主任，意图监视高树勋。这说明他处在不被信任、受人排挤的尴尬地位。只要我们坚持毛主席制定的"发展进步势力，争取中间势力，打击反动势力"和"团结一切可以团结的力量"的统一战线政策，主动对高树勋宣传党的抗日主张，晓以民族大义，就有可能赢得这场斗争的胜利。

为了防止可能发生的武装摩擦，我们在决定团结争取高树勋的同时，还做了这样几条决定：一是以主动的姿态，欢迎高军北上抗日，在可能的条件下，协助高军搞好粮草供应；二是对高军中反共分子挑起的种种摩擦，坚决予以回击，做到有理、有利、有节；三是各级武装都要严阵以待，谨防不测，不能轻心大意。

11月下旬，高树勋的部队从鲁西北的夏津、恩县一带越过津浦路进入鲁北，而后转来乐陵，将在乐陵、宁津、庆云、盐山等地驻扎。

纵队机关在乐陵县城附近为高树勋召开了欢迎大会。会场上悬挂起大幅标语："欢迎高军长北上抗日！"军民齐声高唱"国共合作，团结抗战……"萧华同志代表边区抗日军民致欢迎词。高树勋也在会上讲了话，他个头不高，说话有点口吃，但是，他在会上讲得还不错，说了一通抗战的道理，态度也比较诚挚。

会后，萧华同志把一二九师刘伯承师长派人专程送来的一封信转交给高树勋。刘师长在信中列举石友三、张荫梧、侯如墉、朱怀冰等国民党部队同室操戈，在敌后制造摩擦的种种痛心事实，恳切地劝诫高树勋要认清形势，以民族利益为重，不要与石、张、侯、朱等辈为伍，沦为民族的罪人，遭国人的唾骂！

高树勋看了信，不禁长叹一声："唉！"接着摇了摇头，显得心事重重。

萧华同志见此情景，就劝道："高军长！刘师长的话出于一片诚意啊！高军长应该三思而行。"

高树勋叹道："这我知道，师教不敢不聆听！可是，这个这个……"说着语塞了。

萧华同志见他语不成句，就接过来说道："我们也知道，贵军有不少有识之士，他们是反对打内战的。在这民族存亡之秋，把枪口对着抗日的八路军、新四军，是不得民心的。希望高军长能遵照国共团结抗战的宗旨，以民族利益为重，与我们同心协力，共御外侮！"

送走高树勋后，纵队领导一商议，决定趁热打铁，派支队司令员邢仁甫以盐山同乡的身份请高树勋吃饭，做他的工作。

邓克明同志笑着说道："蒋介石派他来拉老乡，我们就先拉拉这个老乡，针尖对麦芒！"

第二天，高树勋应邀而来，邢仁甫请他吃水饺。言谈间，高树勋说起自己的历史、身世、处境，十分感慨地说："要能早日驱除日寇，我也就告老还乡了。能在老家兴办一所高等学校，为国家培养几个有用之才，我就满足了。"

此后，萧华、邓克明、符竹庭等纵队领导又数次前往高树勋驻地，与他交换对当前抗战形势的看法，宣传我党抗日主张和毛主席关于建立统一战线的道理。通过这样一些工作，高树勋对我们的态度有了进一步的变化，也表示要和我们团结合作，共同抗日。

为了使高军中的下级军官和士兵接受我党抗战主张，我们征得高树勋同意，派出一批干部到他的部队中去做报告，宣传我党关于"坚持抗战，反对投降；坚持团结，反对分裂；坚持进步，反对倒退"的正确方针。

萧华同志和其他纵队领导也亲自去高军中做报告、讲形势。萧华同志在高军第十三团做报告时，把党的抗日主张讲得深入浅出，鼓动性很强，在官兵中引起了很大的反响。他做完报告回来，官兵们沿街跟着他走，都想见一见他，说："八路军真有能人！萧司令多年轻！讲得真在理！共产党就是行！"这样，使我党我军的威信在高军中树立起来，我党的抗日主张得到了高军许多官兵的同情和拥护。

与此同时，以马皋如为首的反共分子也在暗地里磨刀擦枪，加紧策划一个个新的阴谋。

他们照着石友三在冀南的样子，在津南各县建立反共、反民主的"二政权"，与我抗日民主政府对立，制造冲突。

为了拉拢收买高树勋，马皋如先保荐高树勋的大舅子刘松龄为宁津县县长，由鹿钟麟下委任状。高树勋的夫人是宁津水郡庄人，对刘松龄当县长自然是高兴的。马皋如一招得手，立即又着手组织了乐陵、盐山、南皮等七个县政府，专门与我抗日民主县政府作对。

高树勋对此睁一眼，闭一眼，听由马皋如等人为所欲为。

这样，马皋如等反共分子就愈加明目张胆，肆无忌惮。不久，他们就在宁津县策划了一起震惊全区的袭击我抗日县府事件。群众把它叫作"复辟事件"。

在这之前，马皋如等人曾在宁津组织了一支"河北保安队第二总队"，由鹿钟麟委任水郡庄大地主王淮川为大队长，网罗了惯匪高华胜等亡命之徒，寄驻于吴桥县高集一带。刘松龄的"二政权"建立后，马皋如等人见时机已到，就召集王淮川等人面授机宜，周密策划，并派大队副梁连成化装进城，以同乡的身份策动我一连连长刘明福叛变，企图里应外合，夺取宁津县城。刘明福经不起引诱，答应和他们合谋。

12月25日夜里，北风呼啸，宁津县城的大街上空无一人，人们都进入了梦乡。

这时，梁连成带着高华胜等20多名亡命之徒，人人手持短枪，在叛徒刘明福的接应下，冲进了我抗日县政府的大院里。

这些暴徒把我县府工作人员从被窝里拉出来，惨无人道地在院子里杀害。我抗日县长李毓祯同志听到枪声，知道不妙，顾不得披上棉衣，翻墙出去。县府秘书盖津源同志却被抓走了。

刘明福又带着这批暴徒砸开了监狱，打死我军看守，把各类在押犯人和土匪都放了出来。

这次事件，打死打伤我县府工作人员和战士10多人，拉走60多人，抢去步枪50多支，手枪8支；放走犯人数十名，土匪20多名。

他们原定消灭我抗日县府后，就此占领县城，迎接顽县长刘松龄一伙进城。但是，这一阴谋未能得逞。我九连连长盖平源闻讯后立即带队赶来，暴徒们抵挡不住，在夜色中仓皇逃走了。

几天后，刘松龄在高树勋部队的保护下，把"二政权"搬进了宁津城。我抗日县府在李毓祯同志领导下，召集失散的同志，在农村中打游击。

　　这个消息传来，大家都义愤填膺，干部战士纷纷要求予以反击，愤愤不平地说："不能退让，让的话边区就完了！"请战书像雪片般飞到纵队司令部。

　　纵队领导敏锐地感到，这次事件只是个信号，后面还有更大的阴谋，马皋如等人显然企图以此为争端，推动我们与高军的大规模冲突，以便坐收渔翁之利。经讨论决定，根据党中央、毛主席关于"人若犯我，我必犯人"和"有理、有利、有节"的斗争原则，对宁津县城暂且不动，避免与高树勋正面冲突；先消灭保安队这帮歹徒，给马皋如等人一个迎头痛击。

　　为了争取高树勋，在采取行动前，萧华同志曾亲赴高树勋驻地，将这次事件的来龙去脉告诉他，要他警惕马皋如等人的挑拨，指出他们策划的"二政权"是反共反民主的。但是高树勋吞吞吐吐，含糊其词，不肯就此认错，反而辩解说："宁津、沧州等县长都是经鹿主席亲自任命的，名正言顺，无可指责。贵县府未经当局任命，他们一时操之过急，可以谅解嘛！"

　　萧华同志愤然站起来，大声说道："高军长这是什么话！当初卢沟桥枪声一响，你们那些名正言顺的官儿都哪里去了？千万人民的生死，国家民族的危亡，弃之不顾，却争先南逃！我们八路军抱着与华北人民共存亡的决心，奋战于敌后，收复失地，拯救人民，请问高军长，错在哪里？如今，后方局势稍稳，你们又来搞接管了，甚至不惜怂恿暴徒袭击我抗日县府，枪杀我抗日人员，难道这竟是高军长的意思吗？"

一番话说得高树勋哑口无言，他连忙摆着手要萧华同志坐下，然后结结巴巴地说："这个这个，我也不知情，萧司令请息怒，请息怒……"

萧华同志说："我们讲统一战线是为了团结抗战，如果有人以为这是软弱，那就错了。对于破坏抗战的行为，我们从不手软。"说罢起身告辞。

萧华同志回来后，立即下令准备反击。

1939 年 1 月下旬，曾国华同志的永兴支队首先袭击了刘曹庄，将保安第二总队的一部打得稀里哗啦，狼狈逃窜。大队长王淮川被我打伤后，只身逃往北平。我抗日县府秘书盖津源同志被救了出来。

2 月 8 日，我们又获知消息，说保安队抢劫了 20 多辆大车，经过程庄往李家桥，准备在那里过年。纵队领导即令五团二营营长齐景根带两个连包围李家桥，务必将其一举歼灭。2 月 14 日凌晨，齐景根带着五连、八连进攻李家桥。保安队凭借宅深墙高，负隅顽抗。我军在猛烈的火力掩护下，勇猛发起冲锋，不多时，就将两座宅子和炮楼全部攻克。保安二总队除 30 多人逃窜投入吴桥张国基部外，其余全部被我歼灭。袭击我宁津抗日县府的主犯梁连成、高华胜、叛徒刘明福都被我们活捉，并俘虏了100多人。

我们在宁津县召开了声势浩大的群众大会，揭露国民党顽固派制造分裂、破坏抗战的阴谋活动，号召群众起来进行坚决的斗争，不给"二政权"缴粮纳税，紧密团结在我抗日政府周围，将梁连成、高华胜和刘明福等人当场处决。100多名俘虏经教育后全部释放。

这一仗打在保安队身上，痛在马皋如等人的心里。他们的"二政权"原来神气活现地催粮逼款，招摇过市，这下子都隐匿到一些地主民团或土匪窝中，后来仍怕不安稳，一律随高树勋的部队行动，成了不起作用的摆设。这一仗也教育了高树勋。后来听说，马皋如以保安队被歼为借口，要高树勋出面干涉，企图扩大争端，结果被高树勋骂了一顿，拂袖而去，把马皋如弄得下不了台。这样，我们打赢了第一回合，获得了斗争的主动权。

马皋如等反共分子一计不成，又生一计，在征粮问题上大做文章，直接挑动高树勋部队与我发生摩擦，企图制造更大的冲突。

这时正是春季，青黄不接。全区出现了严重的春荒，粮食没有了，玉米芯、地瓜藤都拿来吃了，部队的军粮成了大问题。为了减轻边区人民的负担，挺纵领导带头挖野菜，吃糟糠，和全体同志一起，千方百计地节约粮食，争取渡过这一难关。我各县抗日政府从统一战线的大局出发，在这样困难的条件下，还是尽可能帮助高树勋的部队搞供应。但是，高的部队和其他国民党部队一样，军纪很坏，鱼肉百姓惯了，他们吃着细粮、肉菜，还常常四处掳掠。至于敲诈勒索，吊打群众，糟蹋民女……更是屡屡发生，不计其数。

我地方抗日政府曾几次写信给高树勋，要他阻止这种军纪败坏的行为，保证这类事情不再发生。高树勋对此很不高兴，以为是有意诬蔑他的部下。马皋如等人见有机可乘，就在高树勋的部队中到处煽动："咱们为了抗日在枪林里钻，共产党政府在背后捣咱们的蛋，不叫吃饱饭，咱们跟他来硬的，看谁斗得过谁！"挑动高军官兵与我军对立的情绪。

在这个基础上，他们操纵跟随军中的"二政权"，让他们出面，在高的部队保护下，制造了一系列的摩擦事件。

一次，宁津县顽县长刘松龄带着高军一个排，到二区要粮要款，开口就要粮食数千斤，钞票几万块。我抗日区长李武训回答："眼下春荒，家家都揭不开锅了，哪来这么多粮款？再说，本区军粮早已如数上交……"不等他说完，刘松龄就吼道："好个李武训，竟敢违抗军令！来啊，给我吊起来打！"一时拳打脚踢、棍棒交加，当场把李武训同志打死了。之后，在盐山、庆云、南皮等县又多次发生这种事件。我政府工作人员惨遭荼毒。全区抗日军民对高军的行为气愤至极，纷纷要求给予严厉制裁。

我各地抗日政府一面与高军各部交涉，一面四处张贴布告，重申：除我抗日政府外，其他单位均无权征派粮款；部队军粮应与我抗日政府协商解决，不得擅自在驻地征派。

在马皋如等人的煽动下，高树勋的部队不但不收敛，反而更加横行无忌，四处催粮逼款。另外，还派骑兵到处撕毁我政府布告，制造借口，挑起争端。我乐陵县抗日政府当即向高军第六师刘师长发了公函，对此提出抗议，要求他尊重我抗日政府，遵守政府法令，不得重犯。不料公函如石沉大海，杳无回音。几天后，高树勋的部队反而抓走了我方几个工作人员，扣押起来，后来愈演愈烈，竟发展到抓起我部队的人来。有一天，我带着第六支队驻在宁津县南村，在村外放了几名便衣哨，结果也被高军第六师的部队抓了去，后来，我们派去一名指导员前去交涉，也被他们扣留了。

干部战士们为此气得嗷嗷叫："这还了得！他们打鬼子像草鸡，搞摩擦倒挺神气！把咱的人放回来便罢，不放回来咱们就跟他们干！"挺纵领导召集我们各支队领导一起冷静地分析了情况，认为这又是马皋如等反共分子的新阴谋，他们在粮食问题上大做文章，挑动高军与我军发生摩擦。如果不迅速粉碎这一阴谋，照此下去，难免要出大问题。

萧华同志严肃地说："目前春荒严重，他们在这个问题上捣鬼，是很容易引起摩擦的。抓人的事情可以通过协商解决，在征粮问题上不能含糊，原则问题是不能退让的。"

符竹庭主任接着说："我们要以斗争求团结，以退让求团结是不成的。对高树勋不能一让再让。"

会后，萧华同志亲自与高树勋交涉。高树勋起初气粗声高，绝不承认他的部下有违纪行为，反而把责任都推到我们身上。萧华同志据理力争，列举种种事实，说明高的部队胡作非为，祸害百姓，同时严肃指出，在粮荒严重之时，军粮问题要与各级抗日政府协商解决，否则，群众和他们斗争，他们也征不到多少粮食，由此引起的一切后果都要他们承担！

萧华同志最后说："高军长！你就不感到这是有人背后捣鬼，要坐收渔翁之利吗?!"

高树勋听出话外音，沉思起来。他在事实面前和萧华同志的劝诫下，终于在口头上答应了我们的两条要求：一是在各地抗日政府的协助下，解决军粮问题；二是立即放回被扣留的我方人员。

我接到萧华同志的通知后，马上找来支队宣传干事潘大可，对他说："你拿着我的信，去找六师刘师长，请他把我们的人放回。"

"是!"潘大可敬过礼就要走。

我说："你等等，换件新棉衣，拿出点八路军的样子来!"并把脚上的棉靴脱给他穿。在一旁的青年干事赶紧把新补发的棉大衣和小巧玲珑的手枪借给他，帮他穿戴起来。

我见他不太在意，就又叮嘱了几句："对他们要讲礼节礼貌，原则问题一步也不能让，太阳落山前赶回来，否则，我们就当发生意外情况考虑了。"

潘大可虽然初次单独外出，却很好地完成了任务。这样，马皋如等人眼巴巴地等着看大戏，戏刚开了个场就闭幕了，他们的苦心又白费了。通过这样几次斗争，我们由于坚持我党统一战线原则，斗得有理、有利、有节，始终掌握着斗争的主动权，教育了高树勋，粉碎了马皋如等人的反共阴谋。

1939 年起，日寇开始回师"扫荡"。我们运用游击战、运动战的原则，连战连捷，取得了韩家集、灯明寺等数次胜利。但是，高树勋始终沿用国民党部队那套老战法，既不肯东奔西走、经常转移，又不愿化整为零、缩小目标，常常久驻一地不动。萧华同志多次劝他，他又不听，结果，在善化桥、刘背津、罗张家三次遭日军和伪军袭击后，又于乐陵县宁家寨被日伪军团团围住，处境十分艰难。高树勋向国民党土顽张国基、曹振东发电求援，因高曾暗算过张、曹，张、曹对高怀恨在心，如今见高要求救援，两人便装聋作哑，袖手旁观，要看高的笑话。

高树勋眼见张国基、曹振东见死不救，又紧急向我挺进纵队求援。

萧华同志收到高树勋求援的电报后，立即召集支队以上干部开了紧急会议，要求大家一面行军，一面教育部队要从大局出发，解救高树勋于危难之中。

萧华同志率我军，在宁家寨打退了日伪军，从万分危急中解救了高树勋，从根本上改变了他对我军的看法。他一见面就拉着萧华同志的手不放，连声说："谢谢！谢谢萧司令！"

萧华同志说："高军长，我们不是早就说过，真正抗日的必将助之，破坏抗日的必将除之吗？我们是从不食言的呀！"

高树勋连忙说："这我知道，贵军的所作所为实在令人钦佩！对鄙人教益不浅，教益不浅！"

我军驰援宁家寨一仗，从危难中救了高树勋，使他认识到：在抗日战争中，只有共产党八路军才是可以信赖的。

这以后不久，由于边区据点增多，环境艰苦，供应困难，特别是粮食奇缺，他就带领部队撤离边区，越过津浦路西去了。后来，他扣押并处决了投敌叛变的第十军团总司令石友三。解放战争中，他作为国民党的高级将领，第一个在邯郸率军起义，投入了人民怀抱。他曾感慨地说："共产党教会我做一个真正的人，在中国的土地上，唯有共产党是长存的！"

山东军民的抗日斗争[*]

罗荣桓

在山东军民开展抗日战争期间，我曾先后任一一五师政治部主任、师政治委员兼代师长、中共山东分局书记、山东军区司令员兼政治委员等职。

按照发展的客观过程，我认为山东的抗战可以分为以下四个阶段：从 1937 年 7 月 7 日卢沟桥事变后，山东各地区我党组织发动群众举行抗日武装起义，开展游击战争，为其发展的第一阶段；从 1938 年 12 月，中央决定成立八路军山东纵队，为其发展的第二阶段；从 1939 年 1 月前后一一五师陆续入鲁，后来与山东纵队合并成立山东军区，为其发展的第三阶段；从 1943 年山东实现党政军一元化领导，到抗日战争的最后胜利，为其发展的第四阶段。

第一阶段，主要是面对日本侵略者入侵，国民党山东省

---

* 本文原标题为《谈山东抗日战争》，收录时做了适当修改。

政府主席兼第三集团军总司令韩复榘率10万大军逃跑，人民奋起抗战。七七事变以后，平津相继失守，日军分兵沿津浦路南犯渡过黄河，山东的政治形势发生了巨大变化。主要因为韩复榘和国民党官吏纷纷逃跑，丢下了很多枪支，出现了很大空白。当时，我党以黎玉同志为书记的山东省委就把坚持抗战的责任独立自主地担当起来了，并根据中央和北方局的指示精神，发出"每一个优秀的共产党员，应该脱下长衫到游击队去"的号召，要求各地的党组织迅速发动群众，抓紧时间举行武装起义。

在地下党的领导下，山东各地人民的抗日武装起义风起云涌。在没有八路军主力部队支援的情况下，起义队伍仅以少数红军干部和地下党员，以及从监狱里出来的同志为骨干，依靠平津和山东各地经过抗日救亡斗争锻炼的学生、地方爱国人士，收集了一些民间枪支并争取改造了一部分地方游杂武装。那时，虽然党的组织还不够健全，也缺乏斗争经验，但是可以说"秀才造反"是造对了。

在这个时期，先后举行的徂徕山、黑铁山、天福山、牛头镇、十字路、泰西、湖西、鲁西北、冀鲁边、苏鲁边等地武装起义，为开辟山东抗日根据地，坚持抗日斗争奠定了良好的基础。

第二阶段，主要是统一武装，加强领导。为了加强对山东抗日斗争的领导，把山东的武装斗争统一起来，党中央决定于1938年12月，成立八路军山东纵队，并从延安调来郭洪涛、张经武等一批党员和干部，制定了整顿部队的方案，将山东人民起义武装编成几个支队，一律使用八路军的番号。由于我军英勇抗战博得了广大群众的拥护，部队得到了迅速的发展和扩大，使山东纵队成为一支坚持山东抗战的骨干力量。

此时，山东已完全沦为敌人后方。敌人的矛头主要向南，控制中心城市、重要港口以及铁路交通线，对山东腹地大山区和平原尚未进行大的"扫荡"。这种形势为我党领导山东人民开展广泛的游击战争提供了有利条件。这时，国民党在山东也趁机发展武装，企图恢复其统治。原在山东内地的和逃跑后又回来的一些国民党分子、官吏及地主豪绅等，都纷纷自立旗号，扩充势力。其实，是在共产党领导下的人民抗日武装挺起胸膛打击敌人的嚣张气焰，恢复了大片国土的条件下，才使他们某些被隔断于敌后的军队获得援救，也才使溃散支离的沈鸿烈的山东省政府得到个藏身之地。但是，他们并不承认人民对他们的支援，他们一旦站住脚便借其所谓合法的名义，到处委派专员、县长，限制和破坏人民的力量。在这种形势下，党中央和毛泽东同志多次指示山东我党，要独立自主地广泛发动群众，开展游击战争，建立抗日民主政权，正确执行党的抗日民族统一战线政策。

应该承认，沈鸿烈、石友三他们是很有统治经验的，他们对抗战并不积极，却热衷于扩充实力，抢地盘，抓政权。所以，他们很快获得了战略上的有利地位，控制了一些重要山区，妄图把我军逼到平原地区和铁路沿线。

但是，当时山东的环境还比较平静，敌人还没有进行大规模"扫荡"。我军已经有了相当大的发展，山东各地的形势还是好的。这样，在山东开始出现敌、顽、我三角斗争的态势。

第三阶段，主要是相继入鲁的一一五师部队同山东人民抗日武装并肩作战，不断粉碎敌人的进攻。1938 年 9 月，萧华纵队和六八五团先后进入冀鲁边和湖西地区；一一五师师部和六八六团于 1939 年春天进入鲁西，秋天进入鲁南，进一步加强了山东的抗战力量。

1939 年 8 月，党中央为了统一指挥苏鲁一带我方的军事力量，派徐向前、朱瑞等同志到山东成立了八路军第一纵队，徐向前任司令员、朱瑞任政委。在这些领导同志的组织指挥下，山东纵队与一一五师协同对敌作战，取得了很大成效，对加强抗日斗争的领导和推动抗日形势的发展起到了重要作用。

但是，那时日军为了扼杀敌后发展起来的抗日力量，在停止对国民党军正面战场的进攻之后，从前线抽调大批兵力回师山东，占据了大部分县城，并开始"扫荡"平原。山东的国民党顽固派在第一次反共高潮的影响下，也调整部署，加强实力，积极反共。于是，在山东战场上的三角斗争形势日趋尖锐复杂。

从 1939 年春，国民党军于学忠部 2 万余人先后进入山东，占据沂（山）鲁（山）、莒（县）日（照）、临（沂）费（县）等重要山区；国民党军沈鸿烈部也由鲁北进入鲁中山区，抢占了沂鲁山区的要点，并积极与我摩擦。这个阶段，党中央、毛泽东同志下达山东的中心任务是，坚持敌后游击战争，坚持已得的阵地，发展人民力量在各方面的优势。根据中央的指示，山东我党我军在对敌伪顽斗争中取得了一定胜利，山东各地区也得到了一定的发展。但是我军仍然常常处于敌顽夹击之中，1941 年、1942 年是我们比较困难的时期。

造成这种形势的主要原因，是由于国民党顽固派所实行的投降分裂政策。山东伪军数量冠于华北各省，共达 20 多万人，他们绝大部分是从国民党的武装中投降过去的。这些伪军又和国民党顽固派保持着密切联系，积极反共。他们的所作所为对于日本侵略者巩固在山东的地位和势力起了很大作用。

一一五师进入鲁西后，敌人集中力量对付我师直属部队。在陆房、梁山战斗后，一一五师转入鲁南抱犊崮山区。后来，山东分局要求一一五师北上与分局和山东纵队靠拢，一一五师除留下一部分部队坚持鲁南斗争外，师部及其他部队向北移至临沂以北青驼寺附近。但因山区太困难，连吃饭问题都很难解决，师部就南下滨海。留下的部队坚持鲁南斗争是有重要意义的。否则，东北军第五十一军、第五十七军将完全占领鲁南山区，我们将被压缩到沂蒙山区，将来南下就没有出路，对陇海路南和湖西地区的联系也都不利。当时，一一五师坚持鲁南，后来开辟滨海地区，有力地配合了沂蒙山区的抗日斗争。

当时，在军事上有一个重要的原则性问题，那就是搞分散游击战，还是搞运动战或运动游击战？山东处在敌人的后方，只能以游击战为主，不能搞大兵团运动战。尤其当时山东的主要山区已被国民党顽固派军队掌握，我处于敌顽夹击、两面作战的不利地位。在这种情况下，我们只能广泛发动人民群众，进行灵活的游击战。后来，在反"扫荡"、反"蚕食"斗争中，又在进一步发动群众的基础上，提出了"翻边战术"，组织敌后武工队，开展政治攻势等。这些都是执行游击战争的方针。

第四阶段，主要是实行党政军一元化领导，夺取抗日战争最后胜利。从当时的情况看，山东实现一元化领导，实际上从 1943 年 3 月山东纵队与一一五师合并成立新的山东军区时就开始了。因为当时主要是军事斗争，实行一元化领导，首先要统一军事指挥。这一时期的主要任务是反"扫荡"、反"蚕食"、反伪化斗争。1943 年，敌人继续扩大面积上的占领，加紧对我根据地的"扫荡"和"蚕食"，我各根据地的斗争十分紧张。在鲁南，敌人搞得我们只剩下了"一条线"；滨海区南部也被搞掉了；冀鲁边很困难，要以清河区做依托。清河区这一年遭到敌人三次万人以上的大"扫荡"。

根据这些情况，为了改变我军被分割封锁的不利地位，我们广泛地开展了分散的群众性游击战争和政治攻势，进一步加强了全面的对敌斗争。同时，我们还紧紧抓住有利时机，推动国民党积极抗日，反击其反共阴谋，团结中坚力量，送东北军出鲁，粉碎了李仙洲部入鲁反共的企图。从此，山东已无国民党的主力部队。从1943年下半年起，山东地区的斗争形势开始好转，到1944年有了明显的变化。在粉碎敌人的"扫荡""蚕食"的同时，我集中部队打击大股伪军和日军孤立的据点。这时山东的国民党残余部队已经大部投敌，剩下的或依敌自存，或成为敌之外围。我军则在鲁中区发起了讨伐伪军吴化文部的战役；在滨海北部收复了诸城地区，与胶东打通了直接的联系；渤海、胶东和鲁南地区也展开了攻势作战，扩大了解放区，还争取了如莒县的莫正民等几大股伪军起义。山东形势虽然有了基本好转，但是根本好转，还是在完成了1945年5月、6月、7月"三个月作战计划"的时候。

　　"三个月作战计划"，主要是开辟胶济路东段的两侧地区，以扩大渤海和胶东，以及他们同胶济路以南地区的联系；再就是争夺临沂、费县，使胶济路以南的鲁中、滨海、鲁南地区完全连成一片，为大反攻创造有利的形势和条件。但是，正当我军准备发起攻势之时，山东敌人兵力突然增加达10万人以上，并进行了一次全区性的大"扫荡"。敌人这次的大"扫荡"只不过是为实行其重点防御而采取的以攻为守的行动，是借"扫荡"掩护调整部署。这时，苏军已打到了柏林，欧战即将结束，我国的抗日战争已进入大反攻的前夜，形势是很好的。我们根据这一正确估计，坚决执行了"三个月作战计划"。经过 5 月、6 月、7 月的作战，基本上完成了预定计划，打通了几个战略区的联系，开辟了最后反攻日军的有利阵地。有了这个基础，我们就主动多了，就能集中很大兵力参加大反攻。在苏联对日宣战的第二天，我们就编成了 50 个团，这也是执行"三个月作战计划"的收获。否则，大反攻来了，我们的兵力还没有集中起来，内地的敌据点还没有肃清，那就被动了。

在三个月作战的基础上，我军又经过一个多月的大反攻作战，获得了巨大胜利，山东我军的兵力发展到 27 万余人。可以说，山东党、政、军在实现一元化领导之后，坚决执行了我党独立自主的方针，最后取得了抗日战争的全面胜利，这不仅充分体现了党中央和毛泽东同志的英明决策，也充分体现了毛泽东军事思想的胜利。

在山东的一年[*]

徐向前

我和朱瑞同志是 1939 年 6 月从冀南到山东的。

山东抗日根据地同其他各根据地一样，经历了一个建立、巩固与发展完善的过程。从我到山东时的情况看，那时山东还不能算巩固的或较好的抗日根据地。就鲁南来说，还只是一个游击区，主要是政权还没有建立起来。因为没有政权，不能顺利地筹粮筹款，几万部队的穿衣、吃饭、医药、装备等，就不好解决。当时，在山东除了伪政权之外，还有国民党的政权，县长、区长、乡长都是国民党的人，有的是很坏的，他们不给我们粮，也不给我们款，弄得我们有时连吃饭都成问题。蒋介石不给我们，国民党地方政权也不管我们，唯一的出路就是建立人民自己的抗日政权。

党中央曾明确指示我们要坚持敌后游击战争，坚持已有的阵地，发展自己的力量，争取政权，深入群众工作，与顽固分子坚决斗争。在党中央的正确领导下，山东分局、山东军政委员会、第一纵队，从上到下，主要的工作就是发动群众，扩大军队，建立政权，粉碎日军的进攻与"扫荡"。

我到山东不久，就带着几个同志到于学忠那里去谈判。谈判谈什么？主要是谈政权问题。于学忠劝我们不要搞政权，他说："你们抗日，就不要搞地方政权了。你们也搞政权，我这个省政府怎么搞啊！"我说："我们抗日非得有政权不行。群众要起来抗日，我们要发动群众，没有政权就没有个依靠，没有政权，吃饭问题都解决不了。你的政权，一不给我们粮款，二不给我们枪弹，连薪饷都不给，我们不搞政权怎么办！"就这样争论了两个多钟头，他讲他的，我讲我的，最后也没有什么结果，回来照样搞我们的政权。我们建立政权是搞三三制，注意团结中间分子，把一些开明士绅都吸收到政权中来。像范明枢等人同我们关系很好，经常往来。

根据当时形势发展的特点，我们建立政权的工作，采取了三种不同的形式。

一是在条件成熟的地方，迅速建立人民自己的、完全民选的政权。这主要是在鲁西、鲁南和胶东的根据地内。1939年七八月间，敌人大"扫荡"时，国民党的政权都垮掉了。

我们利用这个机会，在莱芜、新泰等县先后成立了抗日民主政权。到1940年3月间，全山东完整与不完整的民选县政权已有40多个。到年底，建立了90多个县政府，1个行政主任公署，成立了山东省参议会，范明枢任议长。我们还成立了战时工作推行委员会，黎玉同志任主任委员，实际是行使山东省政府的职权。

二是在敌占区及敌"巩固区"和中心城市，建立两面政权，以秘密方式进行抗战工作。例如在鲁南、胶东以及胶济铁路沿线上，有一些名义上的伪政权，实际是我们的人。像电影《平原游击队》里那样，我们过铁路时，他喊"平安无事哟"，送我们过铁路。我们临走时，把他绑在树上。敌人来了骂他为什么不报告，他就说："你看，他们把我绑在树上，我怎么去报告呀。"就蒙混过去了。

三是促使国民党控制的政权实行民主化。当时，根据抗日战争的需要和广大人民群众的呼声，我们要求县、区、乡等各级政权，要能团结各阶层一致抗日；要发扬民主作风，替人民做些善政，反对高高在上的衙门制度；要接近人民，反对贪污，实行减薪，廉洁奉公；要公平负担，免除苛捐杂税，建立正确的财经政策。对于那些平日里作威作福、要粮要草、一味欺负老百姓，在敌人来时，不但不领导军民抗战，反而自己先溜掉的专员和县长，我们就发动群众把他赶走，或者通过民主选举把他选掉，选上那些真正替老百姓办事、解决困难的专员、县长、区长。

普遍组织抗日救亡团体，是巩固根据地和政权不可缺少的一个环节。通过组织和领导各种抗日救亡团体，使我们党和军队同群众的联系更密切，威信更高；使国民党顽固派在群众中更孤立，威信扫地。1939年六七月间，在敌人对鲁南大"扫荡"以前，山东的国民党顽固派把所有的人民抗战组织都解散了，以无群众基础的"群众团体"代替群众自己的组织。然而，这些"群众团体"禁不起敌人的大"扫荡"，形势一严重即销声匿迹，逃得不见踪影。这使山东人民认识到，自己不组织起来，是不能生存的。从此以后，人民群众又自己组织起来，先后成立了山东全省宪政促进会、鲁南妇女救国总会等群众团体。同时，各县、各区、各乡也都有了群众组织，并且武装了起来，经常做动员群众参战、配合部队作战的工作。如山东工人支队，在胶济路上经常破坏铁路，打击敌人。

1939年12月到1940年3月，国民党顽固派枪口对内，进攻我抗日根据地，发动了第一次反共高潮。山东也同其他根据地一样，不断遭到国民党顽固派的进攻与袭击。

在反对顽固派的斗争中，我们采取了区别对待的方针，始终把加强和巩固抗日民族统一战线放在首要位置上，坚持抗战，反对投降；坚持团结，反对分裂；坚持进步，反对倒退。用统一战线这面旗帜，号召民众，组织民众，团结一切爱国抗日的进步士绅，孤立和打击反共、反八路军的顽固派。

首先是区别于学忠和沈鸿烈。和沈鸿烈比较起来，于学忠虽然有时候对我们态度也很强硬，但比沈鸿烈要好一些，同我们的摩擦比较少。原东北军的部队中有我们党的一些干部秘密进行工作，解方、万毅同志当时就在那里。沈鸿烈却是另外一种情况。他从鲁西南到鲁西北，再到鲁北、鲁中，到处组织反共，他在鲁西北阴谋分裂范筑先与我军合作关系；在鲁北企图夺取我冀鲁边中心根据地之乐陵，限制我军向鲁北发展；在清河区唆使当地的国民党部队联合向我军进攻。在其进入鲁中地区以后，又采取一系列措施，企图限制与消灭人民抗日力量，驱赶我军出山东。此外，他还策动秦启荣等部秘密勾结日军，订立"共同防共协定"，制造了许多摩擦事件。因此，沈鸿烈是典型的顽固派，必须予以打击。一一五师的同志曾经向党中央提出对于、沈采取不同态度的意见，得到党中央和毛主席的肯定。后来，我们采取的策略就是争取于学忠，孤立并打击沈鸿烈。

其次是把秦启荣和其他一些国民党将领区别开来。那时，同我们搞摩擦的不只是秦启荣一个人，还有王洪久和张里元等人。王洪久驻地靠近日本人的据点，很容易同日本人勾结起来，不好武装解决。像他这样的情况，我们采取了警惕他、暂不动他的方针。张里元这个人和王洪久有区别，和秦启荣更不一样，他虽然和我们不能很好合作，但当我们到他的防区时，他也不把你怎么样，你路过他的防区去打日军，他也让你过去。对于这样的人，我们采取了尽量争取的方针。至于对付秦启荣，我们大家意见是比较一致的。有一次，他指挥部队围攻我们，我们反击他，抓了他一些人，缴了他一些枪，他就派人来同我们谈判，当时我们考虑，缴了他几十条枪，对我们帮助不大，他还可能投靠日本人，不如把人放了，把枪还给他，促使他向中立转化。可是，这个主观愿望没有奏效。他在沈鸿烈的指使下，一而再、再而三地同我们搞摩擦，一次比一次厉害，规模一次比一次大。于是，在1939年8月下旬，山东纵队在鲁中淄河流域组织了反顽战役。这次战役，主要是第一、第三、第四支队参加战斗，是张经武和王彬同志指挥的。经过几天的连续作战，我们把秦启荣大部击溃，其残部逃到张博路以西去了。我们缴枪2000多支，还收编了他的一部分部队。除了这次反顽战役之外，一一五师和山东纵队的其他各支队，也在各地区开展了反顽斗争，打击了国民党顽固派的嚣张气焰，这样一来，我们根据地的范围扩大了。抗日民主政权得到了巩固，使得我们能够更有力地去对付日军的"扫荡"与进攻。

在那段时间里，发展与扩大部队，主要是解决质量、数量和物资三大问题。在山东军政委员会的统一领导下，由于各部队的积极努力，广大人民群众的支援，山东我军的发展与扩大是比较迅速的。山东纵队1939年六七月间是2.5万多人，到1940年6月我离开时，主力和地方基干部队达到5.1万多人，还不包括拨给兄弟部队的3.2万多人。一一五师在 1940 年初是 5.8 万多人，到 9 月就发展到 7 万多人。军队的发展与扩大，成了保卫与巩固抗日根据地的强有力支柱，进一步巩固了我们在统一战线中的独立自主地位。

梁山凯歌

欧阳文　张　云

1939 年 7 月底，日军派遣三十二师团 1 个大队气势汹汹地向郓城方向奔袭而来。这个大队由名叫长田敏江的少佐指挥官率领，共有日军 300 余人，伪军数十人，配备有 2 门野炮、1 门九二式步兵炮等武器。

当时，我一一五师代师长陈光、政治委员罗荣桓率领轻便的师指挥所，正活动在梁山附近地区。随同师指挥所的还有师特务营的 3 个步兵连和 1 个骑兵连，师指挥所设在梁山的前集。

8 月 1 日早晨，部队还没有开早饭，侦察员急匆匆地从外面跑来向作战参谋来光祖报告说："靳口方向发现敌情，有一大批日本鬼子和伪军向我驻地开来。"来光祖马上把这一情况向陈、罗首长做了汇报。陈光同志听了，默默地思索着；罗荣桓同志听后，仔细地查看了挂在墙上的军用地图，然后让来光祖马上再派出侦察人员，察明敌人的兵力和企图。

过了约个把钟头，侦察员又报告：敌人继续向梁山方向开来，没发现有后续部队。根据敌情分析，敌人是孤军深入。陈、罗首长立即命令特务营二连和骑兵小分队去阻击、滞缓、疲惫敌人；命令独立旅一团三营火速赶到独山庄以南地区，准备投入战斗，相机打击敌人，争取歼灭来敌一部分或全部。该团的其他部队则加强对汶上方向的警戒，防备敌人增援。除此之外，调独立旅政治部主任欧阳文前来负责战场勤务等工作。

欧阳文接到命令后，立即骑马赶到师前沿指挥所。在这里，罗荣桓政委向欧阳文谈了敌我态势以及整个作战意图，并详细交代了任务。

这时，远处不断传来隆隆的炮声和一阵阵的枪声。显然，是师指挥所派出的部队和敌人交火了。在我这支部队的节节阻击和引诱下，直到下午太阳快要偏西的时候，敌人才狼狈地进入我军设伏地域——梁山西南的独山庄附近。

中午 12 点半左右，独立旅一团三营接到了由团长周海彬、政委戴润生派骑兵通信员送来的作战命令，全营立即投入紧张的战斗准备。营长刘阳初带领各连连长和侦察人员负责侦察敌情和地形，营教导员张云负责战斗动员。

三营原是红军第一方面军第三军团主力之一，其中班以上干部和相当数量的战士，经历了二万五千里长征。其余的战士虽然大都是在平型关大战后参军的，但也经历了多次战斗的锻炼，有着丰富的作战经验与独立作战能力。1938 年底，该营随六八六团赴鲁路过晋东南抗日根据地时，曾受到朱德总司令和彭德怀副总司令的检阅，并被朱总司令誉为"干部团"。

出发前，张云向全营指战员做了战斗动员，同志们个个摩拳擦掌，人人情绪振奋，恨不得立刻投身战场。紧接着，全营从汶上蔡林集附近出发，悄悄地一口气急行军十余公里，隐蔽在独山庄南面 4 公里的一个村庄里。部队除一面架锅做饭，一面抓紧时间休息外，各连还采取多种形式继续进行战斗动员和战前准备，以迎接即将来临的激战。

下午 4 点半左右，刘阳初等同志侦察敌情回来，立即召开连以上干部会，研究作战方案。据侦察，独山庄靠近梁山西南面，村里有骡马店、作坊等，还有几座石灰窑。庄北面有座小山，不太高，也不太陡，是这一带的制高点。四周的青纱帐十分有利于我军隐蔽接敌。敌人进占独山庄后，派出伪军一个排，约 20 人，另有日军三五人，占领了庄后的小高地，但未修筑工事。绝大部分日军在庄南面一座大院外的树林里露宿，有 3 门炮放在院外。庄西边的小山山脚下有一座独立的土墙院，时有伪军进出，像是伪军的驻地。敌人在炎热的天气下，经过连续行军作战，已经是人困马乏，疲惫不堪了。他们在独山庄，胡乱地向梁山和庄外四周的青纱帐里，零零散散地打了一阵枪炮进行火力侦察后，便洗澡的洗澡，睡觉的睡觉，做饭的做饭，完全处于松懈麻痹状态。

根据敌情，营决定以十连为主攻，从庄南面向独山庄以及露宿树林卜的日军突击，在全歼守敌的同时，一定要把大炮夺到手；十一连在迅速攻占庄北的小高地后，除以一部分兵力巩固阵地外，主力由东向西配合十连向敌进攻；十二连在攻占庄西边的独立土墙院后，继续沿山脚配合十连向敌纵深发展；营指挥所随十连前进；重机枪连为营预备队，随营指挥所行动，并要求各连于当晚8点进入进攻阵地。同时规定以三发红色信号弹和冲锋号声为进攻信号。

根据陈、罗首长的意图，来光祖亲自指挥师特务营的二连、十连以及四连和骑兵连作战。十连由独山庄东北向敌人攻击；二连派出1个排攻占独山庄北的小高地，配合独立旅一团三营歼灭独山庄之敌；骑兵连和四连担负警戒和预备队的任务。

天渐渐黑下来，各连指战员利用青纱帐等有利地物、地形，一个跟一个，悄悄地向前运动。为了出其不意地发起猛烈攻击，大家都尽最大可能地接近敌人，有的接近到能听到敌人的谈笑声和鼾声，甚至能透过火光看到敌人的身影。

晚上8点半左右，三发红色信号弹腾空而起。嘹亮的冲锋号声划破长空，在轻重机枪火力掩护下，指战员们猛虎似的扑向敌人。顿时，机枪声、手榴弹爆炸声和喊杀声响成一片，震荡着大地。敌人在我军突然打击下，一时晕头转向，不知所措，有的光着脊背，有的穿着短裤，你拥我挤，纷纷向庄南面那座大院里逃窜。后来又听见一片哇啦哇啦的狂叫声，以及隆隆的炮车声。显然，敌人在往大院里拉炮。这时，敌人已被我军消灭了不少。指战员们立即乘胜追击，把大院团团围住。

与此同时，攻打庄西独立土墙院和庄北小高地的指战员们也旗开得胜，完成了预定作战计划，正向大院攻击前进。日军醒悟过来后，立即分成十几个战斗组，在密集的火力支援下，向外冲击，妄想用四面开花的办法杀出重围。我英勇的指战员沉着机智地打退了敌人10余次冲锋。战斗进行得异常激烈，我方虽然也有些伤亡，但是指战员前仆后继，一往无前，充分发挥近战、夜战的威力，越战越勇，越战越强。其中，以赵勇胜排和吴吉昌排表现最为突出，他们沉着、坚毅、机智、灵活，不断给敌人以杀伤。

战斗进行了五六个小时，敌人已被我军消灭大部。此时，营指挥所已转移到独山高地，眼看天快要亮了，指战员深知，如果天亮前还结束不了战斗，对我们是十分不利的。为了歼灭龟缩在大院里负隅顽抗的残敌，我们重新调整了战斗部署。以三营十一连为主攻，由东向西打进大院，与敌人展开房屋争夺战。在我指战员的刺刀和手榴弹的威逼下，一个个日军发出了最后的号叫。

最后剩下的数十名日军被压缩在小山脚下骡马大店院内的几间房子里。这时，陈、罗首长派师政治部秘书长苏孝顺来了解战斗情况，苏孝顺和来光祖通过电话向师首长汇报了战况，罗政委说："你们面前这伙敌人是支孤军。现遭我军痛击，伤亡惨重，他们必定会固守待援的。但是汶上方面敌人空虚，如果有援兵，最早在明天中午才能到达。师部已派出部队警戒。要告诉大家不要顾虑敌人增援，当前形势发展对我军非常有利，要集中力量，一鼓作气，穷追猛打，争取10点钟前全歼残敌！"

三营接到罗政委指示后，立即向各连做了传达，并决心以果敢迅猛的动作，全歼残敌。于是，三营集中全营所有的轻、重机枪，以猛烈的火力做掩护，由排长李炳祥率领突击队，用上房挖洞向里塞手榴弹的办法，向敌人发起猛攻。我突击队闪电般地冲进大院，登上房顶，抢锹舞镐，把房顶挖开数个窟窿，将手榴弹丢进屋内，炸得敌人血肉横飞。没被炸死的敌人破门而出，突出包围，向青纱帐逃窜。师特务营的骑兵连飞马扬刀扑上去，奋力拼杀，犹如砍瓜切菜一般。残敌除一个逃回汶上，一个被当地群众抓获外，其余全部被我军歼灭。2日上午8点左右，战斗胜利结束。

此次战斗，是我军以劣于敌人的装备，全歼强敌的一次模范战例，共毙日军300余人，俘虏13人；毙俘伪军一部；缴获野战重炮2门、九二式步兵炮1门、掷弹筒3具、轻重机枪共17挺、步枪200余支，以及其他军用物资一大批。

这次战斗，对扩大我军影响，坚定人民群众抗战必胜的信念，巩固和发展鲁西抗日根据地起到了重要作用。

挺进山东[*]

萧　华

　　为了坚持和发展山东的抗战，使之成为华北抗战的战略一翼与联结华中敌后战场的战略枢纽，中共中央决定派部队进军山东。

　　1938 年 5 月，一一五师接到中央军委和八路军总部关于派遣部队入鲁的指示后，首先组织了一支东进抗日挺进纵队，向津浦路以东冀鲁边平原挺进，与那里的抗日武装会合，建立抗日根据地。挺进纵队以三四三旅政治部、直属队、六八五团二营和一二九师工兵连为基础，又从其他团抽调一部分骨干组成，我任纵队司令员兼政治委员，邓克明任参谋长，符竹庭任政治部主任。7 月，挺进纵队组成，于 9 月 27 日，越过津浦路，跨进冀鲁边的边缘——乐陵县，成立了冀鲁边军政委员会，揭开了挺进山东的序幕。

＊ 本文原标题为《一一五师挺进山东及山东抗日根据地的发展》，收录时做了适当修改。

此后，一一五师各部队相继入鲁。

11 月，三四四旅六八八团奉命由冀南转赴山东，进至馆陶、冠县、邱县地区，由陈赓统一指挥。部队到达这一地区后，于 12 月配合山东省第六区游击司令部第十支队，歼灭了国民党顽固派军队王来贤部，创建了鲁西北抗日根据地。

11 月初，三四三旅六八五团由晋西孝义出发，从安阳北越过平汉路，12 月底到达山东菏泽，转入苏鲁皖三省边沿微山湖西区丰县，进入湖西地区。首战崔庄、韩庄，歼灭伪军王献臣部 800 余人。1939 年 1 月，六八五团与山东纵队挺进支队合编为八路军苏鲁豫支队，接着在沛县争取伪军一部反正。4 月，击退了丰、沛、萧三县 4000 名敌军对湖西区的联合"扫荡"，继而击退萧铜敌人的七路进攻。部队扩大到 8000 余人，创建了以丰县、沛县为中心的湖西根据地。5 月，除留第四大队坚持湖西斗争外，主力南越陇海路，进入萧县、永城、夏邑地区，与萧县地方武装合编。6 月，东越津浦路，进入宿县、灵璧，粉碎了日伪军的七路合击，开辟了宿迁、睢宁、泗县、灵璧地区。7 月，将所属部队编为 3 个大队。

为了继续增强山东抗日的骨干力量，1938 年 12 月 2 日，八路军总部命令一一五师主力挺进山东。除将三四三旅补充团与晋西 3 个游击大队合编为独立支队，坚持晋西斗争外，1939 年 1 月，一一五师代师长陈光、政治委员罗荣桓率领师部及六八六团，从晋西向山东挺进。3月2日，进入鲁西郓城地区，次日歼灭郓城西樊坝伪军1个团，打开了运西局面。六八六团团长兼政治委员杨勇率领三营及师直两个连，留运河以西发动群众，建立政权，扩大部队。师部率六八六团主力继续东进至泰西的东平、汶上、宁阳地区，与山东纵队第六支队会合，协助当地党组织建立抗日政权，瓦解了有1万名徒众的反动"红枪会"，拔除了伪军沿汶河两岸的全部据点。

5月在肥城以南的陆房地区粉碎日伪军8000余人的九路围攻，歼日伪军1300余人。五六月间，一一五师司政机关和直属队各一部，以及东进抗日挺进纵队第七团，先后进入津浦路以东的泰安、泗水、宁阳边区，继而向费县西北发展，配合山东纵队粉碎了日伪军1万余人对鲁中地区的大"扫荡"，开辟了费县西北地区。在此期间，六八六团三营扩编为师独立团，师直两个连扩编为游击第七支队。7月，师独立团和游击第七支队合编为师独立旅，杨勇任旅长兼政治委员。同月，津浦支队由鲁西进入鲁南的临沂、费县地区。

9月，一一五师师部、六八六团、新扩编的特务团、随营学校与山东纵队鲁南人民抗日义勇队第一总队会合，拔除日伪据点多处，建立和巩固了以抱犊崮为中心的抗日根据地。到了冬季，师独立旅一部进入鲁西北，配合一二九师部队、筑先纵队反击国民党顽固派军队的进攻，先后开辟寿张、阳谷、范县、聊城、莘县、朝城、观城等地区。

1940年2月，一一五师为统一鲁南地方武装的领导，将地方武装分别编为边联支队、沂河支队、尼山支队；将争取的地方实力派武装编为峄县支队、鲁南运河支队。为扩大鲁南根据地，向天宝山区发展，一一五师师部率主力由南北进。2月14日，歼灭汉奸孙鹤龄部，解放鲁南山区中心要地白彦镇。3月7日至22日，日军集中2800余人三次争夺白彦，我军经14昼夜作战，歼敌800余人，解放了费县以西广大地区。随后，又粉碎日伪军8000余人对抱犊崮山区的大"扫荡"，讨伐了伪军刘桂堂，开辟了天宝山游击区。师独立旅与我率领的东进抗日挺进纵队第五支队，于3月协同冀中、冀南军区部队进行了第一次讨伐国民党顽军石友三部的战役。同月，师独立旅与东进抗日挺进纵队第五支队合编为新的第三四三旅，杨勇任旅长，我任政治委员。4月，成立了鲁西军区，我任司令员兼政治委员。同时，鲁西、鲁南主力部队整编。6月下旬，我调任一一五师政治部主任。7月，陈士榘率独立支队由晋西到达鲁西。至此，一一五师进军山东的工作全部完成。

1940年10月，根据八路军总部指示，一一五师将所属部队先后整编为7个教导旅。

早在1939年6月，党中央和八路军总部任命徐向前同志为八路军第一纵队司令员，朱瑞为政治委员兼山东分局书记，统一指挥山东与苏北境内的八路军各部队。到1940年底，山东分局领导的抗日根据地，除苏鲁豫皖边区和苏皖边区于当年6月划归中原局领导外，包括鲁西、鲁中、鲁南、滨海、胶东、清河、冀鲁边等根据地，人口1200万人，土地3.6万平方公里，成立了省参议会和行使政府职权的省战时工作推行委员会，并建立了一个行政主任公署，14个专员公署，95个抗日民主县政府。一一五师已发展到7个旅，共6万余人。山东纵队也编为5个旅2个支队，共5万余人。加上各地的地方武装，山东抗日武装力量已发展到12万余人。

我一一五师挺进山东后，为山东抗日斗争增添了力量。在共产党的领导下，山东军民建立敌后抗日根据地进行了不屈不挠的斗争。一一五师在战斗中充分发挥了骨干作用，连续给敌人以有力的打击。1939年8月，梁山伏击，我军以同等兵力歼灭来犯日军300余人，毙俘伪军一部，缴获野炮2门、九二式步兵炮1门。梁山战斗后，敌人纠集5000多人，汽车、坦克160多辆，在各据点守备队的配合下，疯狂报复，扬言血洗梁山。但是，我鲁西军民依托青纱帐，到处开展游击活动，仅在这次战斗中就击毙敌人300名，击毁汽车10辆、坦克3辆，敌人狼狈撤走。

我党我军在山东敌后的斗争，使日军十分惊慌，他们一面加强对国民党的政治诱降，一面集中兵力对付我抗日根据地。1939年和1940年，敌人在山东1000人以上的"扫荡"共25次，其中1万人以上的2次。1941年和1942年增加到

70 余次，其中 1 万人以上的 9 次。1942 年秋至 1943 年初，敌人对鲁中、胶东、湖西、冀鲁边、清河地区轮番进行 1 万人以上的"拉网合围"。山东军民依照毛泽东同志制定的战略战术原则，机动灵活地开展反"扫荡"。一一五师根据中央军委提出的"敌进我进"的方针，在地方武装、民兵和广大群众配合支援下，破袭日伪军据点，制止日伪军的"蚕食"推进，坚持边缘地区的斗争。

日军见大规模军事挺进达不到目的，又施行军事、政治、经济、文化、特务等手段密切结合的所谓"总力战"，企图用频繁的"扫荡"和稳扎稳打、逐步推进的"蚕食"政策，缩小乃至摧毁我抗日根据地。1940 年，敌人在我根据地建立据点 1100 多个。到 1942 年底，我鲁南基本被压缩成"南北十余里，东西一线连"，各县、区、乡都被分割成若干碎块，每走 30 公里，要过 8 条公路、5 条封锁沟。原来的根据地，完全变成游击区，我军活动极度困难。

然而，我们并没有被吓倒，在困难面前变得更加团结，更加坚强。山东根据地军民和敌人艰苦相持，拼死争夺。

1943 年 3 月，根据党中央决定，山东实行党的一元化领导。罗荣桓任山东军区司令员、政治委员兼一一五师代师长、政治委员，黎玉任副政治委员，我任政治部主任，由山东军区统一领导我军主力和地方武装。不久，罗荣桓接任分局书记。我军根据党中央"敌进我进"的方针，提出了"翻边战术"，即敌人打进我这里来，我们打到敌人那里去，以分散的群众性的游击战争和强大的政治攻势反击敌人，把斗争焦点引向敌占区。在 1943 年，我们共攻克据点 300 余处，开辟了 5 万平方公里的新区，取得了全歼伪军刘桂堂部和解放郯城、赣榆城等辉煌胜利。

为贯彻中共中央关于进一步巩固根据地，积蓄力量准备反攻的指示，八路军山东军区于 1944 年和 1945 年春夏，连续发动攻势作战，歼灭日伪军 11 万余人，收复县城 20 座，拔除据点 1200 余处。

1945 年 8 月 8 日，苏联对日宣战，山东我军立即编成 8 个师、11 个警备旅和 4 个独立旅，兵分五路，以排山倒海之势，向胶济、津浦、陇海路沿线各大小城市猛进。仅一个月，我军就收复临沂、曲阜等县城 46 座及烟台、威海等海口、商埠 6 处，歼灭日伪军 6 万余人。到抗日战争胜利结束时，山东根据地已拥有 2400 万人口，12.5 万平方公里的土地；我军发展到 27 万人，民兵 50 万人。

铁道游击队 *

杜季伟

　　1938 年 3 月，铁路工人洪振海、王志胜等不堪日军的屠杀和蹂躏，参加了抗日武装，编入苏鲁人民抗日义勇队第三大队三连。年底，洪、王被派回枣庄矿区，到敌国际公司当铁路工人，隐蔽在车站附近，继续组织抗日活动。

　　1939 年，第一次打日本洋行。因工作关系王志胜经常接近洋行的三个日本人，了解洋行的情况，他与洪振海研究，杀掉洋行日本人，搞到武器。当时，他们只有一支枪，为了完成任务，又联络了一人，借了两支枪。三人于夜晚进入洋行院内，击毙两名日本人，打伤一人，缴步枪、手枪各一支。而后，又发展了铁路工人刘金山、李荣兰、赵连友三人进行隐蔽活动。

　　一天，日军在枣庄车站装运军火，王志胜、刘金山、李

---

　　* 本文原标题为《铁道游击队的创建与发展》，收录时做了适当修改。

荣兰发现敌人装上车的是机枪和步枪，便研究决定夜间行动，由刘金山把火车搞坏，将下午5点钟开车延迟到晚8点钟以后再开。火车开出后，行驶到约定的地点，洪振海把车门打开，将机枪和步枪推下火车。这次，共获步枪12支、机枪2挺，他们将武器送交山里八路军苏鲁支队，支队奖励他们500元和2支枪。搞到敌人武器后，他们又发展了6名铁路工人为队员，取名叫铁道游击队，洪振海为队长，王志胜为副队长。

1940年2月，由苏鲁支队正式命名为铁道游击队，苏鲁支队派我来该队任政委。不久，全队由8名队员发展到15名。1940年4月，在临城至韩庄的铁路线上，孙茂生组织起了第二支铁道游击队，共21人，由滕沛办事处正式命名为临城铁道游击队。5月，在枣庄、临城铁道游击队的影响下，临城北辛庄又组建了第三支铁道游击队，共20余人，李文庆为队长。

1940年6月，我们决定截击日军押运的混合列车。经侦察得知，车上有布匹和日用百货。洪振海、曹德清从王沟跃上车头，打死司机，掌握列车的驾驶，梁传德、王志友等人化装成商人上车。王志胜带一个短枪班，化装成农民事先在预定地点设伏。当火车开到预定地点后，铁道游击队员立即在各车厢行动，客车上的8个日本兵全部被杀死，缴获步枪、手枪各4支，物资一大批。

为了加强统一领导，1940年6月，奉鲁南军区指示，活动在枣庄临城地区的几个铁道游击队合编为铁道游击大队，洪振海为大队长，我为政委，王志胜为副大队长，大队下辖4个队，枣庄铁道队为一队，临城以南铁道队为二队，临城以北铁道队为三队，铁路技术工人编为四队，全大队共100余人。

1940年8月，枣庄铁道游击队第二次打日本洋行。经第一次袭击后，洋行人数增多，由3个日本人增到12个，院墙也加设了铁丝网。为完成任务，不暴露目标，我们决定从洋行南房背后挖洞进去，分成4个组，每组4人，配3把大刀、1支短枪。洪振海、梁传德、王志胜、徐广田各带一个组，从齐村出发，直奔枣庄日本洋行，这次行动共杀死日军12人和翻译1人。

1941年1月，铁道游击队在津浦铁路两侧地区，以微山湖为依托进行活动。8月，在敌我兵力悬殊的情况下，由运河支队褚雅清、铁道游击队王志胜为总指挥，以猛烈的攻击，攻克了微山岛，打死打伤伪军100余人，俘40余人。缴获枪100余支、伪军服100余套，还有其他一些物资。10月12日晚上，我们装成伪军进入临城火车站，打死日军高岗、石川，缴获步枪36支、机枪2挺、短枪4支。11月，在沙沟火车站得知，开往上海的一列客车后尾挂有3节货车。当该车通过沙沟车站时，由沙沟站副站长张云骥剪断风管，拔下插锁。货车脱钩后，组织250余人搬运，缴获布1200余匹、皮箱200件、日军军服800余套及毛毯、医药器材等物资。

1942年5月，"扫荡"鲁中南的日伪军回师"扫荡"微山湖地区。当时，敌我兵力悬殊，我们决定突围转移。为了掩护兄弟部队转移，我们换上伪军服装，从东北方向突出重围，到铁路以东进行活动。6月插入敌心脏铲除汉奸特务。我们化装成伪军，摸到迟山据点，将微山湖"剿共"司令尹华平杀死，而后由孙茂生带7个人，化装成农民进入韩庄，将特务褚兰田从据点抓出杀死。镇压了汉奸特务后，我们活动地区的形势开始好转。

1942年7月，刘少奇同志在检查指导山东工作之后，由滨海区返回延安。上级指示我们护送刘少奇同志一行，在临城以南通过铁路到鲁西。我们经过侦察，决定走沙沟至临城间一条干沙河路，由第三队队长徐茂生带路，我和刘金山、王志胜顺利安全地护送刘少奇同志到达了鲁西。

1943年春，为了加强统一领导，将微山湖大队、铁道游击队、滕沛大队合编为鲁南军区独立支队，支队队长董明春，政委孟昭煜。支队下辖3个支队：微山湖大队为第一队，300余人；铁道游击队为第二队，400余人；滕沛大队为第三队，300余人。第二队队长是刘金山，我是政委，副队长是王志胜，辖4个连。冬季，鲁南独立支队编入第二军分区，我们铁道游击队仍保持原建制，在军分区领导下，活动于临枣和津浦铁路沿线。

1944 年，因工作需要，我离开了铁道游击队。这支队伍一直保持着勇敢善战的传统，同全国军民一道夺取了抗日战争的胜利。

筑先纵队

赵健民　　王幼平　　李福尧　　张潭　　刘昌

七七事变后，日军占领平津，沿津浦和平汉铁路南侵，国民党几十万军队抵挡不住，纷纷南撤，地方政权土崩瓦解，大批官员逃散，黄河以北一片混乱，老百姓流离失所，陷入水深火热之中。时任山东省第六区行政督察专员、保安司令兼聊城县县长的范筑先将军，对日本帝国主义步步紧逼的侵华暴行和国民党政府采取的不抵抗政策极为愤慨，得知我党提出的抗日民族统一战线政策和坚决抗战的各项主张，受到很大鼓舞。

早在 1937 年 5 月，我党为了争取和团结范筑先共同抗战，中央军委副主席周恩来即派彭雪枫到山东开展统一战线工作。1937 年 8 月，在和原西北军将领共同座谈抗战形势时，范提出聘请共产党人到鲁西北协同抗战，中共山东省委遂派共产党员姚第鸿到聊城，范高兴地委任姚为专署秘书。

9 月中旬，日军沿津浦线攻抵山东边境，继而占领德州、平原和禹城以北老黄河崖一带，范筑先提出邀请更多的共产党人到聊城协助抗战，中共山东省委挑选出以共产党员和民先队队员为骨干的 12 名少校干事和 240 名上尉服务员，于 10 月中旬分三批到达聊城，开展宣传抗日动员民众的工作。

10 月 16 日下午，韩复榘命令范筑先率部撤退到黄河以南。在暂驻齐河官庄渡口期间，他的部下有主张退到黄河南的，有主张暂驻官庄渡口继续观察形势的，共产党员姚第鸿向范力陈留与撤的利害，说明撤退黄河南做流亡政府，无依无靠，不是出路；留在鲁西北，可以发动群众，壮大力量，更有共产党支持，定能坚持敌后抗战，力劝范拒绝执行撤退命令。范深为共产党人和爱国青年的抗日赤诚所感动，遂决定率部回聊城。

11 月中旬，韩复榘再次命令范筑先率部撤退到黄河以南，并说："黄河以北再无中国军队，如现在不撤，以后就来不及了。"在此关键时刻，姚第鸿、张维翰反复向范阐述抗战形势，说明八路军在山西连打胜仗，鲁西北绝不是孤军作战。范筑先经反复考虑，也认识到靠国民党坚持敌后抗战不可能。于是，19 日范向全国发出皓电，决心率部留在敌后抗战。鲁西北人民和全国人民得知范筑先誓死率部留在敌后抗战，受到了极大鼓舞。

11 月，鲁西北特委在堂邑建立了第一支游击队：山东省第六区抗日游击第六支队，洪涛任队长，李福尧为指导员。12 月，支队到聊城整训，加强党的建设，进行政治教育和军事训练。进入 1938 年后，支队移驻阳谷、寿张，支持这两个县的抗日政权，消灭土匪武装，影响扩大，迅速发展到 200 人。3 月初，支队奉命到冠县西唐寺驻防，消灭了一股土匪，使根据地扩大到卫河岸边。支队发展到 400 多人时，编为 1 个营，营长由刘致远担任。

1938 年 3 月底，这支武装由范筑先命名为"山东省第六区游击司令部第十支队"，张维翰任司令，王幼平任政治部主任，刘致远营作为骨干力量编为直属营，另有警卫营和 3 个团、2 个梯队和 1 个教导队。

第十支队成立后，积极加强党的建设和政治工作，王幼平等红军干部，不断传播红军的优良传统和政治工作经验，逐步建立可行的政治工作制度，部队的政治思想工作开展得生气勃勃，指战员的政治素质不断提高。与此同时，部队的装备也不断得到加强。当时，由共产党掌握的几个县政府机关筹集一部分资金从河南买回 12 挺机枪，装备了 1 个机枪营，营长刘致远，教导员李福尧。5 月，第十支队对盘踞在馆陶县城的皇协军王金甲部发起进攻，刘致远率机枪营攻入城内，毙伤俘敌百余人，收复该城，打通了鲁西北与冀南的通道。不久，王金甲投诚，被范筑先收编为第二十五支队。以后，机枪连开赴黄河以南的大峰山区，活动在长清、平阴、肥城、东阿一带，打击外出之敌，有力地配合了泰西抗日根据地的开辟。为配合台儿庄战役，曾数次破坏济南、泰安间的津浦路。这时，第十支队已发展壮大为 5000 人的队伍，成为以后组成筑先纵队的基本力量。

在洪涛支队发展的同时，赵健民、许梦侠等在冠县建立的游击队，也迅速发展到百人左右。

接着，各部队在范筑先的指挥下，积极开展游击战争。1937 年 11 月 22 日，临清日军一个骑兵小队进攻聊城，在其遭我守城部队痛击向临清逃窜时，范率部在梁水镇伏击敌人，缴获 7 匹战马和一批其他战利品。11 月 27 日，临清敌酋高桥率步骑炮混合部队 300 余人，进犯堂邑，以图报复，范率部到界牌截击，击退了进犯之敌。

沿津浦路南下日军之右翼兵团，于 12 月 26 日从禹城出动五六百人进占南镇，企图通过东阿县的铜城，由滑口渡口过黄河，经平阴、长清钳击济南。范筑先闻讯后即令任平、博平民团堵击，毙伤日军 40 余人。随后，范率部赶到，在薛庄歼敌一部。28 日又毙伤进犯周庄之敌 80 余人。当敌军集中火力疯狂进行反扑时，我部队又毙伤日军数十人，迫其退回高唐。

武汉会战期间，我鲁西北游击部队曾进袭济南，牵制敌人兵力。范筑先设前方指挥部于茌平潘店，指挥包括第十支队在内的数支部队，进至济南市郊，袭击敌人机场，并对津浦路泺口至德州段进行破袭。1938 年 8 月 28 日，请缨上阵的青年抗日挺进队 90 余人突遭敌人包围，范筑先的次子队长范树民和参谋长何方在战斗中英勇牺牲。范筑先得知后，曾慰勉亲朋："民儿为国捐躯，甚幸死得其所，伊何憾也，吾何悲也。"并立即命令二女范树琨继任队长，继续战斗。

在开展抗日游击战争过程中，范筑先又陆续收编了一些其他武装，后来发展到35个支队、3路民军，还有些独立团营，共5万余人。

为了适应形势的需要，培养大批军政干部，鲁西北特委挑选了70多名干部去延安学习。范筑先的长子范树中、长女范晔清和三女范树琬一同前往。

正当鲁西北抗日斗争蓬勃发展之际，国民党顽固派卷土重来，千方百计地进行破坏。1938年1月蒋介石委任沈鸿烈为山东省主席。沈随后邀范筑先到曹县，挑拨范与我党合作抗战的关系，遭到范的驳斥。后又成立所谓鲁西部队整编委员会，企图夺取范的部队，削弱范的力量。6月、7月间，沈鸿烈竟然提出取消第六区政治部和游击司令部，所有部队归省政府改编为保安旅等无理要求，遭到范的断然拒绝。

11月中旬，日军兵分三路进攻鲁西北。14日上午9点，日军进抵聊城东南李海务。当范正命令传令队等跟随出城时，敌已迫近城关，于是紧急布置城内部队坚决守城。范身先士卒，同守城官兵一起打退敌人多次进攻。15日黎明，敌军由两架飞机配合，猛烈攻城，并以坦克车攻开东门。范率部继续英勇战斗，击伤大批敌人，然终因孤军无援，弹药尽绝，抗战老英雄范筑先将军壮烈殉国，同时殉国的还有优秀的共产党员姚第鸿等500多名守城官兵。

噩耗传出，举国震哀，中共中央《解放》周刊发表了《哀悼民族英雄范筑先》的社论，高度评价了范筑先的抗战业绩和高风亮节，号召国人继承范的遗志，发扬其崇高的爱国精神。

为纪念范筑先将军，继续高举抗日民族统一战线的旗帜，1939 年 1 月 14 日，八路军总部决定命名第十支队为筑先纵队。筑先纵队由第十支队及第五、六、七、十六等支队各一部组成，张维翰任司令，袁仲贤任政治部主任，胡超仑任参谋长，共整编 6 个团和 1 个独立团。

1939 年 1 月 15 日，中共北方局根据抗战形势的需要，决定将原鲁西特委、鲁西北特委和泰西特委合并，建立中共鲁西区党委，统一领导这一地区的抗日斗争。筑纵在鲁西区党委领导下，以更新的战斗姿态，积极投入粉碎敌人"扫荡"和保卫根据地的斗争中。

1939 年 4 月，鲁西区党委和筑纵领导决定，筑纵除保留第七团和独立团外，其他团都改为以营为单位的战斗队兼工作队，进行分散活动，4 月下旬，在冠县斜店进行了整编。

1940 年 7 月，随着抗日战争形势的发展，筑纵与先纵合编为八路军一二九师新八旅。从此，这支部队由鲁西北转移到冀南地区活动，参加了著名的"百团大战"，在抗日战争最艰苦的年代，与人民群众同生死共患难，英勇顽强地粉碎了日军一次次"扫荡"、合围，歼灭了大量的日、伪军，保卫和扩大了抗日根据地。

解放战争中，这支部队改编为人民解放军第二野战军第二纵队第四旅，参加了上党战役、平汉战役，随刘邓大军强渡黄河，转战冀鲁豫战场，继而挺进大别山，逐鹿中原，参加了著名的淮海战役。而后参加渡江作战，进军大西南。新中国成立后，又为保卫和建设社会主义祖国，做出了新的贡献。

陆房突围

刘西元　　王六生

1939 年 5 月 2 日至 8 日，日伪军先后"扫荡"了东平和汶上地区，9 日开始向肥城、宁阳间山区推进，10 日各路敌军继续实施向心推进，步步紧缩包围圈。我八路军一一五师陈光代师长指挥六八六团主力掩护党政军机关和其他部队分路突围。当夜，除山东纵队第六支队顺利突围外，师部、津浦支队、六八六团、中共鲁西区委和泰西地委共 3000 余人，被重重包围在泰山西麓肥城县的陆房山区。

陈光代师长连夜在陆房村召开紧急会议。师指挥所里，陈代师长在反复看地图之后，决心坚守到天黑后寻机突围。接着，他做了战斗部署，要求部队在 11 日拂晓前做好战斗准备。

11 日，东方刚现鱼肚色，日军向晨雾弥漫的陆房上空打了三发信号弹，接着展开了猛烈的炮击。从山上往山下看，只见灰蒙蒙一片，分不清是硝烟还是晨雾。我们的战士迅速进入阵地，等待着出击的命令。

日军发起炮击后，六八六团张仁初团长即令部队："注意避开敌人炮火，搞好疏散隐蔽，待炮停了再出来。"刚打完电话，几发炮弹就在他身边爆炸了，震得电话机一蹦老高。十几分钟后，炮声戛然而止，烟雾开始飘散，黑压压的日军朝我肥猪山前哨阵地岈山蜂拥而来。

智勇双全的二连连长龚玉烈机智地隐蔽在悬崖边的岩石旁，怒目圆睁盯着步步逼近的敌人。"啪！"随着龚连长一声枪响，一名日军军官从山坡上滚下，战刀甩出好几米远。敌人还没弄清咋回事，山头上便爆发出一片喊杀声，战士们从石旁、树后和峭壁中一跃而出，将一束束手榴弹和一梭梭子弹射向敌群，顿时敌人被揍得像从山顶倒了筐土豆，纷纷滚下山去。

"好！打得好！"六八六团政委刘西元在团指挥所看到二连打得勇猛顽强，高兴地对张仁初团长说："龚连长真行！其他连队要像他们那样，近打猛打，不到跟前不开枪。"

敌人向岈山冲锋多次未能奏效后，便分兵数路，在猛烈的炮火掩护下，从山脚疯狂地朝肥猪山包抄上来。霎时间，炮声隆隆，枪声阵阵，肥猪山上硝烟翻滚，木石横飞。

这时，师首长来电话说："我们有的部队过于密集，被敌人的炮火杀伤。有的同志存有一锤子买卖的思想，只知道豁出命来拼，缺乏全局观念。"团领导根据这一指示，当即通知各营，组织小部队反击，以攻为守，巧打代拼，积小胜为大胜，争取战斗中的主动。

当张团长想把具体打法再给部队明确一下时，不料电话线被敌炮弹炸断。"政委，我到一营去，你在指挥所掌握全局。"说完，张团长纵身跳下石坎，越过陡壁，冒着硝烟飞石，向一营阵地跑去。他一到前沿阵地，就召集干部研究反击问题，要求大家避敌锐气，以小组分散隐蔽，掩护近距离开火。各连按他的要求打，很见成效。

日军攻了一上午，没有一点进展。中午，便改变战术，由轮番攻击改为集团冲锋。敌人集中所有火炮，在山脚下向山上急速发射，炮弹从四面八方飞上山头，直打得岩石开花，树枝横飞，烟火腾空。不一会儿，山顶就像剃了个光头。日军以为我军被其炮火消灭了，就以石桥为主要突破点，成群结队地涌向石桥。敌人没想到，我军石桥东的一个战斗小组，早在桥东岸放了一捆手榴弹，敌人一踏上桥头，就被炸死了十多个。但他们不甘心失败，轮番冲向桥头。坚守在那里的战斗小组只剩下一名战士，刘西元正要命令一营派人增援，却见那位战士把帽子放在一边吸引敌人火力，光着脑袋绕到对方侧后，连续甩出好几颗手榴弹，打乱了敌人冲锋的队形。各连随即猛烈反击，刚才还处于沉默之中的群山，顷刻间变成了一座座愤怒的火山，数十挺机枪喷射着火舌，成群的手榴弹在敌群中炸响。二连连长龚玉烈卷起袖筒，挥起战刀，带领同志们与敌人展开了肉搏，龚连长左臂挂彩后还砍倒了两个敌人。

与此同时，其他阵地上的战斗也在激烈地进行，二营七连打得十分英勇顽强。董指导员头部负伤，仍以惊人的毅力，一连刺死三个敌人。当他的刺刀还没从敌腹中拔出来时，另一个日本兵的刺刀迎面刺来。董指导员急中生智，迅速将身子一闪，让日本兵扑了个空，他纵身扑过去，把对方扭翻在地，拳击，牙咬，扭打在一起。翻滚到悬崖边时，董指导员没劲了，那个日本兵一时占了上风。在这危急时刻，他使出全身力气抱住对方滚下悬崖，与敌同归于尽。

　　战斗最激烈的时候，师部通信员给一营王六生送去陈代师长"命令你部，不惜一切，坚守阵地"的亲笔信。王六生看后对通信员说："回报师首长，请他们放心，人在阵地在，我们营就是剩下一个人，也要坚持到底！"接着，他在电话上向张团长汇报了陈代师长的手令和战斗情况。

　　下午，敌人分两路进攻，一路向岈山西边起伏地带隐蔽跃进，一路从正面朝卧牛石方向进攻。岈山西面的敌人没前进多远，就被徐敬元副营长率领的二连咬住了。这时，王六生事先从四连调上来的转盘机枪班，与二连一起把敌人打了下去。溃退下去的残敌，在其指挥官战刀的威逼下，与朝卧牛石进攻的敌人会合在一起，号叫着向我三连阵地扑来。

　　面对数倍于我的敌人，三连指战员毫无惧色，他们在王六生和连长杨振洪的指挥下奋起反击，越战越勇。魁梧健壮的加强班班长，呼啦一下扒掉上衣，光着铁板似的胸膛，站在一块岩石上，抓起五个一捆的手榴弹投向敌群。"手榴弹!"他边投边喊,战友们递上来的手榴弹,不管是几个,他眼一横,牙一咬,臂一挥,手榴弹便像长了眼睛似的飞向敌人,炸得敌人血肉横飞尸横遍地。正当他投得起劲的时候,一颗子弹打在他的胸上,顿时血流如注,只见他身子晃了晃,左手捂着胸膛,右手紧攥着拉了弦的一束手榴弹,喊着:"来吧,小兔崽子!"用尽最后力气把手榴弹投向敌人,随后这位英雄班长倒在了血泊中。旁边的战士急忙上前抱住他,他使劲睁开眼,挥挥手,只说了句:"别管我!"就牺牲了。战士们高喊着"为班长报仇!"的口号,打退了敌人第九次进攻。

与此同时,坚守在陆房以北、以东的师特务营和津浦支队,英勇地打垮了敌人多次进攻。师骑兵连奇袭陆房东北安临站之日伪军,予敌以大量的杀伤。

黄昏终于在弥漫的硝烟中来到了。狡猾的敌人为防我军突围,即以重兵把守陆房周围的各个制高点与大小路口,并燃起了堆堆大火,火光闪处,戴着钢盔、端着刺刀的哨兵来回巡逻。

在六八六团指挥所里,张团长和刘西元正在仔细地观察分析敌情,选择突围方向。

这时,侦察员领着一位老人来到团指挥所。张团长和刘西元一看是宋大爷,喜出望外地迎上去:"您来得太是时候啦,我们还要请您带路呢!"

"我正是为这个来的。"宋大爷把手向岈山一指,"那边有一条小路，可以爬上山顶，就是西南方向火大，老鹰嘴的路难走，又离敌人太近。"

"不要紧。"张团长挽着宋大爷的胳膊说，"只要您能带路就行。我们估计，西南虽然火大，但防守想必空虚。敌人绝不会想到我们会从它的火堆跟前钻过去。"

话音未落，师参谋处处长王秉璋来了，他命令："立即轻装，肃静突围！"

晚10点左右，我被围部队和地方党政机关开始分路突围。刘西元率领一营在前面开路，师部走在中间，张团长带二营和师特务营殿后。大队人马在宋大爷带领下，一个跟着一个，摸着黑出发了。

大家深一脚浅一脚地走着，不时有人摔倒，但没有人吭一声。后面的同志紧盯着前面同志胳膊上的白毛巾，默默加快脚步。

我们的队伍在飞快地奔走。当翻过岈山时，我们看到炮弹爆炸的闪光映红了陆房周围起伏的山岭。原来日军被我们留在陆房的小部队迷惑住了，以为一一五师还在他们的包围之中呢。

12日拂晓，我们渡过汶河，到达了东平以东的无盐村和南陶城。津浦支队、中共鲁西区委和泰西地委也安全转移到汶河南岸。而此时日军的大炮却把陆房打得火光冲天，之后，他们便小心翼翼地爬上山，却连半个人影也没有找到，惊慌地叫道："神兵！神兵的有！"

这次战斗，毙敌大佐联队队长以下 1300 余人，我军胜利地突出重围，粉碎了尾高龟藏围歼我军的企图，为坚持泰西根据地，打开山东抗战局面保存了骨干力量。

红三村

王健民

　　山东曹县西北60里，有三个村庄，名叫刘岗、曹楼、伊庄，相距不过两三里路，恰好成个"品"字形，合起来只有1500户人家。地方虽然不大，抗日战争时期，它们却是鲁西南根据地的首府。敌人十分忌恨，在作战地图上用红笔画了一个大圈，把三村圈在一起，写上一个大大的"赤"字。这个"赤"字，正是三村人民的骄傲，都说："对，咱就是红，红透了！"日久天长，"红三村"越叫越响，几乎没人再提到它们本来的名字了。

　　1940年9月，驻在这里的一部分主力部队奉调北上，只留下我们地委机关在这一带坚持斗争，我当时任组织部部长。不久，国民党各路顽杂军9000余人从四面八方闯进了根据地。

　　群顽勾结，狼狈为奸，妄图乘虚合围，挤掉我鲁西南抗日基地。没出半个月，我们就只剩下红三村的狭小地区了。

顽敌则得意忘形，白天喊黑夜叫："红三村成了孤岛，不用两天就把它淹没了！""共产党鲁西南根据地，如今一枪就能打穿，红三村就要完蛋了！"

地委针对敌情召开了紧急会议。会上，书记戴晓东同志对我们说："红三村的存亡，就是鲁西南抗日根据地的存亡，一定要坚持到主力打回来。现在数千敌人包围着我们，大家看怎么坚持才好？"经过一番讨论、研究，提出了一套斗争办法。于是，按照分工，戴书记和武装部部长宋励华同志，分驻伊庄和曹楼，我留在刘岗，分别带领群众和仅有的几十人武装坚持斗争。红三村人民的杀敌怒火立刻燃烧起来，刘岗村2000多名群众，紧紧团结在180名共产党员的周围，敲着锣鼓，举着旗帜，喊着口号，拥入街中心的广场，举行了"保卫红三村誓师大会"。会场上，总支部书记刘同勤同志当场宣布了总动员计划，青年代表接着就说："我们青壮年都捆好了行李，就等着集中编队听候命令，保证让敌人有来无回！"

"说得好！"妇救会主任向大姐大声说，"男的没了，女的顶上，只要红三村有一个活人，敌人就别想往这里伸腿！"另一个妇女也大声说："后勤工作咱们包干！男人们，你们放心地干吧！"

手执红缨枪的儿童团团员蹦上台说："我们儿童团站岗放哨，抓坏蛋！"

趁热打铁，当场就编成300人的守寨队，其余不分男女老少，都参加了纠察队和后勤队，没有一个闲人。

刚要宣布散会，忽听有人喊道："慢着，我有话说。"大家一看，原来是刘琦老大爷。刘老大爷鬓发花白，老当益壮，过去抗过官兵，闹过县衙，是个"舍得一身剐，敢把皇帝拉下马"的硬汉子。因为他敢作敢为，胆大心细，多谋善断，所以很受人尊重。刘同勤同志说："刘大爷，有话就亮出来吧！"他"嗖"的一声跳上一座碾盘，指着村外说："你们听，敌人在村外四处打枪，一心想把咱的根据地搞掉，咱要给他点颜色瞧瞧。依我看光有组织不行，还得有个纪律。第一，敌人打来，不许离村，要不就是临阵脱逃；第二，不准到敌区串亲戚，免得泄露军情……"

他的话博得大家一阵喝彩，当时就被大会通过，作为红三村特别时期的纪律。

晚上，伊庄和曹楼都派通信员送来信说，那里的"誓师大会"也开得很红火，群众已经组织起来了。红三村人民这股同仇敌忾的气概使我们非常激动。

一切准备停当，一场顽强、巧妙的斗争就此展开了。

根据顽敌深入我根据地的情况，地委决定派一些县区干部插到顽军占领区去，发动群众开展"反资敌"运动，实行空室清野，抗粮抗捐，以拖住敌人后腿，减轻红三村的压力。

首先吃到"反资敌"苦头的是北边的张志刚。当时虽是初冬，但已经是很冷了，张志刚匪部贴出征粮索衣的布告，没人去看；挨家翻箱倒柜，也是空空如也；更要他命的是找不到向导，两眼漆黑，经常遭到我游击小组的伏击。不几天，匪军又冻又饿，狼狈至极。老百姓见了心中大快，乘势放出风声说："红三村的八路军在绑梯子，要攻打安陵集啦！""杨得志的队伍从北边开回来了！"张志刚听了吓破狗胆，像《空城计》中的司马懿一样，急忙命令他的喽啰"后退40里安营扎寨"！再也不敢前进一步。

红三村北面的威胁就这样解除了。

可是西边的"反资敌"斗争，遭到了敌人的破坏。一天，王庄的王四大爷气喘吁吁地跑来，见了我们就说："'反资敌'搞不下去了！"

老人是区长王文杰同志的父亲，是位有名的抗日老人，常接待我们的过路干部，给我们传送情报，这次西边"反资敌"中心又安在他家里。他过去从没有皱过眉，叫过苦。宋励华同志说："四大爷，先喝口水，有话慢慢说！"

老人喝了水，说道："你认识我们那里的红枪会头子吧？"

宋励华同志点点头回答："见过面，他怎么样？"

"那小子是日本人的狗腿子，又和土顽马逢乐有勾搭，整天抓人打人，几个'反资敌'骨干都被抓了去，至今不知下落，弄得乡亲们不敢到我们家来开会。这可怎么办啊！"

宋励华同志听了微微冷笑，说道："四大爷，你先回去，'反资敌'还要搞，我想办法收拾他！"说着，宋励华把他的助手王法礼、刘广来几个小伙子找在一起，嘀咕一阵，然后对我们说出他们的办法。大家听了不禁拍手叫绝："妙，这叫飞行判决！"

当天黑夜，他们几个人穿上便衣，腰别驳壳枪，飞身上马，直奔王庄。赶到王庄一看，那个红枪会头子不在，宋励华有点扫兴地说："老远跑来'拜访'，他倒不照面，太不够朋友了！"

正说着，一位老乡跑来报告说，附近周庄唱大戏，那小子正坐在雅座上看戏哩！宋励华霎时间精神抖擞，"唰"地抽出驳壳枪，问道："没弄错吧?"

"我亲眼看见的！"

"好，好，好地方！当场枪决，还省得咱们召开群众大会哩。"他转头对同志们说："事不宜迟，跟我走！"鞭子一挥，疾驰而去，一直到了庄内广场的戏台前。

宋励华同志留下几个人在外边接应，自己只带一个人穿过人群，直奔雅座，一把就揪住了红枪会头子的衣领，像提小鸡一样，把他从座位上拉下来，用枪抵着他的脑袋，喝道："你可知罪?"

这小子正看得着迷，哪料到这一手，顿时傻了眼，结结巴巴地说："兄弟知……不……不知道犯了什么罪！"

这边一嚷，全场观众都扭过头看起热闹来。宋励华一见正是扩大影响的机会，就大声说道："不知道我就告诉你，红三村人民法庭因你破坏'反资敌'运动，依法判处你死刑，立即执行！"群众一听红三村来人了，立刻闹闹嚷嚷，呼喊起来："枪毙！枪毙！"

宋励华同志说："乡亲们，共产党就在你们身边，给你们撑腰，放心大胆地干吧！坚决不给敌人一颗粮食、一两棉花，饿死他们！困死他们！"群众喊起了高昂的口号，就在这口号声中，红枪会头子被拉出去枪毙了。这件事，大大地杀了一下敌人的气焰。

毕寨的伪区长周花脸知道这事之后，大骂王庄红枪会头子是笨蛋，不成器，他夸口要亲自给土八路点厉害尝尝。他带了几个亲信去找顽军，策划进攻红三村。途中，夜宿周家集。

宋励华得到消息，对同志们说："走，去尝尝他的'厉害'是什么滋味！"他们又骑上马飞奔周家集，把周花脸和几个汉奸堵在被窝里点了名，无一漏网。

这样，宋励华他们骑着快马，在西部顽军占领区里神出鬼没地穿来穿去，处决了一批汉奸和坏蛋，打掉了敌人的气焰。汉奸和顽军们人人自危，互相告诫："安生点吧，坏出了名，就要去找周花脸了。"群众看在眼里，喜在心头，曾一度受挫的"反资敌"运动又热火朝天地搞了起来。

西边两股匪军要啥没啥，吃不上，穿不上，被群众逼得走投无路。马逢乐狗急跳墙，主张攻打红三村，博取日寇欢心，以便得到补给。可是打头阵的胡罗头和他有旧隙，迟疑不前。地委了解到这个情况，就请杨二短腿代我们去游说胡罗头，争取他中立。

　　杨二短腿原是小土匪头，后来改邪归正，心向我们，热心抗日。此人了解土匪内情，又能说会道，见了胡罗头就单刀直入地说："老兄要吃没吃，要穿没穿，这样下去怎么得了？红三村不念旧恶，只要你中立，就互不侵犯。不知你意下如何？"胡罗头默默不语。杨二短腿趁势紧逼："你要硬顶下去，其害有三：第一，以你冻饿之师对付红三村，远非对手，人家主力就在北边，一旦回来，你要自食恶果。第二，马逢乐让你打头阵，吃亏的是你，邀功的是他，对你有何好处？第三，人家飞行判决实在厉害，想必你也有所耳闻吧？倘若弄到自家性命难保，可就后悔莫及了！"几句话击中胡罗头的痛处，他答应保持中立。后来，还常在晚上偷偷地卖给我们子弹。马逢乐孤掌难鸣，也就老实多了。

　　随着寒冬的到来，生活变得越来越艰苦了，村内储存的粮食将近用完，饥饿在威胁着我们。因此，地委发出指示，要求共产党员、积极分子们束紧腰带，拿出一些粮食分给群众，全村上下半饥半饱地坚持着斗争。

　　一天深更半夜，王四大爷又找到我们。他说："我无事不登三宝殿，来报个信。俺邻居到保安旅看亲戚，听说他们明天要攻打红三村，你们得早做打算。"

　　近日顽军调动频繁，有进攻模样，我们早有准备，这回经过研究，决定改变一下过去硬顶的打法，把敌人放进来，关门打狗，彻底歼灭。

忙了一夜，万事俱备，民兵们鸦雀无声地埋伏下来。这时天还没亮，冷月在云堆中时隐时现。战前的心情照例是紧张的，我毫无睡意，生怕稍有疏忽影响全盘歼敌计划，不由得又走出来检查一番。左等右等，东方破晓，才听到远处有阵阵狗叫声。队员们说："可来了！"但是仔细一听，狗在东边叫，敌人攻击方向可能是曹楼。有人泄了气，把枪放下，说："白等半天，让人家曹楼打上了！""咱刘岗可是一场空欢喜！"

刘琦老大爷八字胡一翘："吵什么？曹楼也是共产党的天下，曹楼打敌人，咱们去抄后路，不是一样吗？"大家这才不吭声了。

敌人果然先攻打曹楼。曹楼也是寨门大开，里面静悄悄。王子魁的部下卢朗斋率保安团几百人，赶到村口停下来，以为人都跑光了，便命令部下进村烧房。

守寨队员们严密地注视着敌人，等敌人进到街中心，房上、墙头的土炮、步枪齐鸣，打得敌人措手不及，抱着脑袋往回退缩。卢朗斋眼睛冒火，把手枪一举："冲，冲，冲上去官升一级，赏大洋20元，是袁大头！"被吓破了胆的匪军根本不听这一套，仍从原路撤退。这时，鼓声震天，杀声四起，伏击队一闪而出，百余名手执大刀、长矛的健儿，堵住敌人的去路。激战足有半个小时，敌人且战且退，撤出曹楼，在一块田地里整理队伍。刚一停脚，宋励华带着警卫战士杀来，短兵相接，就地展开激战。

这时，我们刘岗民兵根据"一村有情况，各村齐支援"的规定，立即出动支援作战。小伙子们跳过墙头，海潮一样地涌过去。刘琦老大爷也在人群中边跑边喊："冲啊，不要放跑一个敌人！"

宋励华他们正和敌人战得难解难分，见我们赶到，士气大振，越战越勇。敌人见势不妙，又向伊庄方向窜逃。谁知伊庄民兵也已"恭候"多时，当下开枪阻击，又杀伤一些顽军。这样，敌人处处挨打，晕头转向，不敢停脚，丢下大量的死尸和枪支弹药，四散奔逃。

这次战斗的胜利，使我们得到了武器弹药的补充，进一步壮大了三村民兵的力量。而伪顽头子却大为震惊，不得不悄悄收缩阵地。我们乘机打出去，收复了一些地方，并击溃了从毕寨出来抢粮的几十名日伪军。

短短三个月，鲁西南根据地经历了"退缩—坚持—打出去"的艰苦斗争过程，巩固下来了。1940 年底，主力部队返回根据地，连打几仗，终于把顽军赶出了根据地。

潘溪渡伏击战

杨俊生

为了粉碎敌人的"蚕食"政策，1940年底，鲁西军区司令员杨勇和政治委员苏振华召开会议，决定集中主力歼灭郓城的日伪军，以打击敌人嚣张气焰，同时将敌人注意力吸引到郓城西北的侯集方向来。我们七团的任务，是在侯集、郓城间公路的必经之地碱场店设伏，诱歼郓城增援之敌，并夺取该敌所携九二式步兵炮。当时七团团长是刘正，我是政治委员。

1941年元旦刚过，我们率领团的营、连干部换上便衣装扮成农民和小贩，进至侯集、郓城之间，沿公路两侧详细侦察地形。经过侦察发现，郭家海、潘溪渡这一带是很好的预设伏击战场，可以打一个漂亮的歼灭战。为进一步做好战斗部署，刘团长和我召集营连以上干部共同研究了伏击计划，决定采取"围点打援"的战法，以消灭郓城敌援兵为主，对侯集据点只做佯攻。

为了麻痹敌人，不暴露作战意图，参战部队事先均在距敌一日行程之外的范县龙王庄附近集结，做战前准备，一直到奔赴伏击地的前一天才向部队布置任务。

1月7日夜，我军参战部队利用夜幕，迎着风沙，避开大道，绕过村庄，沿黄河沙滩前进。为了在行进中保持肃静，我们将驮迫击炮的骡马换下，改为人力扛炮。一路上除了风声和沙沙的脚步声，听不到别的声音。就这样，我们悄悄地开赴各指定位置。

部队按部署进入伏击位置后立即派出便衣侦察，对设伏村庄实行封锁。同时，命令各连分班排小组进入村子后街，在住户院内隐蔽好，不准随便走动移位。乡亲们也自愿将便衣借给我们，帮助部队伪装隐蔽，天亮之后乡亲们可以照常打水、烧火做饭、扫院子。我们还将坏分子看管起来，以防走漏消息。非隐蔽户的乡亲们照常外出干活，我们教给他们遇敌时的应付方法，伪村长也可以照常应付前来刺探情报的汉奸、侦探人员，以保持村内日常的平静状态。指战员们连夜将靠村街的屋墙根挖成掩蔽洞，透过掩蔽洞口监视村街动静，并随时准备出击作战。携轻、重机枪的射手都登上房顶，等待敌人前来"钻口袋"。

当夜12点，旅属特务营对侯集据点发动围攻，突击排故意将攀墙长梯暴露出地面，在火力掩护下，向敌人步步逼近，并让村民抬着担架来回走动。据点守敌见我摆出拔据点的阵势，十分恐慌，拼命向我军打枪扔手榴弹。

侯集之敌恐慌万分，向郓城告急求援。为了切实掌握敌人动向，旅政治部于夜间派出敌工干事和一位名叫水野清夫的日本同志（在梁山战斗中被我俘虏，经教育争取过来去延安参加了日本人民反战同盟），在侯集至郓城的电话线上接上耳机，侦听敌人通话，从中获悉郓城之敌即将出动1个日军中队和1个伪军大队，携1门九二式步兵炮，乘4辆汽车前往增援。

我们立即命令部队做好准备，严阵以待。表面上，村里像往日一样平静，居民照常进行各种活动，小孩子也照常在家门口玩耍。伏击部队挑选部分干部战士换上便衣，化装成老百姓，在井边打水，村头拾粪，门前推磨。一营教导员唐文祥是四川人，不是当地口音，便装成哑巴在道边遛牲口，同时警惕地观察村外的动静。在这数百户人家的碱场店，到处是伏兵，连下地干活的老乡也是我们的指战员装扮的。

伏击部队在耐心等待中度过了一上午，太阳已经晒到了头顶上，还不见敌人的影子，忽然侦察员报告郓城出援之敌已进至潘溪渡，距我军3公里，但狡猾的敌人突然停止了前进，令其主力集结待命，只派遣伪军和便衣特务前往碱场店探路。我们立即通知部队注意隐蔽，待敌军大队人马通过碱场店时，以枪声为号发起攻击。不一会儿工夫，果然有10多个伪军和便衣特务来到村口打探，鬼鬼祟祟地东张西望。我军化装的侦察员凑到敌人跟前，一面打水帮其喂马、遛马，一面提供假情况麻痹敌人。敌人不放心，又进村沿街搜索，四下盘问。由于我军伏击部队勇敢沉着，群众细心掩护，敌人再三搜索也没有发现什么情况。

伪军大队胆战心惊地继续向梁家庄、侯集方向前进。日军中队见前面没有动静，确信村内无埋伏后，继续向碱场店开进。但日军仍十分警惕，令伪军大队400余人走在前头开路；后面的日军中队160余人，与伪军相隔约半公里，以骑兵班为前导，乘4辆汽车携带九二式步兵炮随后，小心谨慎地前进。

下午1点左右，伪军部队出了碱场店进入预定地区，而后面的日军也部分进村。正在这时，骑着高头大马的日本兵对埋伏在房顶柴堆里的战士似有察觉，一面呜里哇啦地喊叫，一面拨转马头回窜，企图逃出村子。此时，尾后行进的敌炮兵刚刚携炮下了黄河大堤，尚未进村。敌情突变，等敌人全部通过碱场店，再发动袭击已不可能。团长刘正当机立断，立即发出攻击信号。

敌人被这突如其来的冲锋号声和枪声搅得晕头转向，四面乱窜。我轻、重机枪居高临下对敌扫射，一排排子弹泼水般地射向敌群，一枚枚手榴弹冰雹似的在敌人头顶上开花，炸得敌兵血肉横飞，躺倒一片。日军的4辆汽车，一开始就被打坏了两辆，另外两辆企图掉头逃跑，再次遭我猛烈射击也趴着不动了，刘团长命令温先星营长、谢文祥教导员率领一营从沿街屋院冲出来，向已经进村的日伪军猛打猛冲。三连连长王占魁带领战士刚一冲出沿街屋院，就在狭窄的村中公路上与日军短兵相接，刺刀见红。他一面指挥战斗，一面左挑右刺，一连撂倒 5 个敌人。忽然，王占魁被一日军小队长用指挥刀刺中左腹，他毫无惧色，转身一个突刺将敌人小队长送上"西天"，其余的敌人见指挥官阵亡，便仓皇向村东逃窜。混战中，三连的一挺机枪被日军抢跑了。王占魁怒火满腔，顾不得包扎伤口，高喊："跟我来！"领着战士们向日军追杀过去，再次与敌人展开肉搏，终于夺回机枪。几个日本兵见他是指挥员，便一起向他逼近，而他因伤口流血过多，已经没有力气，便毅然拉响了腰间的手榴弹与敌人同归于尽。

走在前面的伪军大队，遭一、二连的猛烈射击，不一会儿便死的死、伤的伤，尸横遍野，剩下的缴械投降。而骄横凶蛮的日军遭我军袭击后，像一群发了疯的野兽号叫着拼死抵抗。一部分日军携轻、重机枪逃至村东黄河故道大堤西侧的一片坟地中，企图借有利地形负隅顽抗。我立即和李景岳营长、王猛教导员率领三营，由咽喉铺及樊家楼包抄过去，围歼村东坟地之敌。敌人做困兽之斗，拼命向大堤突围。战士们就利用大堤旁的土坑顽强阻击敌人，打退了敌人的突围，激战中一营又赶来配合战斗。

至此，我军形成了对顽敌四面合围的攻势。但是，日军拼死顽抗，拒不投降，战斗进行得非常激烈，我部亦有很大伤亡。临近黄昏，为了尽快解决战斗，我即命令一、三营集中兵力向敌发起冲锋，战士们端起刺刀杀入敌阵，与敌人展开白刃格斗。九连班长李连生在与日军拼刺刀时身负重伤，左腿被打断，仍坚持战斗，最后英勇牺牲。经过一个多小时的浴血奋战，终于消灭了这股垂死挣扎的敌人。

隐蔽于秦家集、郭家海、梁家庄一带的二营听到枪声信号后，以迅猛动作直插敌尾。携带九二式步兵炮的日军炮兵原来走在队伍的最后面，看到前面队伍遭到伏击，便慌忙架起火炮向我方射击，我二营发现敌人炮位后，立即迅速、勇猛地向敌人的炮阵地发起冲锋，敌人见势不妙，在少数步兵的掩护下，急忙拉炮撤到大堤东南，沿公路向潘溪渡方向逃窜。这时，李成营长机智果断地命令八连截断大堤与潘溪渡之间敌人的退路，命令七连全力夺取敌人的火炮。

七连接到命令后，立即向敌人火炮猛扑过去，边打边追，穷追不舍。战斗英雄李秃子，手榴弹投得又远又准，他一口气投了20多枚手榴弹，炸得敌人嗷嗷叫。七连追上敌炮兵，击毙了拉炮战马。敌炮兵动弹不了，就以炮架和死马为依托拼命抵抗，敌我双方在平坦开阔地带激战，双方都有很大伤亡。连长王怀玉见时间一分一秒地过去，心急火燎，他不顾敌人机枪的疯狂扫射，高呼一声"冲啊！"带领一、三排直向敌火炮猛扑过去。日军被我七连指战员的英雄壮举惊呆了，被迫退到离炮位几十米的一个不大的土坑里，日军的九二式步兵炮被七连缴获。

溃退的日军见火炮被我军夺走红了眼，端起刺刀反扑过来。刘玉泽指导员立即带领二排迎战，与日军展开拼死搏斗，掩护一、三排把火炮拉到安全地带。最后，在三连的配合下，全歼了这股残敌。我们日思夜想的九二式步兵炮终于夺到手了，战士们高兴地欢呼雀跃。

这时，东南方向又传来激烈枪声，郓城之敌再次派兵增援。敌人刚到潘溪渡东南侧，立即遭到我旅骑兵连和二分区特务连的英勇阻击。最后，敌人不得不丢下 20 多具尸体逃回郓城。至此，战斗全部结束。

这次战斗，共毙伤日军 124 人、伪军 14 人，击毁日军汽车 4 辆，缴获九二式步兵炮 1 门及大批枪支弹药。

潘溪渡伏击战的胜利，打出了八路军的威风，振奋了鲁西广大群众，动摇了敌伪的军心，对坚持鲁西抗日游击战争具有重要意义。

沂蒙红嫂[*]

李开田

明德英是我的妻子。在抗日战争时期，她曾用奶水救过八路军伤员，被人们称为沂蒙山区的"红嫂"。

明德英 1902 年出生在沂南县岸堤村一个贫苦农民家庭里，她是个哑巴，从小就过着苦难的生活。在她 31 岁那年，讨饭来到我们横河村，经人介绍与我结了婚。我也是个苦命人，家里既无土地又无房屋，靠给人家卖苦力挣口饭吃。结婚后，村里的人同情我们，就商议叫俺们俩到一里外的王家河西岸去看坟，俺们俩就住在坟地旁边的一个小草屋里，生活过得很艰难。

1941 年，我们家乡来了八路军的队伍。这年冬季，日军进行大"扫荡"。有一天夜里，住在马牧池村的八路军山东纵队司令部被日军包围。由于情况来得突然，司令部机关

---

[*] 本文原标题为《沂蒙"红嫂"——明德英》，收录时做了适当修改。

的一些工作人员未能全部撤离。一场包围与反包围的战斗打响了。

战斗进行到第二天中午，我和村子里的几个民兵把几名伤员送到北大山医院，回到家后，见一个30岁上下的八路军战士躺在床上，德英守在他身旁。他脸色发黄，嘴唇干裂。德英看我有些纳闷，忙揭开被子，指着受伤战士的手臂和肩膀让我看，然后指了指他头上的帽子和身上的衣服，意思是说：我救的是八路军伤员。后来，那位受伤的战士向我叙述了事情经过。德英也比画着向我讲当时的情景。

这位八路军伤员姓徐，是个炊事员。这天上午，他冲出敌人的包围圈，跑到了马牧池村的王家河沿上。敌人发现了他，向他开枪。他机灵地跑进了俺家门前的林地。敌人紧追上来。那片林地很大，光坟墓就有几百座，苍老的柏树一棵挨着一棵，荒草有一人多高。徐同志在坟墓、石碑树木间与敌人周旋了半个多小时，最后，被敌人打伤了。他忍着伤痛，朝北跑出了林地。

这个时候，德英正抱着俺那不足一岁的儿子坐在团瓢门口的石台子晒太阳，看见受伤的战士气喘吁吁地奔过来，她便迎了上去。徐同志急急地喊了声"大嫂"。德英指着自己的嘴摆了摆手。徐同志见她是个哑巴，焦急地用手朝林地指了指。德英一下子明白了：后边有敌人追赶。于是，她一手抱着孩子，一手抓住徐同志的胳膊，把他拉进团瓢里。徐同志看到团瓢又窄又小，藏人很困难，怕连累了俺家，转身想走。德英急了，一把将他按倒在床上，用一条被子，从头到脚把他盖得严严实实，自己装出没事的样子，抱着孩子坐在门口石台子上。

过了一会儿，两个鬼子追了过来，朝团瓢里望了望，没有发现什么。当他们弄清楚德英是个哑巴后，便打手势问她看见一个受伤的八路军没有。德英毫不犹豫地朝西山指了指，两个鬼子信以为真，拔腿朝西山追去。

看着两个鬼子走远了，德英返身进团瓢急忙掀开被子一看，吓了一跳，徐同志由于没有包扎伤口，流血过多，昏迷了过去。水，此刻急需救命的水。可是，水缸里的水用光了，怎么办？德英急得团团转。"哇"的一声，不满周岁的孩子啼哭起来。这一声哭提醒了德英：孩子要奶水吃，这奶水不是可以……想到这里，她的脸一阵红，眼睛慌乱地四下看，当她的眼光回到受伤战士那干裂的嘴唇上时，她毅然地解开衣襟，把奶头放到他的嘴边，奶汁一滴一滴地滴进徐同志的口里，他慢慢地苏醒过来。当时，战斗刚结束，时不时有鬼子打这里路过。我和德英担心徐同志被敌人发觉，就商议着把他转移到林地一座空坟里。徐同志也同意了。

那座空坟没有埋过人，周围被密密的草掩盖着。德英和我一起在空坟里铺上一层厚厚的干草，把徐同志扶进去躺下，然后又用草把坟口堵上。我告诉徐同志千万不要出去，到时候给他送饭来。德英还为他送去了尿罐和便盆。

冬天的野外十分寒冷。德英在床上翻来覆去地睡不安稳，心里一直挂念着空坟里挨冻的徐同志。她和我比画着，叫我把家里唯一的一条破棉被给他送去。可徐同志执意不要。到了半夜，德英又穿上衣服，把徐同志从空坟里扶回家来，让我和徐同志睡在床上，她坐在床边，实在困极了，就趴在床沿上睡一会儿，还时不时地到外边听听动静。从那以后，白天就让徐同志到那座空坟里躲藏，夜里就扶他回到团瓢里睡觉。那时候，我们才搬到林地不久，又添了孩子，家里缺吃少穿，日子过得很紧巴。德英知道伤员需要补养，就把我们家的两只母鸡杀掉，做鸡汤给徐同志吃。德英看着自己家里再也拿不出什么东西来了，就跑到村里要些高粱、玉米面，回家熬粥给徐同志喝。

到了第五天，德英发现徐同志的伤口化脓了，她的心头像是压上了一块沉重的石头。她一天几次端着盐水到坟里给徐同志洗伤口，给他端屎端尿，半个月过去了，在德英的精心照料下，徐同志的伤口基本愈合。又过了几天，他要返回部队了，他深情地抱着孩子向德英和我表示感谢，德英笑着摇摇手。我把徐同志送到依汶集上，借钱买了个锅饼给他，让他在路上吃。临别时，徐同志依依不舍，泪水汪汪。

随着岁月的流逝，我忘记了徐同志的名字，也不知道他在哪里工作。从那以后，虽然再也没有见过他，但他在我家养伤的情景却时时浮现在眼前。

1943 年正月的一天，我从泰安城带来了一个十五六岁、脚部受伤的小八路，名叫庄新民，他是山东纵队卫生部第一所下属分所的看护。1942 年底，日军对沂蒙山区进行大"扫荡"时，这个分所的人员被敌人冲散，庄新民混到逃难的人群中。

庄新民同逃难的老百姓一道躲进了王家河东岸的卧牛山上。天刚黑，遇上了敌机轰炸、扫射。之后，他和我们几个人一起被敌人抓起来，关在马牧池南庙里。第二天，敌人将我们用绳子捆绑起来，一个连着一个，押送到沂水城。两个星期后，敌人用笔把我们的脸涂上红颜色，押送到泰安城，一路上还让我们牵着他们在"扫荡"中抢来的牛、驴、羊。到泰安城以后，一位翻译告诉我们："你们是良民，牛、羊、驴已送到，可以走了。"由于庄新民被抓前与敌人在山上周旋了很长时间，鞋跟磨破了，脚底被刺破，流血流脓。在半路上，他靠我背着走。就这样，他随我来到家中。

德英见小八路的脚伤得厉害，心里很难过，马上用盐水给他洗脚，用布把伤口包扎起来。她又出去弄来几个土豆，煮熟拌上芝麻盐，给庄新民吃。夜里为了庄新民的安全，德英不顾寒冷，时不时地到外边观察动静。

第二天天刚亮，庄新民醒来了，他躺在床上，看着团瓢里的一切，心里很不安：这是一个十分贫穷的家庭，又添上一张嘴，可怎么生活呀！起床后他告诉我，要找八路军去。我和德英几次挽留，他说啥也不肯再住下去。俺们俩觉得实在没有东西糊口，就答应了他。这天早晨，德英跑到村里借了几个地瓜，煮熟后让他吃了一半，另一半让他带着在路上充饥。临别时，我告诉他："你去找找看，找不到部队再回来。"就这样，我们含着泪水把他送到了王家河岸上。

新中国成立后，我们先后送儿子、闺女、侄子、孙子四位亲人参军。后代们也没有辜负我们的期望，一张张立功喜报飞进我们的家。

沂蒙凯歌[*]

黄国忠

　　1941 年 10 月，根据当时的情报，侵华日军派遣军总司令畑俊六坐镇临沂，纠集了 5 万兵马，拉开大网，向沂蒙山汹涌杀来。我一一五师师部和山东分局，在我们特务营的掩护下，从滨海地区北上，准备与山东纵队的领导机关会合，组成反"扫荡"的统一指挥机构。11 月 4 日，当我们行至留田时，日军突然从四面八方合击过来。很显然，敌人已经发现了我们的行动，妄想以突然袭击，先打掉我领导机关，然后彻底摧毁沂蒙山区抗日根据地。

　　我营 4 个连，分别坚守在留田四周的山头和隘口。我跟随二连守在留田东北 5 里多地的司马。从 5 日清晨，一直打到中午，仍不见行动的命令。举目望去，大路、小路、山谷、田野，到处是黄溜溜的日本兵。他们在飞机掩护下，步

　　* 本文选自《罗荣桓元帅功著山东（第三辑）》，中国文史出版社 2015 年版，收录时做了适当修改。

步紧缩着包围圈。看着这情景，我的心情越来越沉重。我深深知道，机关和首长的安全关系着整个山东的抗日斗争啊！

下午3点多钟，师部通信员飞马而来，急促地对我说："师首长要副营长立刻前去领受任务。"我跨鞍上马，直奔师部。

师部驻在牛家沟。当我赶到时，师部的茅屋里已经挤满了人。我们的营长，正、副教导员已经先到了。屋子里异常沉静，只有罗荣桓政委站在作战地图前，手里拿着红蓝铅笔，在讲着什么。我向首长做了报告以后，罗政委特地停止了讲话，走过来同我握了握手。他的神态、动作，就像周围没有任何事情发生一样，看到罗政委那镇定自若的神态，我原来紧张的心情，立时平静下来。

罗政委回到地图前，严肃而又平和地继续说道："现在我们不只是考虑如何突围、保存自己，还应该考虑怎样才能既保存了自己，又能粉碎敌人的'扫荡'，保住我们的根据地。"说到这里，他伸手向南一指，斩钉截铁地说："我的意见应该向南突围。"

"向南突围？"这个出乎意料的决定，简直使我吃惊。我看了看其他人，大家也都露出了惊异的神情。

"是的，向南！向敌人的心脏临沂挺进！"罗政委重复了一句，接着便简要地分析了敌我态势。他指出：东面的沂河、沭河和台潍公路，都被敌人严密地封锁着，并布置了一个口袋阵。我们东去，正中敌人毒计。北面，敌人正疯狂地向南压来，顽军又与山东纵队对峙着，北上定受日、顽夹击。西有津浦铁路，敌人碉堡、据点林立，戒备森严，不易通过。讲到这里，他声音洪亮地说："敌人正集中兵力向我中心区合围，后方必定空虚，这就给我们腾出了突围的空隙。我们趁机插到他的大本营临沂，就能变被动为主动。我们牵着敌人的鼻子，就能彻底粉碎他的'扫荡'。"听了罗政委精辟的分析，我心里像打开了窗子，顿时敞亮起来。

罗政委向我们交代了任务之后，又给我们做了具体分工：营长和教导员带领一、二连做前卫；副教导员带四连居中卫护机关；我带三连担任后卫，掩护和收容掉队人员。他要求部队一律枪上刺刀，压满子弹，随时准备战斗。最后他又宣布了行动纪律：坚决服从命令，不得自由行动；没有突出合击圈前，不许说话，不许咳嗽，不许发出任何响声。

领受任务完毕，天已黄昏。走出师部时，我仿佛站在一座雄伟的高山之巅，站得高，也看得远了。先前那种不知去向的紧张心情，完全消失了。教导员也意味深长地说："这真是个英明的决定。"

几千名机关人员和我们特务营，都集合在一块平地上，静静地等候着出发的命令。罗政委率领作战科的同志和一部分侦察人员从部队面前走过，先头出发了。傍晚7点多钟，部队以战斗的姿态出发了，几千人的队伍，一个紧跟一个，静悄悄地从仅一里多路的空隙中向南插去。我们逢山过山，遇水蹚水，不久便接近了台潍公路。我们在公路右侧的小路上向南前进，公路上便是向北疾进的日军的大队人马。炮车滚滚，马蹄踏踏，他们正做着在留田合击我们的美梦呢！

我们直奔第一道封锁线张庄。快接近时，只见大小山头上一溜火堆，犹如一条蜿蜒的火龙。火龙的中间闪出一段黑蒙蒙的缺口，看上去只有一里多路。前面传下了罗政委的命令："三路纵队，跑步通过。做好战斗准备！"战士们一手提着上了刺刀、压满子弹的步枪，一手提着揭开了盖的手榴弹，迅速、肃静地向两山之间的隘口猛插过去。敌人盲目地射击着，子弹在头顶上尖叫着，我们理也不理，继续飞奔。整整过了半个多小时，敌人仍未发觉，第一道封锁线安全地通过了。

过了张庄，穿过一条小山沟，部队稍微休息了一会儿，又继续向南走。下半夜，到了高里附近，向前看去，大小山头上，又是火堆连着火堆。火堆旁，时隐时现地闪动着敌人巡逻兵的身影，而且每隔10分钟，便飞起许多绿色信号弹。前面传下"跑步跟上"的命令，部队飞速前进。三星垂西，部队折转向西，越过临蒙公路。正和罗政委分析的一样，敌人后方空虚，戒备不严，我们又顺利地通过了第三道封锁线。11月6日凌晨5点多钟，我们便胜利地到达了目的地黄埔前附近。就这样，我们没费一枪一弹，无一伤亡，安全地突破了5万敌军的包围。而敌人却在继续源源不断地向留田方向开去。

我军突出重围，敌人的合击扑空了，他们一时摸不清我们的去向，因此也没有马上调兵回转。就在敌人犹豫不定的时候，罗政委又果断地引导我们跨出了反"扫荡"的第二步。

部队在山坡上集合了。罗政委站在一块石头上，朝阳照耀着他高大健壮的身躯，显得神采奕奕，容光焕发。他开门见山地说："同志们一定很关心我们下一步的行动，现在就来告诉大家，我们还要回到沂蒙山区去。"接着，他指出：我们虽然突破了敌人的重围，但这仅是我们的初步胜利，沂蒙山区是我们的根据地，沂蒙山区的群众是我们的靠山。要坚持抗日并取得最后胜利，就要有群众。我们所以离开了沂蒙山，是为了把敌人调出沂蒙山，消灭他，保卫沂蒙山。现在敌人还没有离开我们的根据地。我们要开展广泛的游击战争，消灭敌人，保卫根据地和广大群众不被摧残，这才是我们的全部胜利。

在罗政委的指挥下，我们又掉转头来，向沂蒙山区挺进。7日黄昏，我们到了诸满。8日，罗政委派人把我叫了去，指示说："敌人在留田扑空，正在摸我们的去向。我们要将计就计，暴露一下自己，把敌人调出我们的根据地。"他见我还没有完全弄清他的意思，又进一步说："垛庄、青驼寺一带，敌人抢劫了很多牲口、物资，准备外运。敌人必经石兰，你带上两个连在石兰附近打他的埋伏。要打得狠，声势大，动作快，打了就撤。敌人正想寻找我军主力决战，他的侧后受到威胁，又摸不清我们有多少兵力，就一定会调兵回来。"一切全明白了。9日清晨，我便带领部队到了石兰附近。

罗政委选择的这个伏击地点可真好。东西两面高山耸立，中间一条沙河，自北而南，纵贯而过。只要占领了两侧的高山，敌人一到，我营居高临下，把南北山口一卡，即使他有三头六臂，也插翅难飞，有腿难逃。为了造成浩大的声势，我们把全营的司号员都集中了起来，又把所有的轻重机枪组成了密集的交叉火网，单等敌人"光临"。

细雨纷纷，寒风习习。战士们匍匐在冰凉的岩石上，忍受着寒冷的侵袭。等了将近一天，依然不见敌人的踪影。天色渐渐暗淡下来，我正在考虑是继续等下去，还是撤回，通信员传来了罗政委的指示：坚决等下去！

黄昏，雨停了。正当大家等得心焦的时候，忽然从北面山口传来嗒嗒的马蹄声。接着，又出现了影影绰绰的人影。敌人果真送死来了。日军根本没有料到我们会出现在这里，因此毫无戒备。他们押着抢掠的牲口、物资，队形零零散散，断断续续，如入无人之境。当他们全部进入我营伏击圈时，我令通信员打了一发信号弹。立时，轻重机枪扫，掷弹筒、手榴弹炸，呐喊声、军号声，响成一片。敌人遭这突然袭击，又见声势如此浩大，一时不知所措，立刻乱了阵势。霎时间，山沟里人撞马、马踩人，人喊马嘶，鬼哭狼嚎。战士们乘机从两侧山上泰山压顶似的直扑敌群。经约半小时的激战，300多敌人毙了命，只有少数人狼狈地逃走了。我们简单地打扫了一下战场，立即转移。

第二天，据侦察员报告，敌人果真中了罗政委的"调虎离山"之计，青驼寺、垛庄等地的日军纷纷外调。战士们打趣地说："这一下可把敌人的鼻子牵住了。"

敌人主力外调，只留下一些小部队在山区进行分区"扫荡"、抢掠和搞伪化活动，并准备内外配合，继续对我军进行合击。罗政委一面命令机关和"抗大"组成许多工作组，分赴各地领导群众开展游击战争，一面率领我们猛插中心地区。他指示：要不怕疲劳，见缝插针，有空就钻，狠狠打击敌人。

我们来到东蒙山，这里遭到了敌人严重摧残。敌人的宣抚班和汉奸队天天出动，召开群众大会、组织伪政权。罗政委指示：打掉宣抚班，制止伪化活动，鼓舞群众斗争情绪。

14日上午，侦察员报告：青驼寺的敌人，掩护着一个宣抚班进了龙口。我们两个连立即奔向龙口，把敌人秘密包围起来。一个贼头贼脑的汉奸，站在一张桌子上，恬不知耻地说："沂蒙山区的八路军已被全部消灭了。这里成了皇军的王道乐土，你们已是皇军的顺民……"这家伙正乱吹胡诌得意忘形，"啪"的一声，一颗子弹穿透了他的脑袋。紧接着，我们猛扑过去，吓得其他敌人抱头鼠窜。跑不及的，当场做了俘虏。

"追呀！"战士们怒吼着，枪打、刀挑，一气把敌人追出几十里路，直到青驼寺的敌人出动了援兵才停止。追击的路上，到处都是敌人跑掉了的鞋子、帽子、扔掉的枪支、包袱和一具具尸体。战士们把枪支捡起，其他东西原封不动。他们说："留下这些东西让老乡们来参观参观'大皇军'的'赫赫'战果吧！"群众亲眼看到这场追击战，胜利信心提高了，对敌斗争蓬勃开展起来。

龙口追击战的当晚，我们便转移到大谷台。这里地势隐蔽，又较富裕，便决定在此休整两天，补充粮秣。两天刚过，接到情报：敌人正在调兵遣将，准备合击大谷台。果然，17日晚上，敌人的几千人马从四面八方直奔大谷台而来。就在同一天晚上，我们神不知鬼不觉地穿过临蒙公路，一夜之间便来到凤凰山下。次日，敌人大炮对着大谷台周围空荡荡的山头，轰轰隆隆，从早晨一直轰击到天黑。我们也在凤凰山下美美地睡了一天。

19日，我们又一下子"飞"到了敌人的中心据点垛庄附近。这时候，留守垛庄的日军和汉奸，天天出来烧杀抢劫。我们决定乘合击大谷台的日军还没有返回垛庄之前，来个"有空就钻，见缝插针"。

当晚北风呼号，大雪纷飞，漫山遍野立时成了银色世界。四连的战士们顶风迎雪，在垛庄附近埋伏起来。天刚亮，垛庄的日军果然又耀武扬威地出动了。等他们进入我军伏击圈，我军一阵猛烈射击，便把他们打了个稀里哗啦，丢下20多具尸体，狼狈地缩了回去。这一仗虽不大，对日军的震慑可不小，他们急忙鸟飞兽散，各奔自己的老窝。

日军连续遭我军沉重打击，恼羞成怒。24 日，旧寨的敌伪军 200 多人，直扑我军驻地北村，当即被我军击退。垛庄的日军闻讯后，仍不甘心，连夜纠集了 700 多人，第二天拂晓再次来犯。我们决定彻底挫挫他们的锐气。激战一天，打退敌人三次疯狂的冲锋。黄昏，我一连迂回到敌人侧后，两面夹击，毙伤敌人近 300 名，残敌被迫撤退。

这一仗，把留在我军根据地内的敌人的气焰打了下去。他们固守在据点里，少数人轻易不敢出动。根据这个情况，罗政委率领机关的一部分人员去山东纵队，部署外线部队的反"扫荡"战斗，我们仍留在内线活动。

我们根据罗政委的指示，忽而东，忽而西，时而分散，时而集中。今天配合机关和"抗大"组成的工作组发动群众，明天又带领民兵破公路、炸桥梁、割电线。白天分散打击敌人的宣抚班、抢粮队和伪政权，夜晚又集中起来，长途奔袭敌伪据点。我们就像一群千变万化的孙悟空，穿插在沂蒙山区，飞行在敌人稠密的点线之间，使敌人的合击扑空，伪化不成，龟缩在据点里也胆战心惊。与此同时，群众性的游击战争也普遍开展起来，县大队、区中队、民兵联防、游击小组到处展开地雷战、麻雀战、破袭战。广大群众也都实行了坚壁清野，连水井都掩盖起来，人们以"三空"（搬空、藏空、躲空），来对付敌人的"三光"，迫使敌人寸步难行。

我们特务营越战越强，仗也越打越大。11 月底，我们把600多敌寇围困在绿云山附近，白天打了一天，敌人反复冲击，也没能突出去。夜晚，我营在山东纵队二旅1个营的密切配合下，一个猛袭，敌寇便大部被歼。敌人在我军内外夹击下，在山区已站不住脚，便陆续向外围据点撤退。

12月下旬，我营奉命返回师部。当我们胜利返回滨海区，到达师部驻地时，罗政委亲自组织了欢迎仪式，并到各连进行慰问。不几天，根据地的军民便锣鼓喧天，踩高跷、跑旱船，欢庆反"扫荡"的胜利，迎接新年。

沂蒙军民反"扫荡"

梁必业

1941 年 11 月 2 日，敌人开始对我沂蒙山区进行"扫荡"。

5 日黄昏，敌人从临沂、费县等地出动 2 万余人的兵力，采取所谓的"全面包围滚推式"战法，在 7 架飞机、10 辆坦克和数十门大炮配合下，分多路向临沂北的青驼寺、孙祖、留田地区进行合围，企图聚歼我山东分局和一一五师师部等领导机关。同时，敌根据以往"扫荡"时我军多向滨海地区转移的规律，在沂河沿岸的河阳、葛沟一带预伏重兵，布成口袋，待我向东南转移时予以歼灭。

师部和分局机关，是 11 月 4 日晚从青驼寺转移到留田牛家沟的。5 日，机关和警卫部队隐蔽在山沟里，警卫部队化装成老百姓在山头警戒。派出去的各路侦察员像穿梭似的跑来向师首长报告敌情。我当时任一一五师政治部组织部部长。

在牛家沟东头一座破旧的房子里，师首长一面听取接连不断的情况报告，一面仔细地查看着摆在条桌上的地图，沉着镇静地思考着，同时令机关和部队提前吃晚饭，做好走远路的准备。下午4点左右，罗荣桓召集分局和师部的领导同志开会，认真研究了获得的全部情报。考虑到东面的沂水、沭河和台潍公路都被敌人严密封锁着，并布置了一个口袋阵，我们若东移，正中敌计；北面敌人正疯狂地向南压来，且有顽军阻挡，我军北移，必受敌顽夹击；西有津浦路，敌人碉堡、据点林立，戒备森严，不易通过；只有西南面，敌人兵力正向我中心区合围，后方必定空虚，这就给我们闪出了突围的空隙。罗荣桓集中大家的意见，定下决心向西南方向突围。师特务营担负掩护任务。

黄昏后，敌人在留田周围燃起堆堆大火，枪声、炮声、马嘶声不断传来。山东分局和一一五师师部机关人员及师特务营指战员经过紧张的简单准备后出发了。罗荣桓、陈光等领导同志率领侦察连和特务营的1个连走在队伍的最前头，亲自观察情况，选择突围道路。

部队逢山过山，遇水蹚水，从留田东南10余公里的铁山子附近东西不过1.5公里的间隙里迅速秘密地通过了敌人第一道封锁线。这是敌人由东西进的一条主干线，敌人刚通过不久，在村子里烧的开水还是滚热的，大家顺手舀满茶缸，边喝边赶路。接着又在一个2.5公里的间隙中通过了敌人第二道封锁线，这是临沂到蒙阴的公路，也是此次敌人

"扫荡"的主要交通线。当时敌人的大批汽车刚从南向北驶去，我们即乘机而过。

三星垂西，部队折转向西，越过临蒙公路，正如罗荣桓同志判断的一样，敌人后方空虚，戒备不严。6日拂晓，我军没费一枪一弹，胜利地突破了敌人的重重包围，安全转移到留田西南50公里的沂蒙山南端的黄埠前，而合围之敌却同时向空空的留田扑去。

敌人合击扑空，即将沂蒙山区划分为四个"清剿"区：以南墙峪为中心的"北蒙山"区，以孙祖为中心的"西蒙山"区，以铜井、界湖为中心的"东蒙山"区，以诸满为中心的"南蒙山"区，其中又以"西蒙山"区与"北蒙山"区为重点。敌人每"清剿"一地，都逐户搜查我们的地方干部、失散人员和伤员，大肆捕捉壮丁，实行"三光"政策。敌人各据点周围都有机动兵力，发现我军，立即合击。我们基本区内很多村庄被洗劫一空，或被烧成一片废墟。仅在马牧池一村，敌人就三次纵火，房舍化为灰烬，沂南130户的南寨村被付之一炬，青壮年被抓走80余人。

为了反击敌人"清剿"，山东分局和一一五师首长断然决定师部暂不向外线转移，改向沂蒙山中心区挺进。同时决定调山纵第二旅1个营、抗大一分校2个队、蒙山支队1个大队和分局警卫连挺进沂蒙山中心区，协同地方武装和民兵反击敌人的"清剿"，坚持根据地里的斗争。

11月14日，敌人集中7000余人的兵力，对山东分局和一一五师所在地西蒙山区进行合击。17日，师首长判断敌人主力在西面，决心出敌不意率部东越临蒙公路，进入沂蒙山区。当晚，我们的机关、部队由西向东进发时，正遇敌人的大队人马由北向南，沿临蒙公路运动。我部队、机关立即退至路旁的山林中隐蔽，严令全体人员不许高声说话，防止马嘶叫；凡易发出响声的东西，都要采取措施。大队人马虽然挤在一个小山窝里，但万籁俱寂，人们手握刀枪、棍棒，随时准备战斗。待敌人通过后，我们迅速由西向东疾进。天亮后，正遇满天大雾，我军如同腾云驾雾般地越过公路，突破了敌人的重围。

山东分局和一一五师师部重返沂蒙山区后，立即抽调大批干部分赴各地，加强反击敌人"清剿"斗争的领导。师部直接指挥特务营和山纵第二旅四团三营，在垛庄镇、旧寨乡、三角山、绿云山等地，用伏击、袭击、阻击等手段，连续给分散"清剿"的敌人以打击。活动于东西蒙山地区的蒙山支队和抗大一分校的部队也多次打击"清剿"的敌人，使敌人不敢轻易离开据点。由于内线部队力量的加强和积极打击敌人，有力地配合了地方武装和民兵的对敌斗争，鼓舞了群众的斗争情绪，逐渐改变了被动的形势。

11月底，山纵机关进入坦埠一带，山纵第一旅也转回北沂蒙地区，其中一部插入南沂蒙地区，参加反"清剿"斗争。

在主力部队支持下，根据地的基层政权、地方武装和群众游击小组积极活动，展开了破袭敌据点、公路，及反伪化、反捉丁、反抢掠、反搬住敌占区等斗争。群众斗志不断高涨。有的实行搬空、藏空、躲空"三空"政策以对付敌人的"三光"政策。沂水县一名党员率领 30 余人的游击小组，坚持在卢山、艾山、牧虎山，神出鬼没地打击小股"清剿"的敌人。费县南部的徐庄民兵一直在村周围坚持斗争，阻击出入抱犊崮山区的敌人，保证了我南北联络道路的畅通。沂南鲁山后、艾山后等五个村庄的群众冒着生命危险，分散掩护了我们 1300 余名伤病员。沂水西五拱桥村村长因保存我军大批重要的军用物资，被敌人抓去，敌人三次将他投进铡刀，刃破脖子，逼他交出物资，他宁死不屈，一言不发。抗日群众的英勇业绩，极大地鼓舞了我主力部队的斗志。

11 月 29 日，山东分局和一一五师师部先向东蒙山转移的部分人员遭敌合击，机关干部战士在较少的警卫部队掩护下，按战前组织的机关战斗班、排、连，英勇战斗，分散突出敌人包围，并在突围后迅速集中归回建制。战斗中，省战时工作推动委员会秘书长陈明等同志以及德国友人希伯同志光荣牺牲。机关中也有干部战士牺牲和负伤，他们以自己的鲜血争取了反"扫荡"的胜利。

12 月 4 日，敌人又向瓮城子、大沟、王林一带的我军指挥机关合击，我军指挥机关迅速分头向北向西转移，摆脱了敌人。

为了保证指挥的安全，山东分局和一一五师首长决定向外线转移，内线斗争由山纵统一指挥。此后，敌人在我军内外线密切配合的打击下，被迫据守临时据点，"清剿"计划宣告破产。

12月8日，太平洋战争爆发。敌人除留6000余人在沂蒙山区巩固点线、防我反击外，以部分兵力分别向天宝山区和滨海区进行"扫荡"，掩护其主力撤出沂蒙山区。退集费县之敌3000余人，分九路合击天宝山西南的常庄、白彦一带。我山东分局、一一五师师部及鲁南军区及时安全转移。担任掩护任务的第一旅三团，与敌人激战，在苏家崮2个连又1个排顽强地与敌人搏斗，歼敌200余人，最后，坚守阵地的30余名战士，抱敌投崖，壮烈殉国。不久，敌军南撤。山东分局和一一五师等领导机关也由天宝山区转往滨海区。

12月中旬，临沂的敌人对滨海区进行"扫荡"，遭到我教二旅和山纵二旅的内外夹击，遂纷纷撤走。11日和12日，莒县残敌1800余人分路合击马鬐山，撤退时，将山内10多个村庄全部烧毁。莒县西南的渊子崖村群众不甘受敌迫害，奋起自卫，以土炮、土枪英勇抗击敌军500余人的进攻，歼敌近100人。

12月23日，敌主力开始分路撤退。我军乘势收复蒋庄、诸满、大桥、马牧池乡、岸堤、河阳等村镇。至28日，我们基本恢复了沂蒙山区根据地，历时50余天的反"扫荡"战役终告结束。

在这次反"扫荡"战役中，我军共作战 150 余次，歼敌 2300 余人，连同邻近各根据地的配合作战，共歼敌 4400 余人，攻克据点 160 余处，粉碎了敌人妄图消灭我山东领导机关和主力军，彻底摧毁我鲁中根据地的计划，并取得了反对敌人毁灭性"扫荡"的重要经验。

在反"扫荡"的岁月里

许世友

1942 年，在敌人冬季大"扫荡"之前，我来到胶东，任胶东军区司令员，林浩任政治委员。

11 月上旬，军区在海阳、莱阳边区召开营以上干部会议，紧急做了反"扫荡"动员，研究部署了反"扫荡"的作战计划。根据以往反"扫荡"斗争的经验，会议确定采取"保存有生力量，保卫根据地，分散活动，分区坚持"的方针。

11 月 17 日，敌人突然由青岛、高密派出汽车六七百辆，沿烟青公路、烟潍公路向莱阳、栖霞、福山等地大量增兵。21 日清晨，蛰伏在莱阳、栖霞、福山的敌人全部出动，在投降派赵保原、秦毓堂等部的配合下，多路奔袭栖霞、牟平、海阳、莱阳边区，"拉网"合围以牙山、马石山为中心的抗日根据地。日军出动 1.5 万人，加上伪军和投降派赵保原等部 5000 余人，总兵力达 2 万人，另有海、空军配合

"扫荡"。敌人多路分进合击，密集平推。白天摇旗呐喊，步步紧逼，无山不搜，无村不梳，烧草堆，挖新坟，掘地堰，清山洞，连荒庵野寺以及巴掌大的小土地庙也不漏过；夜晚则野地宿营，烧起一堆堆篝火，岗哨密布，在山口要隘还设置了带响铃的铁丝网。敌人曾得意地夸口说："只要进入合围圈内，天上飞的小鸟要挨三枪，地上跑的兔子要戳三刀。共产党、八路军插翅难逃！"

胶东地区人民群众积极投身反"扫荡"斗争中，各村普遍实行"坚壁清野"，以"三空"（搬空、藏空、躲空）对付敌人野蛮残酷的"三光"（烧光、杀光、抢光）政策。他们大力支援我军作战，当向导，递情报，送给养，挖地道，隐藏军用物资，掩护与疏散伤病员，表现了高度的聪明才智和自我牺牲精神。

在海莱边区活动的我军第十七团一部，夜晚被敌人围困于朱吴北山，四周山梁上，簇簇火堆，层层叠叠。待到黎明将至，日军人困马乏，一个个东倒西歪。该部指战员隐蔽贴近敌人的封锁线，朝着篝火堆猛然甩出一排手榴弹，把昏睡中的日军炸得晕头转向。大家乘势一跃而起，破"网"而出，只伤了一名战士。

我坚持牙山、马石山地区的各部队和地方武装率领一部分群众突围，24日日军收"网"合围马石山，莱阳、海阳、栖霞等地群众2000多人被围困在山上。执行任务途经马石山的警卫连第三排，毅然留下来带领乡亲们连夜突围，他们和地方干部、民兵一道，往返数次冲破敌人的"火网"，护送出群众1000多人。拂晓以后，当他们再次杀进重围抢救群众时，被日军团团包围在山峦上，战士们奋勇杀敌，英勇献身，血染马石山岗。在马石山反合围的激烈战斗中，许多地方工作人员、民兵和群众纷纷以树棍、石头与日军拼杀，宁死不屈。日军攻占马石山后，露出极端凶残的本性，将抓捕到的500多名群众全部杀害，老弱妇孺，无一幸免，制造了惨绝人寰的马石山惨案。

我们胶东军区指挥机关率第十七团一营，在敌人开始"扫荡"的时候，就反其道而行之，由西向东，隐蔽穿越敌人的合击圈，一直插到日伪据点附近，接着东行冯家，绕道棘子园。等到敌人回师向东拉"网"之际，我们判断若继续东进则必中敌人的诡计，遂改奔西北方向，飞插鹊山后。敌人做梦也不会想到我们胶东军区指挥机关敢于钻到它的鼻子底下来，加之日伪军几乎倾巢而出参加"扫荡"，所以它的据点附近反倒成了我们活动的"安全地带"。把敌人的行踪摸清以后，我们继续向西跃进，抵达烟青公路时，正好碰上大批日伪军自莱阳、栖霞向烟台开进，我们隐蔽在距烟青公路不足1里地的柳家庄，安然无恙。不久，胜利返回战场的根据地。在整个穿插行动中，我们行程200多公里，未损一兵一卒，保存了胶东军区指挥机关。

凶狠狡诈的敌人合围牙山中心根据地的阴谋破产以后，扬言再度合击马石山，并以部队的频繁调动制造假象。11

月 28 日，日军集结重兵突然掉头向东，对昆嵛山及文登、荣成一带进行"铁壁合围"。日伪军 5000 余人严密封锁烟青公路，北起渤海，南至黄海，呈一线密集平推，并以兵舰 6 艘、汽艇 20 余艘分别在渤海、黄海游弋封锁，企图彻底围歼由牙山、马石山突围东进的抗日部队。敌人的"网"张得越大，空隙越多。我们的干部战士绝大多数是胶东生，胶东长，人亲地熟，十六团、十七团以营、连为单位，化整为零，穿隙插孔，破"网"突围。驻荣成县崂山村兵工厂的一个警卫排，英勇抗击日军，毙伤 100 多个敌人，因弹尽援绝，全排同志高呼"共产党万岁！"抱枪投海，壮烈牺牲。

在冬季反"扫荡"斗争中，五旅主力驰骋在烟青公路以西地区，灵活巧妙地从侧背狠狠打击敌人，炮击平度，袭扰招远，连战夏甸、驿道等日伪据点。11 月 26 日起，胶东军区主力部队与地方武装结合，在南、北、西海区相继进行大破袭，炸桥破路，伏击敌人，切断公路交通。当敌人于 12 月中旬西进"扫荡"时，五旅主力适时跳到外线，在福山猴子沟、莱阳北孔家等地成功地部署了伏击战，打得日伪军丢盔弃甲，鬼哭狼嚎。

敌人精心策划的冬季大"扫荡"，损兵折将，疲惫不堪，不得不于 12 月底收兵回窜。胶东抗战史上日军规模最大，时间最长的"扫荡"，终于被胜利地粉碎了。

1942 年冬季"扫荡"之后，敌人采取逐步伪化的方式，

"蚕食"我抗日根据地，与我们争夺群众。在山东分局和山东军区统一领导下，我们贯彻执行"敌进我进，敌不进我也进"的方针，以主力部队与地方武装相结合，广泛运用"翻边战术"，积极开展群众性的反"蚕食"、反封锁斗争，并有重点地发动军政攻势，积蓄和扩大抗日武装力量，巩固和扩展根据地。

在敌人"蚕食"推进最严重的西海地区，我抗日武装变被动为主动，接连发起店子、纸房等战斗。崮山后村边的一处据点，驻守伪军1个连，修有八九座碉堡和一道壕沟。我西海军分区1个营，深夜潜入崮山后村内，隐伏一天一夜，敌人毫无察觉。第二天黄昏，伪军正在开饭，我军突然发起攻击，5分钟内攻破围墙，当夜完全摧毁据点，歼灭伪军100多人。在半年多的时间里，西海共建立400多个村的抗日政权，使敌人征粮区缩小了五分之四。

南海地区抗日武装开展驱逐顽固派隋永胥等部的斗争，恢复烟青公路西、胶济路北的大片地区，建立4个区的抗日政权。新开辟平度水泊、上河头、院后一带，控制即墨十区。一次，古岘据点伪军1个中队，押解400多辆车子，满载小麦10万多斤，去送交平度日军，途中遭我南海地区一部伏击，车子、小麦全被截获，活捉伪中队队长以下27名，我部无一伤亡。

北海地区抗日武装1月攻克沐浴店、马家、砣矶岛，4月占领十里沟。5月间，军区决定由十三团三营拔除栖霞县的蛇窝泊据点。蛇窝泊位于烟青公路东，是敌人袭扰根据地和扼制我东、西海区交通的重要据点，防御工事坚固，修有13米高的大碉堡，号称"鲁东第一大碉堡"。第十三团三营于5月22日攻击未果，于23日晚再次发起攻击，一举爆破成功，炸毁碉堡，全歼守敌。这些战斗，有力地打击了日伪军。

我军在东海地区开辟龟山区30多个村庄。12月间，我带第十六团攻打旺远。旺远在烟台南10多公里，驻伪军约1个连，用石头砌成大碉堡，有四层楼高。我们星夜奔袭旺远，部队连夜发起攻击。我叫作战参谋从当地小学教员那里借来一本《三国演义》，未等看完关云长"温酒斩华雄"一节，主攻部队告捷。他们把25公斤炸药送进碉堡门里，轰隆一声巨响，大碉堡顿时被炸了个通天透，守敌统统坐了"土飞机"。

具有光荣革命传统的胶东民兵，始终站在反"扫荡"、反"蚕食"、反封锁斗争的第一线，发挥了巨大的作用。当时，胶东武装民兵发展到24万多人，普通自卫团有48万多人，他们在主力部队和各区地方武装的支持和配合下，活跃在村头地边、沟坎山脊，广泛开展分散性、地方性的游击战，组织"村村联防"，实行武力与劳力相结合，武装保卫家乡、保卫生产，用各种方式同日、伪、顽做斗争。

在胶东战略要地大泽山区，民兵们以地雷战、麻雀战对付敌人。一次，日伪 1500 余人侵入大泽山，刚爬上一座山坡，脚下地雷轰响，在不到 1 平方公里的范围内，踏响地雷 30 余处，被炸得人仰马翻，血肉横飞，顿时死伤 70 余人，吓得日军官兵寸步不敢挪动，战马原地兜圈嘶啸，不得不草草收尸回营。

文登县磨山民兵利用挑水之便进入敌伪据点，摸清了情况之后，乘敌人抽兵去参加"扫荡"的机会，集合民兵 200 多人，一夜之间捣毁了这个据点。沿海一带的民兵，经常截获和击沉敌人的运输船只。

英勇的海阳民兵，以地雷战闻名于整个胶东，他们根据对敌斗争的需要，创制了 10 多种地雷和研究出 30 多种布雷方法，从简单的铁雷、石雷、拉雷、绊雷，发展到复杂多变的飞行雷、马尾雷、防潮雷、子母连环雷、慢性自燃雷，等等；从单一的沿路埋雷，发展到村村设下"地雷宴"，门上挂雷，草堆藏雷，真真假假，虚虚实实，炸得敌人鬼哭狼嚎。仅海阳县一地，就涌现出"模范爆炸村" 3 个，民兵"爆炸英雄""爆炸大王" 11 名。

在海莱地区的小纪一带，五个村子相邻，他们建立了五村民兵联防组织，村连村，心连心，"一村有难，众村解围"，来犯的敌人屡遭痛击，畏之如虎，不敢再轻举妄动。群众自豪地把这五个村庄称为"五虎村"。

在 1943 年反"蚕食"、反封锁斗争中，胶东军民对日伪作战 975 次，平均每天作战 2 次以上，攻占日伪据点 23 处，歼灭日伪军 1 万余名，扩大根据地 400 多平方公里，粉碎了日寇的"蚕食"推进政策，基本打破了敌人对胶东根据地的分割封锁，为 1944 年开始的局部反攻奠定了基础。

岱崮战斗

陈　宏　张　栋

1943 年 11 月，日军为了摧毁我鲁中根据地，从临沂等地纠集了 3 支步兵大队、1 支炮兵中队、1 支空军中队和伪军 1 个团，对我鲁中根据地进行疯狂"扫荡"。鲁中军区指示我大部队要跳到外线作战，各要点上的部队必须坚决扼守，掩护后方机关及人民群众转移。

上级把扼守岱崮的艰巨任务交给了我们鲁中第二军分区十一团第三营，要求我利用南北岱崮的有利地形，坚持十天到半个月，把住根据地的重要门户，以便让转到外线的我军主力寻机歼敌，粉碎日军的"铁壁合围"。

南北岱崮，坐落在蒙阴东北，两崮相距约 2 公里，中间连着一道山梁，两个崮峰各有 10 多丈高，刀削一样陡直。由于南北岱崮地理位置非常重要，我三营八连的 2 个排平时就分别驻守在岱崮上。我们接受扼守岱崮的任务后，将八连一排、二排共 60 余人部署在南岱崮，八连三排和七连一排及营部部分人员共 70 余人部署在北岱崮。上崮后，我们又抓紧时间加修工事，并在崮周围埋设了地雷。

11 月 10 日，北岱崮西北方向来了一股日军，看样子有 100 多人。他们大摇大摆、耀武扬威地走着，当走到山脚时，踏上了我们预先埋设的地雷。随着轰隆隆的爆炸声，十几个日军被送回了"老家"。敌人队伍顿时大乱，停了一会儿，才开始向崮上打炮，打了几炮后，一看没动静，就退到西面的村里去了。

天黑后，七连一排排长牛金奎带一个班到响雷的地方去察看，副排长范玉兰也带两个战士到西边的村里去侦察，并和民兵一起在重要的地方埋上地雷。不长时间，牛金奎带着战士回来，并捡回来几十颗手榴弹、十几盒罐头。当晚，范玉兰也回来了，他说："日军在西边村里住了四五百人，我们已在他们必经之路埋上了地雷。"

看来明天就要打仗了。干部战士们既兴奋，又有点紧张，生怕打起仗来出什么纰漏。干部连夜通知，叫大家进一步做好迎战准备。副营长张栋和副教导员马旭东又绕南北岱崮转了一圈，检查了战士们的备战情况。

出乎我们的意料，第二天敌人没有进攻。吃过早饭，飞来 3 架飞机，绕着崮顶和周围的村庄、山头盘旋侦察一番飞走了。

13 日晨，南北岱崮的西面飘起了日本旗，日军先是打炮，然后分两路向南北岱崮发起进攻，每路都有 100 多人。

崮上静悄悄的，战士们在掩体内、岩石旁怒视着敌人。当进攻北崮的日军离崮顶还有100多米的时候，指挥员一声令下："打！"顿时，崮上枪声大作，子弹像雨点一样倾泻到敌群中，日军纷纷倒下。几乎同时，南崮也传来了激烈的枪声。日军没来得及还击，就连滚带爬地退下山去。日军一个机枪组，想到南崮西北的一个小山上实施火力掩护，可是刚爬到山顶，就踏上了八连埋设的地雷，"轰隆"一声，机枪和射手们一起飞上了天。

　　日军的第一次进攻就这样失败了。这一天，日军向南北岱崮发动了三次进攻，但每次进攻的结果都和第一次一样。下午4点多钟，日军垂头丧气地向村里退去。

　　第一天战斗取得了胜利，但我们没有满足，召开了一个军事民主会，研究如何既节省弹药，又能多消灭敌人。根据大家的意见，我们做了几条规定：一是各班排都要成立特等射手小组，多打日军的指挥官、炮手和机枪手，争取一颗子弹消灭一个敌人；二是除特等射手外，其他同志100米以外一般不要开枪，等日军到了崮下，多用手榴弹打；三是崮上部分人员分散到崮下的墙洞去，不轻易暴露目标，待敌冲到崮下或被打乱时悄悄地予以杀伤；四是在崮下我们射击不到的死角里多埋地雷；五是要注意保存自己，消灭敌人。

　　14日，日军没有进攻，飞来3架飞机绕崮反复盘旋，其中一架飞机进行了试验性投弹，结果没有击中崮顶。

15 日、16 日两天，日军先用飞机和大炮对两崮轮番轰炸，而后组织部队进攻。这回他们改变了战术，把主要力量集中于南崮，对北崮只是佯攻，妄图钳制北崮，先攻下南崮。

南崮的激战开始了。8 架敌机轮番轰炸，一时间爆炸声震耳欲聋，山顶上浓烟滚滚。轰炸一停，日军便嗷嗷叫着朝南崮扑去。

在南崮南门，有一条顺着石壁缝凿出来的石级小道，是唯一可以攀登到崮顶的路径。守卫南门的八连六班，是全连有名的"小老虎"班，八位战士个个精明强悍，作战勇敢。班长张善才看到日军来势凶猛，就叫全班战士隐蔽在工事里，观察崮下的动静，等待最佳时机再打。

近了，日军聚到崮下了，黑压压一片。张善才见时机已到，一声令下："打！"全班武器一齐开火，手榴弹不断在敌群中爆炸，炸得日军死的死，伤的伤。战士们高兴极了，每消灭一个敌人，就在防空洞的石壁上画道杠杠和圈圈，做战斗"记录"。班长诙谐地把它叫作日军进阎王殿的"签到簿"。

日军不甘心失败，集中轻重武器，对南门进行更猛烈的轰击和扫射，又从岱崮附近村庄抬来了 10 多米长的云梯，竖在峭壁跟前。战士们就把几个手榴弹捆在一起，用绳子吊下崮去，然后再拉响，还有的把地雷也吊下崮去，炸得敌人四处躲藏。有些日军躲到打不到的死角去，可刚到那里，就被地雷炸倒。有些日本兵冒着弹雨，顺着梯子向上攀登，不是刚上梯子被炸翻，就是爬到半腰被埋伏在墙洞里的我战士打掉。日军攻了两天，留下了几十具尸体，又撤了回去。

17日，日军调来大批部队，占领了两崮周围所有的村庄，炮阵地也明显增加，炮火比以前更猛烈，飞机开始是3架，后来增加到8架，轮番轰炸、扫射。

一天早晨，敌机又来轰炸。我们刚进到洞口，一股浓烈的烟雾涌进洞来，顿时眼睛难睁、喉咙发胀。我们立即意识到敌机投毒气弹了。因为以前日军在轰炸大崮山时曾使用毒气弹。17日敌人加强轰炸后，部队已经做了防备，预先把大蒜、肥皂打在湿毛巾上，需要时将毛巾捂在脸上就行。几位营干部抓起打过肥皂的毛巾捂在脸上，利用轰炸的间隙钻出洞来，只见毒气弹正冒着浓烟，立即叫有防备的几个战士把它推下崮去。有几个战士中毒昏过去了，我们忙把中毒的同志抬到崮边的高处。崮高风大，经风一吹，中毒的同志慢慢苏醒过来了。

见毒气没有奏效，日军又使出了更毒辣的手段。一天黎明，日军端着明晃晃的刺刀，把几个老乡赶上南崮。日军让乡亲们走在前头，自己躲在后面。上到半山，日本兵便缩在山石后面。老乡们只穿着单薄的衣服，一个个冻得浑身发抖，一个年纪大的老乡喊着："八路军同志们……鬼子让我们上来送信，要你们投降，你们千万别听他们的！"见此情景，八连连长冯华德也向下喊道："乡亲们，回去对鬼子说吧，只有打胜仗的八路军，没有投降的八路军，让他们来较量吧！"

劝降无效后，日军恼羞成怒，继续用大炮向岜顶猛烈地轰击，南门的瞭望楼被炸得粉碎，通向山下的石路也被打烂，山崖上遍布弹痕，交通壕坍塌不堪。战士们一面抢修工事，一面搬来碎石，准备作为打击敌人的"武器"。

23日，日军第三十二师团参谋长从朱满据点前来督战，还拉来4门榴弹炮和1门很大的重炮，运来大量炮弹。先飞机轰炸，然后大炮对着两岜不分昼夜地猛烈轰击，南北岱岜顿成一片火海，炸弹炒豆似的爆炸，弹片满岜呼啸，发出尖厉的啸声，除了火光和硝烟，什么也看不清楚。

我们的工事一次又一次地被打坏，战士们一次又一次地修复。我们的处境越来越困难，不仅和上级失去了联系，两岜之间的联系也中断了。

最要命的是缺水。前些天，每人还可以分到半茶缸水，从23日开始，基本上断水了。缸底还有一点水，为了留给重伤员，谁也舍不得喝。不几天，每个人的嘴唇都干裂了，谁也不愿说话，干部们指挥只能用手势表示。

南岜仅有的一只水缸里的水也用光了。战士们渴得难受，就抓把湿沙含在嘴里，坚守着阵地。

为了支援南岜的战斗，团里决定给他们送水。第一天，一营营长董玉湘带了一个连，掩护民工挑着100担水上山。

由于敌人阻击，未能上去。第二天，副团长韩顾三又带人去送水，不想道路遭敌封锁。第三天，团政委陈宏组织了1个排，4挺机枪，个个头戴钢盔，打开枪刺，用火力在前面开路，终于带领民工把水送到了山顶。八连又利用暗夜下山从日军尸体上搞到了枪支弹药。从此，全连士气倍增，斗志更旺。按规定，到25日，我们就完成了坚守岱崮、钳制日军的任务。但是，担心后方没有完全转移好，我们决心再守几天。

一天炮击过后，成群的日军向北崮发起进攻。从崮西往下看，只见日军一个指挥官正挥着指挥刀张牙舞爪地督战。张栋对七连三班副班长说："把他打掉!"三班副瞄了瞄，"当"地一枪，那个指挥官应声而倒。当附近的战士为他喝彩时，才发现他已经负了伤。

张栋心疼地说："去休息一下吧!"他用舌头舔了舔嘴唇，声音沙哑地说："副营长，我原来计划消灭15个，可现在才打死了5个，我要完成任务。"他带伤又坚持了两天，在他消灭了7个日军时，头部负了重伤，倒在地上。

当战友们把一点水送到他的嘴边时，他用手推开说："我不行了，喝了也没用，留下你们喝吧!喝了多消灭敌人!"他握着张栋的手说："副营长，我没有完成任务……"他还想说什么，但再也没有醒来。看着这位英雄的战士，干部战士无不潸然泪下。

战士们把他埋在一个朝西的工事门口，几个战士就在坟前向敌人射击，有的战士含着眼泪拍打坟土说："副班长，我一定多消灭鬼子，为你报仇。"有的说："我一定再消灭5个！"还有的说："我一定再消灭7个！"

29日，日军全力进攻北崮，3架飞机连续轰炸了4次，炮火也是空前的猛烈。轰击过后，日军抬着长梯向我们进攻了三次，都被我们一一打退。下午4点多钟，日军停止了进攻，退到了山下。

夜幕降临了，刮起了七八级大风。不一会儿，下起鹅毛大雪。战士们喜出望外，不顾刺骨的寒风，纷纷拿着破布到外边接雪。崮上刚落下薄薄的一层，就赶忙抖成堆大口吞咽起来。吃了雪，虽然感到浑身冰冷，但觉得心里舒服，精神陡增。几个战士高兴地说："这回咱们不怕没水了，可以和敌人继续干下去了……"

起初走上北崮的是70多人，现在只剩下32人了。在这32人中，除7人外，其余全部挂彩，可大家仍然对自己充满着信心，对胜利充满着信心。

这天傍晚，我们接到命令：扼守任务已胜利完成，部队立即撤下山去。

天黑后，战士们就跑到崮边，不时往山下扔石头。日军一听动静连忙开枪，弄得草木皆兵。次数多了，日军便渐渐麻痹起来，不再开枪了。我们瞅准机会，用绳子和床单连成长索，悄悄地从崮上溜下去，越山沟，贴石岩，绕过日军的篝火和岗哨，神不知鬼不觉地钻出了重围。

岱崮战斗，共歼敌 300 余人，更重要的是钳制住了大量敌人，使根据地许多地方避免了日军铁蹄的践踏。

　　战后，我十一团八连被山东军区授予"岱崮连"光荣称号。

罗政委三下军实科[*]

王德胜

我从 1942 年到抗战胜利前夕，一直在山东军区供给部军实科工作。这期间，一一五师政委罗荣桓同志曾三次来我们军实科询问、了解供给工作情况，给我们做指示。他那风趣的谈笑、慈祥的面容、坚毅炽热的目光、亲切的教诲和卓越的领导才能，都深深地印在我的脑海里，至今难以忘怀。

1942 年麦收后的一天，太阳像个大火球，把整个滨海大地烤得简直要着火。当时，军实科驻在临沭县石河区的后胡子村，科里的几个同志正在开会，大家七嘴八舌地议论部队吃饭穿衣的问题，个个脸上布满愁云，心头像压着块大石头。

这年春天，滨海地区遇上了少有的大旱，老天爷一春天没掉几滴"眼泪"，有的低洼地干得像块龟板，横七竖八地

* 本文选自《罗荣桓元帅功著山东（第三辑）》，中国文史出版社 2015 年版，收录时做了适当修改。

布满了裂纹，山岭薄地撒下的种子绝大部分没有出苗，夏收作物有的仅收回了种子，加上日军的经济封锁，给群众的生活带来很大的困难。部队的供给也成了大问题，时常连豆饼、穄子、高粱和瓜干做的"四合面"都不能保证。穿衣也相当困难，换单衣时才勉强还上去年冬天的棉衣钱。面对这种困境，我们这些做军需工作的实在犯愁。

正当大家议论纷纷又愁眉不展的时候，罗政委来到了军实科。他身着一身半旧土布灰军装，戴一副深度近视眼镜，镜片后面一双眸子炯炯有神。由于工作繁忙，生活艰苦，看上去面容有些憔悴。

"罗政委！"我们"唰"地站起来，急忙让座倒水。

"请坐，请坐。"罗政委一边示意让我们坐下，一边走到一把老式木椅前坐了下来。他用左手轻轻地扶了扶茶色眼镜架，用和蔼的目光看着我们，风趣地说："你们一个个脸上都阴着天，是不是想求龙王下雨呀？"

罗政委风趣幽默的问话，一下子把大家逗乐了，拘谨、严肃的气氛立刻变得活跃起来。我们都自动地向前挪了挪座位，亲热地围坐在罗政委身边。

"政委，我们正在为部队吃饭穿衣的问题发愁呢！"我说。

"哦，我正想听听你们的意见哩！"

罗政委的民主作风我们早有所耳闻。听到罗政委要我们谈意见，大家便七嘴八舌地打开了话匣子：

"现在真是困难极了，吃穿都成问题，这样下去，部队可怎么打仗啊！"

"部队的经费早就花光了，各级都在向上级借，连借到营，营借到团……逐级写借条。"

"我们几次派人找地方政府联系，都是两手空着回来。"

罗政委仔细地听着，时而点头微笑，时而凝眸沉思，眉宇间不时地现出深深的皱纹。我们嚷嚷完了，罗政委略微沉思了一会儿，和蔼地说："目前确实到了最困难的关头，我们困难，群众更困难。从去年冬到现在，地方政府已尽了最大的力量支援我们，根据地的群众负担已经很重了。"罗政委喝了口水，扶了下镜架，接着又说："我们要体谅地方政府的难处，解决部队吃穿问题还是要积极响应党中央、毛主席的号召，'自己动手，丰衣足食'，要靠我们自己的双手，大力发展生产，渡过难关。"

我们科的同志相互交换了一下眼色，不禁为刚才自己说的那些话惭愧。以前，我们解决部队的吃饭穿衣问题只是依靠地方政府，却很少从生产上打主意。罗政委这番话，使我们茅塞顿开，心里豁然亮堂了。有的同志说："搞生产，我们自己想办法开辟财源，1941 年，教二旅就是这么干的，效果很好。"大家你一言我一语地议论着，气氛越来越热烈。

罗政委看到我们情绪饱满，精神头十足，脸上露出了满意的笑容。他说："吃饭问题要从两个方面解决，地方政府支援我们一部分，我们自己要生产一部分。春天开了部分荒地，夏季没长好，这没关系，抓紧时间种上秋季作物，到秋后就会有收益。穿衣问题，我已和供给部的领导去过工厂，听了工厂关于生产情况的汇报。我认为，咱们的被服厂、纺织厂、鞋厂的规模都还不大，产品也比较单一，远远满足不了部队的需要，应设法扩大生产规模。"

罗政委这次来军实科的时间不长，却及时地给我们指明了前进的方向。之后，我们便按罗政委的指示，立即增加了各工厂的设备和人手，很快生产出了部队急需的新产品。

经过一段时间的努力，到换冬装前，部队的被装问题基本得到了解决。

吃饭困难的问题，也相应缓和下来。一方面群众勒紧裤腰带支援了我们一部分；另一方面，各部队开种的荒地秋天有了收益。我们军实科30多人种了三大亩菜地，不仅解决了平日的吃菜问题，还为冬季储存了萝卜和大白菜。后勤机关自己动手垒起了蓄水池，拦截山上流下来的雨水，既能浇地，又能洗衣沐浴，一举两得。

这年冬天，山东军区在后胡子召开了供给生产会议，各部队把自己生产的产品拿到会上展览。我们军实科下属各工厂也把自己生产的服装等军需产品和供销科组织生产的"大鸡牌"香烟拿到会上展览，受到与会者的好评。我们深知，这每一件展品，都渗透着罗政委的心血啊！

1942 年冬，由于日军对我抗日根据地的疯狂"扫荡"，山东部队面临的形势越来越严峻，整个部队忙于反"扫荡"，因此罗政委肩上的担子更重了。尽管他工作十分繁忙，从 8 月开始经常尿血，肾病越来越重，但他总忘不了后勤工作。

一天，罗政委在百忙中挤出时间来后胡子检查机关的工作，第二次来到了我们军实科。他仔细地询问了反"扫荡"中部队的供应情况。在听取汇报中，他对我们工作中的成绩给予了表扬和鼓励。他说："你们军实科的同志在极其艰难困苦的条件下想了不少办法，克服了许多困难，指导部队战胜了天灾和日军的封锁。被服厂、纺织厂和鞋厂扩大后，及时地解决了部队的被服问题。艰难的环境，使你们受到了锻炼，积累了工作经验，前方的同志对你们的工作是满意的。"

我们听了罗政委的话，深受鼓舞。我们深知，供给工作所以有些成绩，主要是有罗政委的关心和支持。大家都觉得，有罗政委这样的好领导，工作起来心里非常踏实，再大的困难也能克服。

在听取我们的汇报中，罗政委还表扬了军实科下属的各个工厂。他说："工厂的同志很辛苦，咱们的设备破旧，生产原料不足，工人不分白天黑夜地为前线的同志赶制各种军需产品，日军来'扫荡'时还得钻山沟打游击，这是很不容易的。"罗政委还要求我们说："要保护工人的积极性，尽可能地改善工人的生活。工厂里女工多，要照顾她们的生理特点，关心她们的身体。"罗政委对工人这样关心，想得这样周到，更增添了我们对罗政委的感激和崇敬之情。

临离开军实科之前，一贯平易近人、态度和蔼可亲的罗政委又以商量的口吻对我们说："滨海这个地区猪皮不少，又有不少会硝皮子的，咱们若能再办个皮革厂就更好了。"

　　第二年春天，我们便按罗政委的指示，通过日照县地下党组织动员出30多个会硝皮子的手艺工人，在小王泉庄建起了皮革厂。皮革厂投产后，鞋厂利用自己生产的皮革，很快做出了皮底布鞋和翻毛皮鞋，还为布鞋打了皮包头和皮后跟。这些产品美观大方，穿用时间长，很受部队欢迎。工人们在做皮鞋时，相继克服了染料不足、工艺复杂等道道难关，到1943年底，年产达到万余双。还为部队和地方的领导干部做出了质量较好的皮棉鞋，围带、图囊、皮挎包及刺刀鞘等，也都能自己生产了。继新建皮革厂之后，我们还根据罗政委的指示精神，在临沭县的玉河庄开设了染坊。我们就是在这样困难的局面下，坚持着军需生产，满足部队需要。

　　罗政委第三次来我们军实科是在1943年春天。当时，军实科已由后胡子搬到了临沭县的石鼓岭。罗政委因肾病复发，由爱人林月琴陪同来石鼓岭养病。罗政委名义上是来养病，其实他一天也没闲着，到石鼓岭后，就来到了我们军实科。他询问了部队能否按时换上夏装等问题，我们一一做了汇报。当他听说部队基本能按时更换夏装时，满意地点了点头。这时的罗政委比过去消瘦了许多，憔悴的面容略带黄色，但他仍然忍着病痛为我们做指示，我们都为罗政委这种忘我的革命精神所感动。1942年，在部队缺粮的情况下，他同我们一样吃瓜藤和烂梨子做的煎饼。现在他病成这个样子，还是那样乐观，始终惦记着部队的供给工作，我们心里十分难受，都不忍心向他提及工作中的困难。但罗政委一谈起工作来就忘掉了自己的病痛，关切地问："原料有什么困难没有？"我们回答说："困难是有一些，但比去年好多了，我们一定想办法克服，请政委放心养病吧！"他一一询问，我们一一作答，最后他满意地笑了，笑得那样坦然，那爽朗的笑声我至今还记得。

1944年秋，国际国内形势发生了很大变化，抗战已胜利在望。为迎接这一伟大胜利的到来，我们军实科扩建后的各工厂，从年初就投入紧张的生产，赶制、储存了一批军需被服产品，为抗战大反攻奠定了物质基础。通过工作实践，我们进一步感到，罗政委不仅具有卓越的政治、军事领导才能，还是一位后勤工作专家。山东军区的后勤工作正是在罗政委的亲切关怀和领导下，战胜了重重困难，较好地保证了部队供给，为赢得抗日战争的伟大胜利做出了自己的贡献。

沭河两岸军民鱼水情

吴　岱

　　1942 年 9 月 28 日，临（沂）郯（城）公路各据点日伪军 700 余名，由日军第三十二师团的小林联队长亲自指挥，分两路向沭河西岸的岌山一带进犯。当时我任第一一五师教导第二旅第四团政治委员，我和新任团长贺健闻讯后，立即率领 2 个营投入战斗。岌山和曹庄民兵游击小组、县大队、区中队也主动出击，积极配合。战斗中，干部战士不怕牺牲，英勇拼杀，打了不到一天，就将"扫荡"之敌全部击溃，打死日军小林联队长以下 30 多人、伪军 70 多人，俘虏伪军 40 多人，缴获了一批武器装备。

　　1944 年春节前夕，沭河西朱村的群众正忙着操办年事，家家户户贴对联办年货。为了保卫人民群众过好年，我们的干部战士不分昼夜，顶风雪冒严寒站岗巡逻。一天深夜，驻守在沭河东岸顶子村的八连第六班班长张昌全和战士裴飞正、焦太子，刚刚接过最后一班岗，突然听见机枪声大作，只见曹庄方向浓烟滚滚，听老乡说有100多名鬼子兵向朱村奔来。为了保卫人民过好春节，班长张昌全马上派小焦去连部报告，自己和裴飞正准备战斗。连长鄢思甲和指导员谭沛然接到报告后，立即组织部队过河迎战，同时向营长报告。营长郭廷万、教导员于敬山接到报告后，立即率领七连和九连急速奔向朱村。

此时，通往朱村的道路上，背筐提篮，牵驴推车，扶老携幼的逃难群众乱作一团。可是，当我们的部队一出现，群众惊慌的心情马上镇定下来了，许多人提高嗓门大声呼喊："乡亲们，老四团来了，我们有救了！"

八连一赶到朱村，迅速兵分三路直扑敌人。伪军闻风丧胆，一触即溃，剩下的50多名日军，也仓皇地钻进了村东南边的柏树林，我们部队立刻冲上去，一场激烈的战斗打响了。

为了保卫人民，我们的干部战士个个英勇冲杀。连长鄢思甲和一排排长秦家龙负了重伤，仍继续坚持指挥；一班班长焦锡模一只胳膊被打断，仍坚持不下火线，直到流尽最后一滴血；战士郝红娃的腿负了重伤，简单包扎了一下，就又拖着一条腿冲了上去；还有许多战士，身上多处负伤，仍坚持战斗。正当战斗最激烈的时候，当地的民兵和乡亲们背着手榴弹，抬着担架上来了。

看到民兵和乡亲们冒着生命危险来支援，指战员们顿时勇气倍增，又发起了猛烈的攻击。敌人节节败退，企图夺路逃走，我们紧咬住不放。八连一排副排长安吉然勇猛地冲上去，同一个日军扭打在一起。日军拉断了手中的手榴弹弦，妄图把安吉然吓倒，以便趁机逃命。可安吉然毫不畏惧，死死抓住敌人不放，日军只好将手榴弹抛出，束手就擒，当了俘虏。

经过激烈战斗，柏树林被我们夺了下来，敌人又逃进村西南角的一道小沟沟里，我们部队又迅猛追击过去，在敌我相距30米的窄小地段，展开了一场激战。直到午后2点多钟，敌人才趁浓黑烟幕，在增援部队的火力掩护下，扔下30多具尸体，像丧家犬似的逃进大哨据点。在追击中，八连四班班长任德喜还活捉了一个日军士兵。

在返回驻地顶子村的路上，八连的同志既为这次保卫人民，打了胜仗而高兴，又为牺牲的战友难过。但是，为了不影响顶子村群众过年的情绪，全连同志一致同意进村后只讲这次战斗的胜利，不提牺牲的战友。谁料，八连的同志刚刚踏上顶子村边桥头时，就被久候在那里的乡亲们包围了，乡亲们一眼就看出了八连的伤亡情况，心情顿时变了样。民兵王胡昌的母亲在队伍里喊着、叫着，一定要寻找曾住在她家的机枪班班长刘希权。一位白发苍苍的老大娘在队列里像找自己的孩子一样，逐个查找住在她家的战士，当她一遍又一遍地查找，没有见到小张和老陈时，知道他们俩是在战斗中牺牲了，顿时号啕大哭。在场的人们再也无法压抑内心的悲痛，放声痛哭起来，边哭边呼唤着牺牲同志的名字。在这次战斗中，八连有24位战士献出了宝贵的生命。乡亲们怀念他们，他们将永远活在人民心中。

战后不久，朱村的干部带领群众，又专程来到顶子村慰问。在慰问大会上，他们赠给八连一面锦旗，旗上绣了三个金光闪闪的大字："钢八连"。从此，"钢八连"的名字就叫开了。后来在山东军区战斗英模大会上，政治部主任萧华正式宣布八连为"钢八连"。

1943年初夏，沭河两岸的百里平原上，翻滚着金色的麦浪，人民群众看到这丰收的情景，无不打心眼里高兴。驻在临沭县醋大庄的日伪军也早已垂涎三尺，妄图劫夺人民的劳动果实。日军小队长岩上还精心策划了一个夺麦计划，扬言要"速战速决"。那些日子，老乡们焦急地盼望着保卫麦收部队的到来，我们了解到这个情况，立即决定用战斗保卫麦收。

6月2日夜晚，七连的1个排和1个区中队，摸进了醋大庄的土围子，把日军岩上小队长的据点三面包围起来，割断了据点与外界联系的电话线，并用机枪封锁了唯一的出口，另外2个排和4个区中队分别在麦地四周担任警戒。当地群众和根据地中心区来的麦收队，在朦胧的月光下，一声不响，紧张地收割，人挑、肩扛、车运，很快将麦子收完，并运到了根据地。据点里的日伪军始终没敢走出一步。就这样，我们团和地方武装包围醋大庄七天七夜，掩护群众收麦5200亩。

1944 年，保卫和助民麦收，更是热火朝天，事先各连都制定了拥政爱民公约，全团还开展了劳动大竞赛。我们团的领导同志也都下地劳动，帮助群众收麦子，各连都超额完成了计划。特务连一面封锁据点，掩护群众，一面割麦 678 亩，创造了全团最高纪录。团里还组织了割麦远征队，走了 53 个村庄，帮助 351 户军属、248 户村干部与抗日工属、96 家贫苦群众，共计收割麦子 4560 多亩。在劳动中，干部战士自觉发扬八路军的光荣传统，严守纪律，不接受群众的任何报酬。群众过意不去，偷偷把煮熟的鸡蛋和买来的烟卷放到战士的兜里，但大家又都原封不动地送还给群众。1945 年，由于解放区的扩大，敌占区的缩小，我们保卫麦收的任务已经延伸到临郊公路线上了。

　　在秋收秋种中，我们团也千方百计为群众多做好事。1943 年夏，为了保证群众秋收种上麦子，我们根据山东军区的指示，派一营二连到淮海区运回 2.5 万公斤麦种。当该连赶到江苏省沭阳县时，恰好遇上县大队和民兵正在围攻有 400 多个伪军固守的据点桑墟，这个据点被包围三个多月了，还没有打下来。我们团二连到达桑墟后，连长张善祥和指导员武世鸿经过研究认为，要运麦种应先帮助民兵拿下据点。于是，他们利用伪军害怕"老四团"的心理状态，立即组织部队全副武装，雄赳赳气昂昂地绕着据点跑了一圈，并协助地方部队展开了政治攻势。敌人一看"老四团"真的来了，吓麻了爪儿，第二天就缴了枪。据点拿下来了，当地政府很快准备了 100 多头毛驴和小推车，把 2.5 万公斤苏北优良麦种运到了临沭、郯城和海陵等根据地，保证了群众秋种的顺利进行。

1941 年沭河两岸大旱，庄稼收获无几，第二年又发生了严重的蝗虫灾害。为帮助群众度过灾荒，我们组织 1 个营的兵力到敌占区做了几个地主老财的工作，让他们献粮食，一次就收了小麦 1150 多公斤，在部队同样急需粮食的情况下，我们决定一斤不留地把这些小麦全部送给地方政府和人民群众。1942 年春节前夕，江苏省东海县的敌人四处抢掠，弄走群众几百头肥猪，并准备把这些猪运往日本。我们研究决定，由我带领二营两个连队，当夜奔袭陇海路北的伪军据点乔团村，歼灭了守敌，将 600 多头肥猪赶回根据地，分别送还群众和地方政府，赢得了人民群众一致称赞。

沭河两岸的人民群众，对我们四团的干部战士可以说是爱兵如子。干部战士从战场上负伤下来，家家户户都争着照顾伤员。1943 年初，我团攻打郯城。战斗一结束，受伤的战士都被黑豆涧村的群众接去了，战士裴飞正和另一名伤员住在李大爷家，李大爷和儿子、儿媳、孙子一家人挤在四处透风的厢房，而把正房热炕让给了裴飞正他们俩住，并把唯一的一床新花被拿给他们盖。裴飞正他们实在过意不去，执意不肯，李大爷竟难过地流了泪，他说："好不容易轮到俺家照顾一次伤员，你们却这样客气，叫我们多么难受呀！"看到这情景，他们只好同意了。吃饭的时候，李大爷一家吃的是苞米稀饭，却给他们俩每人煮了两个荷包蛋。

1943 年 8 月的一天，驻在沭河西后沿村的一连连长于峰德带着战士刘治国和许光先外出化装侦察。当他们钻出高粱地，刚刚踏上公路时，正好碰上 10 多个伪军从对面走了过来，相距不到 100 米。为了保存自己，完成侦察任务，连长于峰德当即和小许敏捷地退入无边无际的青纱帐。走在前面的刘治国来不及退进青纱帐，便寻机翻墙跳进了一家老乡的院子里。当时，这家只有一位 50 多岁的老大娘和她女儿，老大娘一看八路军跳进了院子，知道是敌人追得紧，二话没说，便让刘治国躲进屋里。大娘家里只有三间房子，躲无处躲，藏无处藏，娘俩非常着急，敌人已到院外了，为了不连累老乡，刘治国争着要冲出去与敌人拼杀，大娘怎么也不肯，为了掩护八路军，她急中生智，马上让刘治国躺在炕上，拉过一条被子给他盖好，并让女儿迅速打扮成媳妇模样，坐在刘治国身边，装成照顾病人的样子。不一会儿，保长领着三个伪军进了赵家院子，赵大娘马上迎上来抢先搭话："老总有什么事？""有个八路军跑进了你家吗？"伪军骂骂咧咧地进了屋子，一眼望见炕上躺着的刘治国，便问："这是什么人？"赵大娘不慌不忙地回答："老总，这是我闺女和女婿，是来看我的。"姑娘接着说："我男人病了，刚吃了药，正在发汗。"伪军掀开被子一看，"病人"闭着眼睛，头上湿淋淋的。又用贼溜溜的眼睛，盯着炕沿下刘治国那双沾满了泥的湿鞋，姑娘怕敌人看出破绽，马上接着说：

"俺们早晨才从婆家来，过河时不小心把鞋弄湿了。"

赵大娘知道保长是替八路军办事的，于是暗暗地给他使了个眼色，保长点点头，忙笑着说："老总，炕上的病人确实是她家的女婿，我认识，我可以用性命来担保。"敌人信以为真，走开了。天黑后，赵大娘到村外望了望，见敌人走远了，才把刘治国送出村子。

由于八路军在人民群众心目中享有崇高的威望，青年们把参加八路军当作全村和全家的光荣。当时，临沭县流传着这样两句话："参军要参八路军，当兵要到老四团。"1944年农历正月十五，临沭县在店头镇召开了几万人参加的参军大会，全县各区、乡、村，都有组织地欢送参军青年。就在这一年，中共临沭县委决定，把农历正月十五定为"参军节"。

山东纵队五期整军[*]

黎 玉

　　1938年12月，中央军委决定成立"八路军山东纵队"，任命张经武为指挥，我为政委。纵队成立后，一方面指挥各部队配合地方党政机关动员组织群众，发展地方武装，建立抗日民主政权；一方面广泛开展游击战争打击日伪军。到1939年春，初步创建了泰山、沂蒙、清河、胶东、泰西等游击根据地，并开展了鲁南及滨海地区的抗日工作。

　　山东纵队成立后，为了进一步加强党的领导和政治工作，实现主力部队党军化、正规化，地方武装基干化，游击部队组织化，我们根据中央军委和八路军总部指示，利用作战间隙，从1939年2月开始，先后进行了五期整军。

　　1939年2月至5月，我山东纵队根据八路军总部的整军训令，在部队中开展了以整编和部队建设为中心的第一期整

---

　　*　本文原题为《山东人民武装起义与山东纵队的建立和发展》，收录时做了适当修改。

军。这次整军，侧重于部队的巩固和正规化建设，调整了部队的编制。为了对外缩小目标，大部分支队取消了团一级机构。第四支队编为一个基干团（仍称四支队）；第五支队整编为第十三、十四、十五团，并充实十三团为基干团；第八支队将第一、三、五团整编为2个基干营；第二支队整编为1个基干营归第八支队；第五支队的六十一团进抵临费边后，与第十二支队合编为新的第二支队；临郯独立团编入陇海南进支队（为第三大队）；以津浦支队1个营、第八支队特务大队及沂蒙独立团编成纵队特务团；第三、六支队未进行整编。我山东纵队通过第一期整军，除挺进支队与进入微山湖的八路军第一一五师六八五团合编为苏鲁豫支队，归一一五师建制外，下辖第二、三、四、五、六、八支队及陇海南进支队、特务团、鲁南人民抗日义勇军一总队，共2.45万人，所属地方独立营团1万余人。通过这次整训，使部队在政治上、军事上、组织上得到了进一步加强和巩固，大大提高了部队的战斗力。

1939年5月，中央和八路军总部决定，派徐向前和朱瑞同志到山东，组建八路军第一纵队，统一指挥山东与苏北地区的八路军各部。6月初，徐向前、朱瑞同志到达山东省沂水、蒙阴地区，召开了高级干部会议，部署了党政军各方面的工作。8月1日，第一纵队正式成立，徐向前任司令员，朱瑞任政委。同年秋，王建安同志任山东纵队副指挥。10月中旬，山东纵队指挥张经武同志因去延安开会，一纵机关和山纵机关合并，以一纵名义直接指挥山东纵队所属各部，山东纵队名义仍然存在。

1939年8月至12月，我山东纵队根据八路军总部的整军训令，进行了第二期整军，共整训4个团。通过整军，将第八支队改为第一支队，并以第二营进入滨海区开辟了洪凝地区；津浦支队调归山东纵队建制，后与第二支队合编，仍称第二支队；直辖第四团（即鲁南抗日义勇队第四总队）改为苏鲁支队。同时陇海南进支队越陇海路南下铜山、睢宁、宿迁、灵璧、泗阳等县北部地区和兄弟部队一起共同开辟了抗日根据地。同年冬，八路军第一纵队根据中央军委指示，以山东纵队陇海南进支队为基础，组建了苏皖纵队，江华任司令员兼政委，到年底部队发展到7000余人，并组建了一个2000余人的游击支队。

1940年1月，山东纵队召开第一次党代表大会，大会决定，2月至5月进行第三期整军。整训方针是：发展党员，使党员数占部队人数的三分之一，力求主力部队正规化、地方部队基干化、游击部队组织化和全体武装党军化。2月，山东纵队以特务团为基础，组建第九支队，辖2个团；3月，第六支队、苏鲁支队调归一一五师建制。4月，根据中央军委决定，撤销苏皖纵队，江华回山东纵队，陇海南进支队归韦国清指挥。至5月底，山东纵队在第六支队、苏鲁支队调归一一五师建制的情况下，部队仍有很大发展，拥有主力部队15个团，基干部队6个团，共3万余人，另外还有地方武装 2 万余人。

1940 年 6 月，徐向前同志返回延安，第一纵队的番号撤销，以后仍使用山东纵队的名义。从 9 月开始，我山东纵队又进行了第四期整军。这次整军主要是强调解决各主力支队全部正规化的问题。通过整军，我们按照正规旅的要求，将所属部队整编为第一、二、三、五旅和第一、四、五支队及直属特务一、二团，共 5.1 万余人。

1941 年 6 月，纵队召开旅、支队级干部会议，讨论并决定进行第五期整军，主要是进一步整编、扩军等问题。

8 月，以一旅三团、四团和第四支队组建第四旅，辖第十、十一、十二团。山东纵队特务一、二团合编为一旅三团。随后，以一一五师独立支队拨归山东纵队的 3 个连为基础，组建纵队青年团。同年秋，以纵队原特务二团 1 个营为骨干重建蒙山支队。

1942 年 3 月中旬，在整编中，又将第三旅机关改为清河军区，辖一、二、三、四军分区。

7 月，第五支队机关改为胶东军区，辖东海、西海、南海、北海军分区以及其他直属团。

8 月，根据中央军委指示，山东纵队改为山东军区，我任政委，王建安任副司令员，江华任政治部主任。这时，第一旅一团、三团和第二旅四团调归一一五师建制，改为教导第一旅。山东纵队第二、三、四旅都实行了主力军地方化，旅和团的机关大都与军区、军分区机关合并，各军区、军分区都建立了独立的领导机关，不再由旅和支队兼管。并以山东纵队机关一部，组建鲁中军区，辖3个军分区和1个基干团。主力部队地方化以后，加强了地方武装和人民武装的领导，为开展群众性游击战争创造了有利条件。

在整军中，我们除适应斗争形势需要不断调整编制外，还结合国内国际斗争形势及我根据地遭受日伪军和国民党顽固派夹击的具体情况，反复进行了关于抗日战争的战略战术、统一战线与发扬我军光荣传统等教育；建立健全了政治委员制度、政治工作制度和连队各种政治、组织、生活制度；大力发展了党员并对新党员和支部骨干进行了多次集训；总结了作战经验并进行了技术战术训练；整顿了部队供给与卫生制度等。同时，还建立了巩固的后方，组建了兵工厂和医院，成立了军政干部学校，培养了大批干部。

总之，通过五期整军，增强了内外团结，巩固了部队，提高了战斗力，并大大促进了部队的发展。在整军过程中，我们还坚决贯彻执行了毛泽东同志关于抗日战争的战略思想和军事路线，坚持了山东地区敌后游击战争，先后进行各种战斗5000余次，粉碎了日伪军的多次"扫荡"和"蚕食"，共歼灭日伪顽军10万余人。我们还大力加强了民主政权的建设，全省成立了"战工会"，下设工商管理、公安、民政、财政、教育等若干处，实际上是一个机构相当完善的、领导全山东政权工作的最高权力机构。全省还成立了包括4个主任公署及相当于主任公署的两个专员公署，另有11个普通专员公署，各县乡也都成立了相应的机构。这对开辟、巩固、扩大山东抗日根据地做出了重大贡献，为夺取抗日斗争的最后胜利打下了基础。

1943 年 3 月，根据中共中央《关于统一抗日根据地党的领导及调整各组织间关系的决定》，山东实行了党的一元化领导，一一五师与山东军区合并，组成了新的山东军区，罗荣桓任司令员兼政治委员，我任副政委，萧华任政治部主任，辖鲁南、鲁中、清河、冀鲁边、滨海、胶东军区，一一五师和原山东军区所属各部队统一整编为 13 个主力团，一部充实地方军。从此，山东党政军的领导实现了根本上的统一。

第三次讨伐吴化文*

鲍奇辰

　　1943 年下半年，在山东军区统一指挥下，我军先后进行了两次讨伐伪军吴化文的战役。由于日军对其竭力扶植，吴部伪军虽经我军两次打击，仍有万余人的兵力，是当时山东伪军中人数最多、编制最正规、武器最精良的一支大股伪军，成为我军心腹大患。

　　吴伪军经常尾随日军"扫荡"和"蚕食"我根据地，烧杀抢掠，搜刮民财，屠杀抗日军民；在其占领的地区，横征暴敛，抓丁捕人，使青壮年背井离乡，老幼病残冻饿而死。受害最严重的是临朐县南部，几十里看不到炊烟，成了骇人听闻的"无人区"。

　　为了斩断日军这只魔爪，解救吴伪军占领区的人民，1943 年 12 月，山东军区指示鲁中军区准备于 1944 年春发起

_____

* 本文原标题为《鲁中第三次讨伐吴化文部战役》，收录时做了适当修改。

208

第三次讨吴战役。

根据山东军区的指示，鲁中军区立即开始了战役的准备，到 1944 年 3 月下旬，准备工作基本就绪。此时，正值山东日军一部外调，鲁中地区日军调整部署，吴化文部正在整编，日伪部署处于混乱之际，我军抓住这个有利时机，发起了第三次讨吴战役。

战役的全过程，都是在鲁中军区司令员王建安和政治委员兼鲁中区党委书记罗舜初指挥下进行的。我当时任政治部组织科科长，全程参加了这次战役。

3 月 25 日午夜 12 点，我鲁中军区各路梯队冒雨从不同的方向，向指定的目标发起攻击。

我右路梯队，由鲁中军区第一、二、四团和滨海军区第六团 1 个营组成，向吴伪军东翼防线进攻。

第一团以迅速勇猛的行动，楔入敌人纵深，向石桥、石陋敌四十九师一八七团发起攻击。一营顺利攻克石桥，歼灭了敌人；二营攻打石陋时，爆破敌人围墙一次成功，突击队很快占领敌东北角一块阵地，继续向纵深攻击。这时，受到了东门炮楼敌人的火力阻击。四连八班班长张玉太带领一个小组，在火力掩护下，很快冲进了敌炮楼的门洞，迅速顺着楼梯边向上冲，边向里面投手榴弹，炸得敌人乱叫，迫使敌人缴械投降。占领这个炮楼后，我部居高临下，有力地掩护了部队向纵深发展。经过激烈的巷战，歼敌大部，敌师长赵光兴见其难以支持，仓皇率残部向西突围逃走。我一团随即尾追逃敌，并按预定任务，沿途抢占要地，拔除据点，向北推进。

我二团一部直插悦庄东南的磋石、西大崮，围攻敌一八一团。在攻打磋石的战斗中，我三连七班班长李海启，在火力掩护下，英勇机智地用炸药进行连续爆破，带领全班首先冲入敌人阵地，为后续部队开辟了通道。经过激烈的纵深战斗，将敌团部及1个营全歼。李海启左眼负伤，仍不下火线，在这次战斗中，他一个班俘敌40余人。二团另一部及军区特务营1个连，攻打西大崮、挂耳山据点。在我方军事打击和政治攻势下，敌两个连缴枪投降。

在敌东翼防线南端的大泉山，是吴伪军四十八师一七九团1个营，敌人在山顶上修有两米高的围墙，内有三层高的炮楼，外有暗堡、铁丝网。我六团一营乘夜暗隐蔽接近敌人。拂晓，以强大的火力，掩护部队攻击。二连连长、战斗英雄何万祥，在消灭敌人的最后五分钟里，勇敢地冲在全连的前头。为了驱除堵住围墙缺口上的敌人，他沿着梯子从被炸毁了的炮楼上爬进围子，消灭了缺口上的敌人，掩护全连冲杀进去。当他扑进残敌固守的最后一个炮楼时，敌人射来的子弹打中他的喉部，不幸牺牲。全连指战员怒火填胸，在"为英雄连长报仇"的呼喊声中，勇猛冲杀，一鼓作气，拿下了主峰，敌人除少数逃脱外，其余全部被歼。

我第四团直插钻天崮，这是吴伪军东翼防线的一个重要制高点，有敌一八二团1个营防守。我进攻部队连破敌人3

道鹿寨，炸掉 6 个地堡，打退敌人 3 次反扑，将敌营长击毙，俘敌 200 余人。四团攻占钻天崮后，主力西向悦庄、北向两地逼近，准备当两地之敌向悦庄逃跑时，在运动中予以歼灭。

向吴伪军西翼进攻的是我西路梯队，由第一军分区十团和博莱独立营等组成，从西向东，直指鲁山西麓的吴伪军防线，对董家庄、松仙岭、芦芽店之敌发起攻击。

十团六连主攻董家庄之敌。战斗打响后，六连王指导员边率部围攻，边喊话劝其投降。敌防守这个据点的连长姓李，是三个月前被我六连俘虏后释放的，他听到喊话的声音很熟，便问："你是王指导员吗？"王问："你是李连长吗？"李答话后就缴枪投降了。我军通过刚放下武器的李连长了解到防守松仙岭的营长是他的结拜兄弟，防守芦芽店的团长，又是那个营长的姐夫。于是，我一面对这两个据点进行围攻，一面通过李连长喊话劝降。不久，防守松仙岭的营长带队缴了枪，后又通过这位营长劝防守芦芽店的团长带队投降。这样，吴伪军在西部的防线也被我军打破了。

我北路梯队，由第四军分区十二团组成，从东北向西南攻击吴伪军北线，一举袭占嵩山和临悦公路上的隘口三岔店，歼敌独四旅一部，切断了敌通往青州的运输线，威胁着吴伪军的后方。

向吴伪军南线攻击的是我左路梯队，由第二军分区十一团和蒙阴独立营等部组成。这个梯队从南向北，一举攻占高村、玉皇山及以北吴伪阵地，守敌有的被歼，有的溃逃，我军控制了这一地区，逼向南麻、鲁村，使吴伪军东西两翼防线之间的腰部受到严重威胁。

我军初战获胜。吴伪军若干嫡系部队被歼，四面八方都遭我军猛烈攻击，首尾不能相顾，军心动摇，便频频向日军告急求援。

我军部队不分昼夜，已经鏖战了36小时。军区司令员王建安和政委罗舜初根据战役的发展情况，决心乘增援的日军到达之前，再歼吴伪军一部。

各路梯队，根据自己的任务，依托有利阵地，继续向敌人展开进攻。

战斗至29日，吴伪军防线被我军打得稀烂，我军俘伪旅参谋长以下3200余人。吴伪军在我军沉重打击下，龟缩在鲁村、悦庄一块狭窄的盆地上，等待日军来援。

28日，日军集中第五十四旅团坂本大队和独立混成第五旅团长岛大队到莱芜、青州。30日，两路日军在悦庄会合准备增援。山东军区指示我们迅速结束战斗，以防日伪军向我出击报复。

根据山东军区的指示，鲁中军区首长决定留下一部分部队继续战斗，其他各路梯队的主力向后转移到机动位置，待机破敌。战役第一阶段遂告结束。

增援的日军会合于悦庄后，一面掩护吴伪军重新布防，一面向四面出犯。我军留在这个地区的部队，贯彻了毛泽东同志游击战的指导思想，时而相对分散，时而相对集中，灵活多变，进退敏捷，千变万化，敌莫能知。同时，在山东军区的统一部署下，兄弟部队积极配合，日伪军到处挨打，使陷在鲁山区的日军增援部队无可奈何，从 4 月 8 日起相继撤退。

当增援的日军返回后，吴伪军转为固守据点，并把主要兵力向西移到莱芜县城以东、博山县城以南地区，总部搬到了郑王庄。吴伪军主力西迁后，边收容残部，边调整部署，边赶修工事。

根据吴伪军新的布防情况，军区首长判断，吴伪军妄图靠拢淄川、博山、莱芜的日军，伺机卷土重来。我们决心乘吴伪军阵地设施尚未就绪之机，迅速回师，再举进攻。于是第三次讨吴战役第二阶段开始了。

4 月 15 日晚 8 点，我军按预定方案发起了进攻。

主攻张家庄一带伪军四十九师的是第二团，攻势凌厉，于当夜攻克了张家庄外围的陈家庄、青龙山据点。天亮时，这个团在连克 3 个据点、歼敌 4 个连后，继而围攻张家庄。第一团在张家庄以南地区，很快肃清了这一带的敌人，隔断了伪四十九师和独四旅之间的联系。第十二团在张家庄以北地区，准备阻击由临朐方向来援的日伪军和可能由张家庄突围北逃之敌。第十一团攻打永兴官庄，歼伪一七八团一部，占领了这一带阵地。第十团袭击王村，给敌以杀伤后，活动于鲁村以北，配合东线作战。攻打伪独四旅的第四团，经彻夜激战，给敌人以严重杀伤和消耗，先突破了围墙外的副防御设施，而后集中枪榴弹等火力继续攻击，同时展开政治攻势。至16日下午2点，守敌支撑不住，敌副旅长带全旅600余人投降。据守在张家庄的伪四十九师，这时更加孤立，陷入我军重重包围之中。

4月16日夜，我军继续围攻张家庄，伪四十九师仍负隅顽抗。刚从北平赶回来的吴化文，即亲自率4个团仓皇东援。鲁中军区首长权衡利弊，毅然决定，乘吴伪军主力东援，西部空虚，我军主力立即转向西部，奔袭吴伪后方，攻其留守部队，直捣吴伪总部，使吴化文顾此失彼，迫其撤离悦庄平原。

4月18日夜，我军各部队不顾连续作战的疲劳，星夜奔袭，边走边交代任务，边走边动员，边走边准备。"兵贵神速"，经过几十里的跋涉，我军插到吴伪军后方，第一团一并指挥军区特务营，直奔吴伪军总部。当时这里的围墙正在加高，壕沟还未挖完，我军攻占2座炮楼后，部队就勇猛地突进村里。敌虽有一七一团进行抵抗，但与其总部机关混杂在一起，乱成一团，伪总部很快被我军打垮，一七一团被我歼灭一部，俘伪少将3名及其他官兵800余人。第二团奔袭小张庄伪一七六团，第四团奔袭黄庄伪一七二团，第十一团袭占桃花山、涝崮寨，均成功歼灭并俘虏一部敌人。第十团攻克铁车，歼灭独二旅六团一部。

吴化文带领援兵刚刚赶到悦庄一带，忽闻老巢报警，后院起火，遂踉踉跄跄再往西奔。扼守张家庄的伪四十九师见吴化文带主力西去，惊慌万分，也跟着狼狈西逃。我军第十二团乘胜尾追，占领了张家庄，把悦庄、南麻一带的残敌一扫而光，悦庄平原为我军收复。这时，我军战役目的已经达到，第三次讨吴战役于 4 月 20 日胜利结束。

这次战役，歼灭吴伪军 6400 余人，其中俘敌将、校、尉军官 340 多人，俘敌士兵 4800 多人，缴获 3000 多支长短枪、100 多挺机枪、60 多门炮和一批弹药等。吴伪军遭到沉重打击后，不久被迫撤离山东，日军企图"蚕食"我鲁中抗日根据地的阴谋宣告破产。

沂水攻坚战[*]

胡奇才

1944 年初，鲁中区党委根据山东军区总的战略方针，定下了攻克沂水城的决心，鲁中军区司令员王建安、政委罗舜初和区党委副书记高克亭等领导同志做了战前动员。当时，我任鲁中军区参谋处处长。

参战部队有鲁中军区一团、二团、四团、十一团，军区特务营和部分地方武装及民兵。其中，四团一营、二营负责攻坚，主攻日炮楼据点；三营在沂莒公路阻击莒县增援之敌，打退敌援兵后，为团攻坚预备队；一团为主、十一团配合负责攻城，歼灭城里伪军；二团一部在蒙阴城以东，准备打击蒙阴出援之敌；军区特务营负责攻歼城南斜午伪军；地方武装围攻外围据点。由于王建安去山东军区开会，这次攻城作战由罗舜初、高克亭负责指挥，我予以协助。我们强

* 本文原标题为《忆沂水城攻坚战》，收录时做了适当修改。

调，这次攻城作战，在战术上要步兵与爆破相结合，攻城与打援相结合，要隐蔽突然，奔袭包围，速战速决，一定要在敌援兵赶到之前结束战斗。我们要求所有参战的干部战士发扬不怕困难、不怕牺牲的精神，树立起攻必胜、守必固的信心和勇气。

为了不打无把握之仗，战前各部队采取各种手段侦察敌情，熟悉地形。四团副团长高文然和侦察参谋戴成功，利用夜暗摸到日军据点西南角炮楼下侦察，后又隐蔽到城南关离日军据点最近的居民院内，观察东南炮楼的情况。

攻城需要爆破，当时部队缺少炸药，大部分炸药是靠根据地的煤矿工人冒着生命危险，千方百计从矿井里带出来的。有的将炸药藏在饭盒里，有的藏在胯下、腋下，一块两块地往外带，积少成多，很快就凑足了上千斤炸药。有的工人兄弟将炸药带出矿井时被井口日军和汉奸查出，献出了生命。我们把这些用生命和鲜血换来的炸药，捆成 5 公斤、10 公斤和 50 公斤的炸药包，装上雷管、导火索，准备攻城时使用。

为检查战斗准备情况，罗舜初、高克亭和我率前指来到担负攻坚任务的四团指挥所，听取四团的攻坚部署和各参战部队的汇报，并和四团领导一起研究组织了由爆破组、架桥组、手榴弹组、刺刀组、火力组组成的攻城突击队。

8 月 15 日晚，罗舜初政委下达总攻击命令。顿时，我各部队如猛虎下山，向沂水城扑去。四团一营一连、三连穿过南关黑洞洞的街筒，直扑东南炮楼。接近炮楼时，被一道壕沟挡住，架桥组迅速紧贴地皮摸上去。敌人发觉了，雨点般的子弹倾泻过来，压得他们抬不起头。此时，一连班长张克有大喊一声："强行架桥，死也要架起桥！"架桥组的战士前仆后继，终于架起了梯子桥。爆破手李希增抱着炸药包迅速踏上梯子，冲向对面。敌人一阵猛烈射击，李希增抱着炸药包翻滚到壕沟里。敌人射击一停，他起身爬上壕沟，迅速贴到炮楼墙根，点了导火索。轰隆一声，炮楼被炸倒了，日军中队长和一小队敌兵全部葬身在破瓦碎石之中。

在我军攻打东南炮楼的同时，四团一营二连向西南炮楼发起了攻击，冲到炮楼下的壕沟后，火力组掩护架桥组连续三次才把桥架好。班长彭长庚把上衣一脱，对预备爆破手徐广和说："你离我五六步远，如果我牺牲了，你立即跟上。"说完，冒着敌人机枪的扫射，抱起炸药包沿梯子桥急速往前爬，徐广和紧跟在后。子弹啪啪地打在梯子上，压得抬不起头来。彭长庚灵机一动，翻身滚到沟里。敌人不见了扫射目标，暂停了射击，彭长庚乘机"嗖"地跃上外壕。炮楼里的机枪又嗒嗒地响开了，他左闪右躲，直扑炮楼。一声惊天动地的爆炸，西南炮楼在烟火中歪倒了，战士们迅速地冲上炮楼，消灭了敌人。

当我军占领东南、西南两座炮楼时，敌仍据守东北、西北和中心炮楼顽抗，以猛烈火力阻我攻击部队前进，并灭绝人性地施放毒气。毒气随风向我军攻击部队飘来，战士们把事先准备好的湿布捂在嘴上，仍抵挡不住。许多战士中毒晕倒了。此时，已是 16 日拂晓，攻城部队不得不暂停攻击，收缩部队，包围敌人。

上午 10 点，四团二营营长刘振江乘敌人在中心炮楼开追悼会之机，组织四连向东北炮楼发起攻击。狡猾凶狠的敌人冲杀过来，四连的战士们端着雪亮的刺刀迎上去，展开了激烈的拼杀。战士许法亮刚挑倒一个敌兵，又一个黑黑的大个子日军猛扑过来，他挺刀猛刺，刺刀刺空，被大个子日军抓住了刀把，便手疾眼快地以右脚向敌人的肚子一蹬，随即就把雪亮的刺刀戳了进去。副班长陈为善带领三个战士，拦腰截断了敌人的冲锋队形，一阵连珠炮似的手榴弹，把敌人炸得横七竖八。敌人溃退了，东北炮楼被我们占领，而刘营长却在拼杀中英勇献身。

从城东门攻入的一团二营，迅速向纵深发展，毙伤敌100 余人，生俘 500 余人。由北门攻入的一团一营，不到 30 分钟就将北门占领，并按预定计划，向东关大街、南关大街及伪县政府大街发展。十一团一营攻击西门，5 分钟即翻越城墙，突入城中。仅 2 小时，就把西门守敌全部消灭。我攻入东、西、北城门的部队，继续向城中心攻击前进。经过激烈的巷战，当晚将城内伪军大部消灭，残敌退守到一个小围子内，被我包围起来。16 日上午，我利用伪军家属和被俘伪军展开了政治攻势，迫使其全部缴械投降。

16 日上午，莒县日伪军分乘 8 辆汽车，匆匆赶来增援，遭我四团三营伏击，打得敌人丢盔弃甲，狼狈回窜。蒙阴驰援之敌，遭我二团阻击，缩回蒙阴。在这期间，十一团二营、三营全歼黄山铺伪军 1 个大队，军区特务营占领了斜午，其他外围据点在地方武装围攻下有的弃点逃跑、有的缴械投降，至 16 日下午 2 点，守城伪军全被歼灭。打援部队亦胜利完成了任务。

16 日晚，我四团在各路部队的支援下，对中心炮楼和西北炮楼发起攻击。上半夜，佯攻中心炮楼，消耗疲惫敌人，对西北炮楼实施强攻，四团二营从东北炮楼沿南墙里侧，向西北炮楼搜索前进。炮楼里的敌人三五成群地冲下来，占领了街道、房屋，疯狂地阻击，二营战士冒着枪林弹雨，顽强战斗。敌人将房屋点燃，形成熊熊火障，战士们舍生忘死，冲过火障，继续搜索前进，接近了西北炮楼，投掷手榴弹攻击。随着爆炸声，炮楼里冲出一股敌兵，端着刺刀猛扑过来，二营指战员挺枪迎击。战士谭秀三一刀刺空，敌兵趁机进攻，谭秀三的脸、腿被刺伤，鲜血染红了裤子，他咬紧牙关，猛力往上一挑，一刀穿进了敌人的肋下，将其刺死。正当谭秀三往外拔刀的时候，又一个敌兵扑过来，他躲闪不及，被敌人刺中肚子，谭秀三拼出最后的气力，又把这个敌人刺死，自己也栽倒在地。副班长王敬胜在和敌人拼杀时，不料被铁丝绊倒，枪也甩出老远，敌兵在他腿上连刺两刀，又向他的胸膛刺来，在这生死关头，他急中生智，从腰间掏出一颗手榴弹，还没来得及拉弦，就向敌兵砸去，敌兵吓坏了，撒腿就跑，王敬胜立即拾起枪射击，敌兵应声倒下。在战士们浴血奋战下，西北炮楼终于被攻占。

午夜后，强攻沂水城的最后一个堡垒——日军小围子内的中心炮楼开始了。日军垂死挣扎，使用各种武器向炮楼四周射击，阻我军接近。四团组织突击队实施爆破，但第一次爆破没有成功。连长范均庚、排长梁兰清率爆破组再次实施爆破。范连长把炸药包扛在肩上，顺着一条胡同向炮楼扑去，在呼啸的弹雨中，把炸药包放到了炮楼的外沿工事上，拉燃了导火索，将中心炮楼的西北角炸开一个洞。敌人忙用火力封锁洞口，梁排长中弹牺牲，范连长负了重伤。此时，中心炮楼的敌人又施放毒气，副团长高文然组织预备队接替中毒的战士，继续向中心炮楼攻击，攻坚战斗进入白热化状态。

这时，我来到四团指挥所和高副团长商量后，组织第三次爆破，把爆破任务交给了爆破英雄、副排长万保全。

万保全把50公斤重的炸药包捆在带叉的长杆上，在我军强大火力掩护下，带一名战士飞快地接近炮楼，把炸药包靠上炮楼墙壁，迅速点燃导火索，一声巨响，天摇地动，中心炮楼被炸塌了。我攻击部队奋勇冲入，全歼守敌。英雄万保全壮烈牺牲。至17日早上6点，攻打沂水城的战斗全部结束，被日伪统治六年之久的沂水城，获得了新生。

这一战役的胜利，大大激发了鲁中人民的抗战热情，增强了鲁中人民抗战必胜的信心。

葛庄战斗

孙继先

巧设伏击战

1944 年 9 月 2 日，鲁中军区召开军事会议，要我速去接受任务。当时，我任第四军分区司令员。

中午，我带警卫员骑马到达了目的地。一下马，军区政委罗舜初迎上前来，把我领到指挥部会议室。当时，在场的有军区参谋处处长胡奇才，还有各团领导同志。我们都坐下后，罗政委介绍了敌情。他说，这股北撤的日伪军分两路：左路为伪第三方面军吴化文部第四十七师 4 个营和独立第一旅陈三坎等部，共 1200 余人，由沂水城以西渡河回撤；右路为日军第五十九师团第四十三大队（即草野清大队）450人，滨县伪警备队 300 余人，伪第四十七师 200 余人，共近1000 人，沿沂博公路回撤。这是一个消灭敌人的好时机，因为日伪军撤退沿途，青纱帐起，又是孤军深入，有利于我而不利于敌。

军区参谋处处长胡奇才接着说，根据敌人的行动路线和企图，军区首长决心迅速集中兵力，于沂水城北沂河两岸以葛庄为中心地带，组织一个伏击战。他指着地图说，葛庄位于沂水城西北20公里处，西、北两面靠山，南为沂水城，东为金牛官庄，地形极为险要。以葛庄为中心，从东到西有一片1.5公里的狭长洼地，东临跋山，西接乔山和松山，南有无儿崮，北面是通向卞山的一条山沟，是打伏击战的有利地形。如果日伪军进入伏击圈，就很难活着出去。接着，研究确定了参战部队和作战部署。参战部队有鲁中军区一团、二团、四团和特务营，以及我四分区十二团和警卫连。我分区十二团的任务是隐蔽于葛庄北侧峭山坡一带。

返回分区后，我马上召开分区军事会议，传达了鲁中军区首长关于葛庄伏击战的部署和指示。同志们的情绪都很高，都说这个战机抓得好。会后，我团立即按军区部署，进入峭山坡一带埋伏，巧妙地在葛庄布下了一个"口袋"，只等日伪军自投罗网。

9月3日上午8点，右路的草野清大队和伪军1000余人，沿沂博公路窜了过来。下午2点，日军的先头部队已过了南阳河，跟在后面的是队形凌乱的伪军，有的枪上挑着行李，有的肩上背着包袱，都是"扫荡"中抢来的财物。日军先头部队继续朝镢头岭行进，观望一番，见无动静，便进入葛庄停下，后面的日伪军也陆续全部进入了伏击圈。

这时，军区下达了攻击的命令。

指战员们久盼的时刻到了。埋伏于三面阵地上的火力，向日伪军猛烈射击。霎时间，机枪声、步枪声、手榴弹声响成一片，震荡着山谷。拥塞在公路上的日伪军，被我军的突然袭击打昏了，惊慌失措，东奔西窜，战马惊鸣。但是，草野清毕竟是个狡猾的家伙，惊魂稍定，便猛然醒悟，他断定西进之路难以逾越，马上命令炮手，掉头向葛庄以东的一团阵地轰击。在炮火掩护下，草野清一面组织两个中队的日军和大部伪军，在公路北侧同一团二营展开激战；另一方面组织1个中队的日军占领葛庄西北角的水母娘娘庙抢修工事；然后又组织日军抢占镢头岭，企图坚守待援，伺机突围。当日军第五中队攻到镢头岭下时，我军一团一营一连也按战斗部署正以迅雷闪电之动作，同时逼近岭下。双方在南阳河滩上相遇，立即展开了白刃搏斗，100多把明晃晃的刺刀，勇猛地刺向敌人，只一个对刺，前面的一排日军就号叫着倒下了。战士雷耀臣在拼刺中，由于用力过猛，刺刀折成了弓形，刀把被敌人死死抓住不放。雷耀臣急忙向身旁喊道："副排长！快！快！"副排长侯玉俊刚刚刺死第三个日军，闻声飞步扑过来，一枪扎进了这个日本兵的后背。有个小个子日军，见我八路军的刺刀如此厉害，吓得浑身哆嗦，他右手举到帽檐不停地行礼，左手忙着放下"三八式"，解下身上的弹盒、刺刀鞘和背包，嘴里还不住地咕哝着："统统地给你的。"乖乖地当了我军在葛庄战斗中的第一个俘虏。

经过一阵激烈的肉搏，50 多名日军在我战士的刺刀下丧命。日军第五中队队长岗田健红了眼，挥刀上阵，被我军三个战士团团围住，最后头部中刺而死。余敌被迫退却，南阳河滩上留下敌军一片尸体。至此，二连顺利地占领了镢头岭。

草野清不甘心失败，当即组织日军第一、四中队200余人，在猛烈炮火掩护下，向镢头岭反扑，岭上硝烟弥漫弹火横飞，我二连指战员们以有我无敌的战斗精神，迎着激烈的炮火，顽强地坚守阵地。当日军攻到近前时，二连即组织反冲锋，展开肉搏战，使日军炮火失去作用。当天下午，敌人连续冲锋五次，均被我军击退。日军进攻受挫，锐气顿减，只得凭借炮火掩护，退至河滩西侧临时工事里，同我镢头岭阵地形成百米距离的对峙局面。黄昏时，军区命令全线出击！指战员们以轻重机枪和集束手榴弹开路，跃出阵地，冲向敌群，在一条狭长战线上激烈搏斗。有的地段展开近距离冲击，有的地段展开白刃格斗，日军伤亡惨重，尸横遍野。

草野清见抢占镢头岭不成，保持对峙局面又挨打，便组织残部西犯李家营，结果，遭到二团一营迎头痛击。日军转而北窜，不料又遭我十二团的打击。在我军几面夹击下，日军只得夺路逃到水母娘娘庙负隅顽抗。军区即命令各部紧缩包圈，将娘娘庙团团围住。

与此同时，左路伪第四十七师4个营及伪独立第一旅陈三坎一部，沿沂河西侧前进，妄图策应葛庄之敌。进至陶沟、岳庄时，我埋伏于陶沟附近的四团 1 个营和特务营当即予以迎头痛击，敌拼命挣扎，向我部队连续冲击四次，均被我猛烈的火力击退。激战至 4 日中午，伪军死伤大半。伪旅长陈三坎见势不妙，调集两个营向南突围，又遭我军伏击，伤亡惨重。陈三坎被击毙，仅有 200 余残兵窜回莒县。

到了晚上，除了娘娘庙四周阵地上不时响起断断续续的枪声外，整个战场一片沉寂。军区对战况和敌情做了分析，决定在夜晚实行车轮战术，改后队为前队，交换阵地，在娘娘庙四周抓紧抢修阵地，对敌实行火力袭击，以封锁和杀伤为目的，不强攻，不入娘娘庙，迫使敌人突围；从十二团和一团抽调兵力一部，在沂河东西两侧隐蔽待命，准备夹击南逃之敌；在南面包围娘娘庙的部队，务必在日军向南突围时佯打让路，然后再予以追歼。我领会军区首长的作战意图是"引狼出洞"。所以，我在向十二团领导交代任务时，打了个比方说：狼在山洞里，捕杀它要费些手脚，甚至有可能被它咬伤。现在我们迫其下山，逼它过河，陷其于狼狈境地，我群起而攻之，打死也罢，淹死也罢，都是一个目的，彻底消灭敌人。晚 9 点，我后续部队换下一线部队，进入前沿阵地后，立即对娘娘庙展开一阵猛烈的火力攻击。娘娘庙大殿东南角起火了，映红了夜空，日军在火光里乱窜怪叫。我四分区十二团二营三班副班长刘君，操起新缴获的一挺歪把子机枪向火光里的人影猛扫，几个日军应声倒下，另外几个连滚带爬地躲到石碑后面，再也不敢出来。

聚歼沂河滩

9月4日上午8点，娘娘庙残敌突然集中炮火，向我北面阵地狂轰。接着，日军30多人拉开队形，气势汹汹地向北突围。军区立即告诉各个前沿阵地，敌人向北是佯攻，实际是要向南突围，务必做好追歼准备。果然，当向北佯攻的小股敌人被击退后，上午9点左右，日军全部人马在密集炮火掩护下，从娘娘庙冲出，向南突围。按照预定部署，我南面阵地上的部队，且战且退，诱其上钩。当日军全部冲出后，其他阵地上的部队以凌厉的攻势，跟踪追击。

此时，草野清的先头部队已开始渡河。我各路追歼部队飞抵河岸北侧，一面射击，一面向敌逼近。隐蔽在沂河东西两侧的十二团和一团一部，由东至西，沿河岸平行夹击。预伏于无儿崮和河奎村的四团1个营和四分区警卫连，也绕过河南岸，对敌展开迎头痛击。四面八方，杀声震耳，步枪、手榴弹组成的火力网，暴风雨般地罩向敌阵。时值夏秋多雨季节，沂河中心水面齐腰深，水流湍急，河两岸是沙滩。突围的日军带着炮车、辎重和大批弹药，聚集在不足半公里的狭长河滩上。面前河水滔滔，四周没遮没挡；后面追兵逼近，子弹、手榴弹铺天盖地而来。许多日军穿着皮鞋跳进河里，犹如陷进泥沼，笨得像狗熊，有的脱掉皮鞋，连滚带爬，一阵子弹打来，只听得哇哇乱叫，水面浮起一片尸体。有一小队日军见势不妙，索性在沙滩上卧倒，架起机枪向我还击。我北岸几个战士中弹倒下，但我东侧沿河夹击部队已经逼近，一串手榴弹扔去，日军的机枪再也不响了。沙滩上，敌人辎重、尸体，杂陈一片。

战斗至4日下午6点，日军草野清大队大部被歼。草野清失魂落魄地带着日军四五十人和伪军100余人，趁混战之际，突破我在无儿崮的防守，爬上了无儿崮，固守待援。9月6日，莒县守敌田坂旅团长率日伪军1700余人，在13架飞机掩护下，前往救援，将被围困的残兵接了回去。至此战斗结束。

此战，我军共打死日军300余人，俘日军31人，毙伪军1000余人，俘伪军367人，缴获山炮2门、迫击炮2门及枪支、弹药、物品一大批。这是我山东军区在抗日战场上的一次较为成功的歼灭战。

葛庄战斗的胜利，充分体现了我军英勇善战的军事素质和机动灵活的指挥艺术。葛庄战斗的胜利，在中国人民抗日战争史上写下了光辉的一页。

讨伐赵保原

林 浩 吴克华

　　1944 年下半年，一贯勾结敌伪、破坏抗战的国民党山东省第十三行政督察公署专员赵保原投靠日军，所部被编为伪"剿共第七路军"。赵保原投敌后，对其占领区的人民愈加横征暴敛，大肆捕捉壮丁，捕杀我地方干部和抗日群众，并积极配合日军，进犯我抗日根据地。为此，1945 年 2 月中旬，我胶东军区集中 5 个团另 5 个营的兵力，发起了讨伐赵保原的万第战役。

　　赵保原的主力部队有 5100 余人，所属地方部队有 1.3 万余人，盘踞在以万第为中心的五龙河及沽河中游地区，北与莱阳城、南墅、日庄，南与金口、穴坊庄、夏格庄、南村、即墨之敌伪据点交错配置，互为依托。经赵部多年苦心经营，其工事十分坚固，而尤以万第为最，有三道壕沟、三道围墙以及多处陷阱、碉堡等。赵保原称之为"铁打的万第"。

为确保讨赵战役的胜利，从 1944 年冬季起，我胶东区党委和胶东军区领导抗日军民进行了全面而充分的战前准备工作。首先加强政治攻势，向赵部所有据点大量散发传单；对赵部主要据点进行多次喊话；在其驻地邻村多次召开群众大会，揭发赵保原叛国罪行；组织赵部占领区的 700 多名小学教员及 2000 余名保甲长到根据地参观，接受抗日教育；通过释放被俘官兵，宣传我军的俘虏政策。同时，动员赵部占领区的 2 万余人移居我军根据地；经常组织一部主力，配合地方武装和民兵，打击赵部出扰部队。这些活动，对扩大我党我军的影响，争取赵保原统治区的群众和分化瓦解其部队，起了很大作用。在经济方面，我根据地之粮秣、布匹、药品等物资，禁止运入赵保原统治区，发动群众对其进行抗捐抗税斗争。在金融方面，尽量推行我北海银行的货币，致使赵保原统治区物资枯竭，货币贬值，经济实力削弱。

在对敌进行强大的政治攻势和经济斗争的同时，我参战部队认真进行了敌情侦察、作战方案的制定与论证、军事训练和政治动员等准备工作。

1945 年 2 月 11 日，农历大年三十拂晓，我军集中 5 个团另 5 个营的兵力，分左、中、右三路纵队包围了赵部。原计划于 11 日晚 11 点 30 分，各突击部队对前万第及其外围碉堡发起总攻，但是，担负进攻外围碉堡的十三团九连的战士在用炸药包炸敌之围寨时被敌人发现，该连只好比总攻时间提前两个小时发起了进攻。接着，十三团各部队便整个地投入了战斗。十六团、军区特务营等部队在没有展开战斗队形的情况下，也迅速投入战斗，提前向敌人发起攻击。

敌人遭到突然打击后，集中兵力向我十三团突入部队连续发起八次反冲锋。由于下雪路滑，行军和运输困难，一些部队的战斗组织不够严密，战斗打响后，有些部队尚未到达指定位置，突入部队得不到后续部队的及时增援，且弹药接济不上，天将放亮，如继续攻击，我突入部队将有被敌歼灭的危险，同时也会增大后续部队的伤亡。在这种情况下，军区首长命令突入部队暂时撤出，一面依托已得阵地打击出击之敌，继续拔除外线未克之碉堡，一面调整战斗部署，准备黄昏时继续攻击。

12日上午，赵保原为解除被我军民围困之危，一面电催青岛、莱阳城的日军驰援，一面组织了3000余兵力向被我军占领的九号碉堡发起八次进攻。但在我军指战员英勇顽强的打击下，都被粉碎了。我其他部队在炮火配合下，又相继攻下四个碉堡。

正当万第战斗激烈进行之时，赵部驻左村、乔家泊的袁尚志之三团和姚于栋之第二十五团分别向万第增援，途中被我左右纵队分别截击，遭到歼灭性的打击。

为了总结经验，以利再战，12日上午，军区领导在万第东南面山头上的军区指挥所里召开了十三团、十六团主要干部会议，认真总结了前段作战的经验教训，重新调整了战斗部署。

当天黄昏，军区集中全部 10 门火炮，向万第猛烈轰击，共发射炮弹 300 余发。晚 7 点，十三团和十六团发起了总攻击。仅用 10 分钟，我军就从前万第左右两面突进围寨，不到一小时便占领了部分围寨和碉堡，之后，各部迅即分路向纵深发展。至晚 11 点左右，将驻守在前万第的黄爱君团另两个营和伪十三区专员公署全部歼灭。在我军强大攻势下，赵保原一面命令部队增援前万第，一面带着心腹和家眷，于晚 9 点从西万第仓皇逃窜。接着，后万第和西万第之敌也相继溃逃。在十六团二营、东海独立团、北海独立团、十四团以及海莱人民联合自卫军等部的截击下，敌人大部被歼。至此，万第为我军全部攻克。

13 日，我们从缴获的赵部电文中，得知日军有出击计划，且当天有 10 余架飞机轰炸万第。为扩大战果，军区决定攻克左村据点。当天下午，我们率十三团、十六团、东海独立团和北海独立团进至姜疃一带。次日傍晚 7 点 30 分，我军以炮火向左村轰击。接着，十三团、十六团发起总攻。十六团九连率先攻占了左村东北角的碉堡。敌人集中兵力向九连接连冲锋 10 余次，并且放火烧碉堡，我军不少战士在衣服着了火的情况下，仍然顽强地坚持战斗。至晚 11 点，左村之敌除 200 余人逃跑外，其余全部被歼。与此同时，从留格庄向左村增援之敌也被全部歼灭。

逃到留格庄的赵保原闻讯后，惊慌失措，即率残部数百，经日军据点姜山集，仓皇逃向即墨灵山一带。我军乘胜追击，四天之内相继攻克了迎格庄、留格庄、朱洞等10余个据点。2月19日，讨赵战役胜利结束。

这次战役，我军经过九天连续作战，毙伤赵部团长以下2000余人，俘7370人，打散2000余人，伪军投诚2000余人，共计歼敌1.3万余人，缴获兵工厂、被服厂、粮库各1座及迫击炮8门，还有大批枪支弹药和其他物资，解放人口70万。

这次战役的胜利，清除了山东叛军的一个重要堡垒，剪除了日军在胶东的羽翼，扫除了胶东军民坚持抗战、进行大反攻的重大障碍。

里应外合夺莒城

唐　亮

1944 年，遵照山东军区的指示，我滨海军区决定采取里应外合的方式，发起攻打莒县县城战役。当时我任滨海军区政治委员。

莒县是山东的第一大县，该县地理位置十分重要，向东可以控制沿海地区，向西可以控制沂蒙山区，敌人在该县筑有坚固的工事，由伪军莫正民部和日军 1 个中队驻守。

莫正民原是一个封建性的地方实力派，当时所辖的 30 个中队中有 20 个中队是他的嫡系。1941 年秋，莫正民部开到莒县，编成伪莒县保安大队。1942 年 7 月，在日军的指使下，莫部向我抗日根据地进行"蚕食"，遭到我军的严重打击。莫正民为了避免遭受更大的损失，便主动派人与我军联系。我军则采取打与拉相结合的方针，在释放其被俘人员的同时，先后派了 30 名干部到莫部做争取工作。

首先是对莫正民加强民族意识的教育。根据不断变化的情况，反复向他宣传世界反法西斯战争的胜利形势，传播我八路军、新四军和其他抗日武装的胜利消息，使他逐步认清法西斯注定是要失败的，跟着日本侵略者是没有出路的。我们还用一些具体事例说明，如驻寿光西北的伪军王道部1600余人，于当年7月起义，被山东军区编为独立第一旅，王任旅长；驻沂水的日军草野清大队，于当年9月出动"扫荡"，被我鲁中军区部队消灭，随日军"扫荡"的伪军被打得溃不成军，等等。这些事实的教育，使莫正民受到了震动，逐步认识到只有跟着共产党、八路军才有光明的前途。在教育中，我们还揭穿日军对莫部的压榨，帮助他认清敌我，使其不甘心受日军凌辱。在宣传形势、指明前途的基础上，进一步宣传共产党、八路军的政策，以坚定其弃暗投明的决心。

其次是打与拉相结合。开始有一段时间，我们对莫正民部拉得多，打得少，结果效果并不好。后来，我们在拉的同时注意施加军事压力，使莫正民真正感受到共产党、八路军的力量，并让其逐步明白共产党、八路军是真心挽救他的，促使他悬崖勒马。

最后是争取上层与争取下层相结合。我们派进去的干部，以莫正民部"副官"的名义从事工作。他们利用接近莫的方便条件，不时对莫进行教育，启发其民族意识，使他自觉于1944年5月向我军递交了起义志愿书。我们则在其起义的前一个月，即当年10月14日，向莫正民正式颁发了委任状，明确了起义后即委任他为旅长，使他坚定了起义的决心，更周密地进行起义前的准备。与此同时，我们对莫部的下层也积极开展工作，建立了广泛的联系，在其10多个中队中建立了半公开的联络站，并在伪县政府、警察局、新民会、县医院以及莫的司令部内安插了人员。这样，对莫部上下都做了工作，为莫部的起义和顺利完成里应外合的任务打下了基础。

11月7日，在莒县的陈家庄，滨海军区司令员陈士榘同志和我分析了敌情，指出了莒城战役的意义，区分了部队任务，提出了具体要求。各参战部队根据我们下达的计划和要求，加强战前的敌情侦察，深入进行政治思想动员，抓紧弹药物资的补充。我们还深入第六团进行战前动员，激发了指战员们高昂的战斗情绪。

11月12日，在吕家崮西，陈士榘司令员和我下达了作战命令，进一步明确了攻击时间和作战的各项要求。

在攻打莒城的前几天，争取莫正民部起义的工作，也进入最紧张最关键的阶段。我军派到莫部做敌军工作的干部，同地方党委派到莒县伪政权、新民会、医院等单位的地下工作干部一起，深入细致地分析了形势，分别制订了新的工作计划。向莫正民传达了我们军区领导的意图，对其起义提出了具体要求，并同他研究了可能出现的意外情况和处置方案，还派专人将莫正民心爱的刚生下几个月的小儿子送到城外，请可靠的人妥善看护，使莫解除了起义的后顾之忧。

莫正民把组织所属部队起义看成他改邪归正的头一炮，是将功赎罪的好机会。他以视察防务为名，带着我军新进城的参谋，研究攻城的道路；对起义的计划，反复斟酌，力求无误；对于他认为需要加强防务的地方，专门做了安排；还将一名副官派到城外，为我攻城部队担任向导。

11月14日上午9点多钟，莫正民正在大队部向各中队长布置起义任务，伪县长兼保安大队队长丁晓峰突然打来电话，问莫："听没听到八路军要攻城的消息。"莫正民说："没有的事，那是造谣。"莫正民还以攻为守，说天气冷了，士兵的棉衣需要早点解决，请丁县长催催，等等。上午11点多钟，日本教官金野气势汹汹地找到莫正民，质问莫部，南门上的工事为何向城内修。莫正民沉着地回答："八路军要来，我们有把握保住莒城……至于城墙工事为何向里修，这是为巷战做准备的嘛，请教官放心！"金野见莫正民神色镇静，也就"啊啊"地走开了。

下午3点钟，我军区的侦察队按照预定计划，在南门换上伪军服装，大摇大摆地走进了莒城。莫正民和在城内从事地下工作的同志，知道我军的侦察战士准时进了城，都暗自高兴。

傍晚7点钟，攻击莒城的战斗开始了。我们决定首先炸毁莒县县城东南角的大炮楼，并作为我军攻城和莫部起义的信号。因这座炮楼高大，视野开阔，能控制城东、城南两面，对我攻城部队威胁大，所以敌人将守卫这个炮楼的部队由伪军改为日军。但是，敌人的这一招也无济于事，预先潜入城内的我军工兵樊宝增和任发鸣用炸药把这个大炮楼炸毁了。

攻城部队的突击队，听到剧烈的爆炸声，群情振奋，以最快的速度，直扑城垣。先越过外壕，踏着梯子，攀登城墙，一举突入城内。与此同时，莫正民部如约起义，在碉堡上挂起"光荣义举"的白旗，打开南门，起义士兵们鼓掌欢迎我军攻城部队入城，并引导我们占领要道和制高点，构筑工事，打通院墙，开辟通路，逼近日军据守的小围子。莫正民部在"光荣义举"的统一号令下，按预定计划，抓日军教官、捉伪县长、堵日军。

对付小围子里的日军，是保证我军攻城部队的展开和莫部起义队伍顺利出城的关键。莫正民把这个十分艰巨的任务，交给了他信得过的第十二中队执行。当晚 6 点钟刚过，这个中队的中队长李砚民、副中队长孟范杰就带着 30 多名士兵，扛着两挺机关枪，进到围子南边的胡同两边隐蔽起来，警惕地注视着小围子的大门。没多久，10 多个日本兵扛着枪，领头的端着一挺歪把子机枪，走出了小围子的大门，去城东南角炮楼上哨。第十二中队的官兵，把枪对准这些日军一齐开火，当场打死了七八个，剩下的缩回去进行反扑。十二中队的官兵不顾日军的疯狂扫射，继续堵住小围子的大门，掩护起义部队出城和八路军进城。

这时，伪莒县保安大队 3500 多人，在莫正民的率领下，携带 31 挺机枪、36 个掷弹筒、2700 多支步枪，带着抓获的伪县长、日本教官、顾问以及死心塌地与人民为敌的大汉奸于经武等人顺利出城。

在莫正民部起义的同时，我军攻城部队迅速完成了对日军小围子的包围。在这个小围子里，驻有日军 1 个中队 100 余人和新民会便衣队 60 余人，工事坚固，四个碉堡与地下暗道相通。开始，日军曾两次反扑，均被我军击退。当夜 11 点半，我军攻城部队开始向小围子发起猛烈攻击。通过连续爆破，炸开了围墙、铁丝网，然后，特务团从西南方向，六团从东南、东北两个方向，莒中独立营从西北方向，先后攻入小围子。经过激烈战斗，将敌压缩到四个碉堡内。为了减少伤亡，攻城部队除留少数分队监视碉堡内的敌人外，主力将敌小围子的所有房屋、工事摧毁，将敌仓库的物资运出，将水井破坏后，于天明前撤到城外隐蔽休息。

我军攻打莒县县城的消息传出，驻青岛、济南的日伪军大为震惊，第二天就派四架飞机飞往莒城轰炸扫射。

16 日、17 日夜间，我军又发动多次攻击，敌被迫退守到两个碉堡里。然而由于敌人工事坚固，火力较强，六团的九二步兵炮打了八九发炮弹，不起作用。为减少部队伤亡，遂决定停止攻击。

在我军攻城部队猛攻莒城的同时，我军南线、北线的阻援打援部队积极活动，牵制敌人，配合攻城作战。

我南线部队于 14 日晚，对临沂至莒县的公路线展开破击，先破坏临沂至汤头段的公路。15日，驻汤头的日伪军五六十人出犯，被我军第四团一部击退。汤头西南一个护路碉堡内的伪军，惧怕被歼灭，向四团投降。这天晚上，四团一部配合临沭独立营，围攻临沂东南的李家庄伪军据点，当夜突入伪军据点，歼其一部，残部逃入日军的小围子内。临沂东北的白塔据点有伪军140余名，在四团一部和莒南独立营的军事压力与政治攻势下，于19日晚投降。由于四团等部在南线的积极行动，使临沂方向的敌军不敢出援。

在北线，打援部队严阵以待。当我军突破莒城并向临莒线全线发动攻击后，日军第五混成旅团极为恐慌，纠集诸城、高密的日军200余人、伪军400余人，于16日南下增援。当进至枳沟以南的崖头、店子一带时，我军第十三团和鲁中军区第一团等打援部队，予以迎头痛击。当时，天黑夜暗，敌人摸不清道路，慌作一团，龟缩在一条山沟里抵抗。我军指战员反复冲杀，彻夜激战，敌人死伤惨重。天明后，敌人在施放毒气的掩护下逃回枳沟。18日下午，继续增援的日伪军500余人，由独立混成第五旅团旅团长长野荣二亲自率领，从枳沟分两路再次出援。其中一路300余人，被我阻援部队击退；另一路200余人，趁夜暗绕过我军阵地，于19日窜抵莒城，同残存在两个碉堡内的敌人会合。当援敌窜抵莒城时，我军为保持主动，遂有秩序地撤至城外，转入对莒城的围困。

此时，从诸城增援的日伪军后续部队，出动5辆坦克，掩护修筑公路，妄图迅速恢复诸城至莒城的交通。窜抵莒城的敌人，连日抓民工修工事，抢粮食，妄图恢复阵地，长期固守。

我军对莒城的围困斗争，按照统一部署，由莒南独立营一部，配合民兵，日夜袭扰莒城之敌，打击日伪的便衣队，封锁其耳目；城郊群众坚壁清野，使敌人找不到粮食。我军六团主力转到诸城至莒城的公路沿线活动。招贤据点的伪军两支中队在我军事压力和政治攻势下，被迫投诚。我军十三团一部，配合地方武装、民兵和群众，连续破坏台潍公路莒县至诸城段，采取敌修我破、昼修夜破、此修彼破的手段，切断敌人由莒城至诸城的运输。这样，使莒县县城的残敌待援无望，加上我军的围困和不断袭扰打击，敌人异常恐慌，被迫于29日夜仓皇弃城逃窜。莒县县城遂为我军解放。

莒城战役的胜利，莫正民部的起义，给日本侵略者"以华制华"的阴谋和国民党"曲线救国"的反动政策以沉重打击，也给伪军指明了一条光明大道。同时，由于莒县县城及一批据点的解放，滨海抗日根据地同鲁中抗日根据地连成一片，扩大了我军抗日根据地，改变了滨海区北部的斗争形势，丰富了我军瓦解大股伪军和夺取坚固设防城镇的经验。

郯城攻坚战

吴　岱　贺东生

　　1943 年 1 月 16 日，旅首长向我们传达师政委罗荣桓的指示：敌进我进，深入敌后，运用"翻边战术"，远距离奔袭郯城。

　　接到命令后，我们连夜进行战斗动员，从班、排到连、营，层层表决心，坚决打好这一仗。1 月 19 日深夜，我教导第二旅六团和四团经过 40 公里的急行军，突破敌人封锁线，直逼郯城。六团动作神速，先机抢占南关，猛扑到南关城门下。因敌人用沙包将城门堵塞，攻城受挫。这时，陈光代师长和教二旅曾国华旅长、符竹庭政委立即召集紧急会议，急令四团政委吴岱率领该团一营和旅部特务二连，放弃攻打临沂东南石村据点，赶来郯城担任打援任务。陈光代师长命令两个团的攻城部队，当夜务必攻下郯城。

　　夜里，六团八连的战士们悄悄地进入了阵地。到晚上 10 点多钟，在城北担任助攻的四团七连和九连首先向北门发起攻击。顿时，枪声、爆炸声和战斗的呐喊声像浪潮一般，一阵阵穿过夜空。这时，随着团长贺东生"嘟嘟嘟"一阵哨子响，掩护八连攻城的火力猛烈地射向敌群。接着，埋伏在架桥组旁边的八连连长陈朝山把手向下一按："上！"只见忽地从地上齐刷刷站起一排战士，抬起长长的木桥向外壕冲去。

这是一架梯子似的木桥，顶端拴着两根长长的绳索，10多个人在后面拉着它高高吊起，下边的人拥着木桥向外壕对岸推进。"沉着点，沉着点，……放！"陈连长站在壕坡上喊。战士们一松手，糟糕！桥头顺着壕坡塌了下来，木桥未搭上对岸。

"往后拉，往后拉。"陈连长急得满头大汗。但桥体太重，已经拉不上来了。

就在这时，忽然从民房角落冲出一个人来，只见他拖着一根长长的木杆滚下壕坡。从他敏捷的动作上，大家一眼就认出，他是三班战士王殿金。这位鲁西大汉，平时就善于动脑子想办法。此时，只见他从壕底奔向对岸，用长杆把塌下的桥头慢慢地顶起，架桥组就势一推，木桥牢牢地架上了对岸。陈连长高兴地一拍大腿："这个机灵鬼真行，架梯组，快！"这时，三排的于长贵等同志迅速抬着梯子通过木桥。

"上来了，上来了！"在城垛后的敌人拼命往城下抛手榴弹。顿时浓烟滚滚，弹片横飞，架梯失败了。

八连陈连长咬着牙，望了望正在喷着火舌的敌人火力点，急忙命令各排到天主教教堂大院里集合。然后把全连最优秀的投弹手集中起来，每人携带一筐手榴弹，在城根下一字排开，在他的指挥下，准确地把一枚枚手榴弹投向城头，很快就把敌人的火力压住了。我架梯组迅速把梯子架了上去。这时，三个伪军想用手推开梯子，不料手被梯子夹住了，痛得嗷嗷叫。我们的战士顺着喊声射击，打死了伪军。

梯子架牢了，我突击队火速行动，二排六班班长吴兴中首先爬上了梯子。历来打仗勇敢的张桂林，紧了紧他那二尺半长的大棉袄，往腰里塞了八颗手榴弹，紧跟着吴兴中蹿上了梯子。

这时，敌人见我们的战士正顺着梯子往城墙上爬，急忙把浸满煤油的棉团点燃，顺着梯子推下来。火团落到吴兴中身上，勇敢沉着的吴兴中把头一偏，用枪把火团拨开，不顾身上冒着火焰，继续向上攀登。离城头越来越近了，10 多个敌人慌忙抱起一根大木棒拼命地推梯子，一下把在梯子上的我军战士悬在空中。"不好！"城下的同志一声惊呼，"要竭尽全力把梯子扶住！"陈连长果断地指挥战士们一齐拥上前去，把梯子紧紧地扶住。与此同时，我们的火力组一阵猛烈射击，把推梯子的 10 多个敌人全部击毙。冲在前面的吴兴中乘势飞速向上爬去，但就在他接近城垛时，冷不防被敌人砍了一刀，顿时鲜血顺着他的胳膊流到手上，又滴在梯子上。这个壮实的汉子，想抓住梯子，但是胳膊已经抬不起来了，只见他身子晃了两晃，顺着梯子坠了下来。紧跟吴兴中后边的张桂林，把牙齿咬得咯吱直响，他一侧身，向城墙上扔去两颗手榴弹，乘着爆炸的浓烟，两手抠住城垛，翻身一跃跳上城头。

这时，城墙上的敌人正东奔西逃乱成一团，黑影里一个家伙抱着一大筐手榴弹跑来，嘴里还不住地喊，"稳住！稳住！"张桂林顺手拾起一块砖头："你给我稳住吧！"对着那敌人脑壳狠狠砸去，那家伙哼了一声栽倒在地。张桂林迅速从敌人丢下的一筐手榴弹中捡起几枚，背靠城垛细细观察，只见 10 多个敌人从东炮楼方向冲过来，他急忙投去两枚手榴弹，一下炸倒了两个敌人，剩下的敌人吓破了胆，趴在地上不动了。过了一会儿，在敌指挥官的威逼下，这伙敌人又从地上爬起来，向张桂林冲来。

这时，我八连杜复显等 7 人也陆续登上城头，立即同张桂林一起在城墙上与敌人展开激战，很快把这伙敌人消灭在东面的城墙上。就在这时，敌人发现我们只有少数部队登城，便集中两翼的全部机枪火力封锁我军登城的道路，登城的梯子被打坏了，我后续部队被切断。登上城头的八名战士，能不能守住这个用鲜血和生命换来的狭小突破口，将面临一场严峻的考验。

先是从东南角大碉堡里出来一股敌人，向我八名战士突击。敌人被我勇敢的战士们一排手榴弹炸了回去。接着，从南门楼方向又传来吵吵嚷嚷的声音。显然，那是敌人的一个指挥所，正在组织力量准备向我八名战士反扑。这时，我们的八位战士意识到，在敌众我寡的情况下，硬拼是不行的，只有想办法拖住敌人，争取时间，为后续部队登城创造条件才是上策。因此，他们立即抢占了一个敌人的掩体，用碎砖乱石和敌人的尸体挡住通道，准备迎击敌人的进攻。

不一会儿，南城门楼的敌人一窝蜂似的向他们拥来。我八名战士依托刚刚改造的工事沉着应战，打退了敌人一次又一次的冲击。这时，城东南角的敌人也趁势攻来，八名战士面临两股敌人的夹击，情况十分危急。就在这时，我军在城下又重新架起梯子，贺团长和陈连长亲自率领二排增援上来，与八名战士一起，很快把敌人击退，并立即向南城门的敌人猛打猛冲过去。敌人纷纷向城里败退，我八连穷追不舍。

就在这时，我三营营长姚世锋、教导员袁洪辉率七连和九连赶到，与八连一起战斗，很快肃清了城门楼上的残敌，并迅速沿南大街向北进攻。据守在十字街口的敌人，用两挺机枪严密封锁街口，使我进攻部队受阻。陈朝山连长当即命令战士们挖墙打洞，逐屋逐院同敌人展开争夺战。同时，我军四团七连、九连在突破北城墙后，同据守在伪县政府大院的敌人进行激战。城内的敌人首尾受攻，惊恐万状，不断向周围的据点发出求援信号。

次日上午9点，离郯城9公里的驻马头镇的日军1个中队和伪军400余人向郯城扑来，企图为城内敌人解围。但当敌人进到白马河与西关之间时，便遭到我军第四团政委吴岱率领的一营和旅属特务二连的迎头痛击。当时，四团一连在前面，旅属特务二连从侧面插入敌阵，在英雄连长何万祥带领下，与敌展开白刃战，一下把敌人队形打乱。然后四团一营乘机全力向敌人扑去，毙伤日伪军200余人。残敌纷纷逃去。

此时，在郯城内，我军四团九连用炸药炸开伪县政府的后墙，战士们如潮水般冲入大院。在"缴枪不杀"的喊话声中，伪军纷纷放下武器，只有龟缩到大碉堡内的日军顾问、指导官和一个小分队仍负隅顽抗。攻进城内的六团、四团部队迅速将这股敌人团团围住，并连续向大碉堡内送上两包炸药，第一包炸药把碉堡炸了一个大洞，顽敌仍不投降。第二次又送上一大包炸药，随着震天动地的巨响，碉堡被炸塌了，8个日军被炸死，剩下的日军顾问滕元、指导官多田等7人，从残垣断壁中爬出来举手投降。

我军攻占郯城后，驻山东日军立即放弃他们对滨海地区的"扫荡"计划，急调主力和郯城周围据点的敌人分两路向我军反扑。敌人的报复行动早在我师、旅首长的预料之中，并早已做了迎击准备。

1月21日，马头据点的敌人，又纠集300余人第三次向郯城扑来。我军四团一营见敌临近，一个势如猛虎下山的冲锋，就把这股敌人冲得人仰马翻。敌人见势不妙，掉头就逃。一营乘胜追击，一直把敌人赶回据点，并将据点围住。

次日，日军一个大队分乘40余辆汽车从临沂城赶来。

当敌人行至郊城官路口时，遭到我军早已埋伏在公路两侧的四团八连的痛击。

敌人车队刚刚进入八连阵地前沿，连长胡棣一声令下，轻重机枪一齐向敌人开火。敌人不知所措，纷纷跳下汽车，在混乱中被杀伤一部。敌人稍镇定后，企图沿公路两侧路沟向我军接近。在两个小时里，敌人发动七次进攻，均被我军击退。

这时，在土城子阵地上，旅属特务二连也正与敌人进行着一场殊死战斗。在何万祥连长的带领下，接连打退了500余日军的两次进攻。何万祥数了数他身边的战士，只剩下53人了，弹药消耗也很大。他看到这53名战士的目光都在注视着自己，深知此时战士们的心里在想着什么。他不紧不慢地把八颗拉出弦的手榴弹，一颗一颗地摆在面前，然后坚定地对大家说："咱们的弹药不多了，得节省点。不要看敌人现在疯狂，他们吃了咱们的手榴弹照样也得趴着。"他一再叮嘱大家："敌人不靠近不要打，看我的。"

不多时，几个敌人来到眼前。他突然翻起身来，大声喊道："打死这些吃人的豺狼！"说时迟，那时快，随着他的喊声，一颗颗手榴弹飞向敌群。随着一连串爆炸声响，敌人倒下一大片。黑烟散去，只见麦地上又多了几十具尸体。其余的敌人都被吓跑了。

不久，敌人又开始进攻了。这次敌人的火力更猛，只见一排排炮弹在特务二连阵地周围爆炸，被掀起的泥土像阵阵冰雹落在战士们的身上。敌人的炮火虽然打得很猛，但他们的步兵攻击却一次不如一次。这说明敌人已经没有多大攻击能力了。当打退敌人第三次冲击之后，何万祥看准了时机，立即率领全连向敌阵冲去。果然，他们一冲，敌人就像落潮的海水一般溃退下去。与此同时，我第四团、第六团和地方部队乘胜扩大战果，一举拔掉郯城周围榆林、大埠、沙河等敌大小据点18个。

在郯城攻坚战中，我军共毙伤日伪军400余人，俘日军官兵7人、伪军520余人，以及伪警察所所长、警备队正副队长以下100余人；缴获轻重迫击炮各1门、掷弹筒3个、轻机枪3挺、步马枪800支、汽车4辆、粮食200多万公斤。同时，摧垮了郯城的伪政权。敌人精心策划几个月的"治安强化运动"，被我们彻底粉碎了。

清河军民反"蚕食"[*]

杨国夫

1943 年 4 月下旬，山东军区下达了"保卫麦收"与反"蚕食"战役命令，要求各地区在夏收前 10 日内，将主力部队和地方武装做好部署，对敌伪新安的据点予以袭击围困，以便青纱帐起来以后，相机拔除。

"蚕食"我区的敌人，采取伪军在前、日军在后，伪军驻外围据点、日军驻核心据点的办法，向我军根据地步步紧逼。尤其是敌人深入我区腹地的三里庄据点，对我军威胁最大。

为了粉碎敌人"蚕食"计划，我们决定首先拔掉三里庄据点这颗钉子。当时我任清河军区司令员，针对敌人在三里庄的工事较为坚固、兵力较多、设防较严的情况，我们集中了军区直属团全部及特务营一部担任主攻，加上地方武装

---

* 本文原标题为《清河区夏季反蚕食》，收录时做了适当修改。

和民兵配合打援。

5 月 28 日黄昏，我军从三里庄东南的几个村子里迅速开进，突然包围了三里庄，当晚 9 点钟发起攻击。二营五连在连长王子玉率领下，首先砍断敌人的铁丝网，打开通路，副连长徐纪温带领爆破组奋勇冲了上去。但是，爆破组遭到了敌人的疯狂阻击，两个同志相继牺牲。身负重伤的副连长徐纪温抱起炸药包挣扎着冲了上去，也英勇牺牲了。这时已是 29 日凌晨 3 点钟，离天亮不到两个小时了。我们估计，天亮前如攻不下三里庄，西边许家据点的日军必然出兵增援，我军势必陷于被前后夹击的不利态势。于是，我和刘其人副政委决定，如天亮前攻不下三里庄，必须暂时撤出战斗，随后立即派通信员将这一决定传达给前线指挥员。二营营长张冲凌表示：一定要在天亮前炸开三里庄围墙。这时，主攻连仅有两包炸药了，大家怀着焦急的心情，把目光集中到这两包炸药上。在这关键时刻，爆破队队长侯登山抱起一包炸药，勇敢地冲上去了。

在我军猛烈的火力掩护下，侯登山接近了三里庄东边一段单层围墙，他原想在围墙上打洞，把炸药包放在墙洞里爆破。但围墙土质太硬，扒了一阵，还是放不下炸药包。时间一分一秒地过去了，前沿战士们十分焦急，侯登山更是心如火燎，他知道，时间就是胜利！为了赶在天亮前炸开三里庄围墙，他毫不犹豫地用自己的胸膛把炸药包紧压在围墙上，毅然拉着了导火索。"轰隆"一声巨响，三里庄围墙炸开了，我们的爆破英雄侯登山同志光荣牺牲了！

随后，二营五连指导员程武志带领突击队奋勇冲进突破口与敌展开激战，打退了敌人一次又一次的反扑。接着，连长王子玉带领全连战士也冲了进去，迅速向纵深发展。为增加攻击的后劲，保证扩大战果的兵力，我们又从三里庄北边调来三营七连，由连长崔茂盛和指导员姚杰带领冲进三里庄，与五连协同作战。狡猾凶顽的敌人组织强大兵力拼命向突破口反击，突破口成了争夺的焦点。冲进三里庄的五连和七连，虽然给敌人很大杀伤，但自己也有较大伤亡，连、排指挥员大部分牺牲、负伤。二营营长张冲凌带领全营从突破口爬下围墙时也负了重伤；七连指导员姚杰眼睛中弹，双目失明；四连连长张宝山、六连连长田俊国、七连连长崔茂盛，先后壮烈牺牲！

这时，敌人自恃兵多，组织了更大的反扑，突破口一度被敌人封死。但是，侯登山同志用身躯炸开的突破口是不能被封死的，五连指战员用鲜血铺平的道路是不能被切断的，后续部队踏着战友的血迹发起了更大规模的攻击，我军战士用子弹、用手榴弹、用刺刀、用牙齿向敌人讨还血债。最终，敌人胆怯了，退缩了，伪团长成建基带领残兵败将狼狈逃窜，我军毙伤俘敌350余人。

我军攻克三里庄的消息，给准备向我中心地区"蚕食"的敌人当头一棒。但是敌人并没有因此改变"蚕食"我清河区的狂妄企图。6月4日，南边的伪"灭共建国军"周胜

252

芳、王砚田、李青山、王道等部，北边武定道的伪"剿共军"刘佩忱部，同时出动，我中心根据地广北、博兴、蒲台地区很快被敌人全部"蚕食"。与此同时，昌潍地区、清西地区与垦区之敌也主动配合"蚕食"。敌人在我清河区先后修碉堡、岗楼达 1200 多座，安据点 300 多个，我军主力回旋余地很小，只能分散转战苦斗于敌人的碉堡、岗楼之间，行动非常困难。

我们反复研究了敌情，一致认为对敌人的疯狂"蚕食"，我们既不能害怕，也不能退让，只有坚决粉碎，才能扭转战局，恢复根据地。

正当我们寻找反"蚕食"战机的时候，敌情恰巧发生了有利于我的变化："蚕食"我清河区的日军主力独立混成第六旅团外调，接防的独立混成第七旅团部署尚未就绪，与伪军周胜芳、王砚田、李青山等部的关系尚不很密切，伪军有些恐慌。其中伪军王道部刚从滨海莒县调来，大本营设在小清河南的丰城，其官兵都不愿在小清河北久驻，士气低落，且与当地伪、顽军矛盾日益激化。这一切，都给我们提供了反"蚕食"作战的有利条件。我们决心抓住战机，向敌人展开大规模的反击。

我们命令战斗在小清河南游击区的武工队、县大队等积极出击；同时抽调一部分主力，深入敌占区纵深，配合地方武装袭击敌人。在内线作战中，我们集中了军区直属团、特务营和清中部队，共 3000 多人，以拔除敌伪据点、歼灭敌人有生力量为目标，动员党政军民一致行动，村村摆战场。进攻中，我们采取的策略是：打击最坏的，逼走最弱的，争取动摇的。运用爆破、夜战、急袭、坑道作业等战术手段，接连摧毁敌人的据点、碉堡、岗楼等。有些碉堡，敌人前面修，我们后面炸，敌人白天修，我们夜间炸，有的反复十几次，终于迫敌撤退。我们利用伪保安十六旅旅长李青山部营长阎寿才提供的情报，于1943年6月24日夜，以突然行动将李青山在北隋的据点包围。经过一夜激战，全歼敌两个营。

我军攻克北隋据点后，敌人开始动摇，特别是敌人对我军的夜袭和爆破尤为害怕。我军当时通常利用夜间，在距敌几十里以外隐蔽开进，突然将敌包围，主攻连分成几个小组，运用爆破手段连续突击，一般是半夜发起攻击，当夜就结束战斗。我们还运用"围点打援"的战术，在攻击某一据点的时候，部署一定的兵力担任打援任务。其他据点的敌人一旦出动来援，或者被我们歼击于途中，或者乘机把他们的据点拔掉。这种游击战法，打得敌人晕头转向，可谓攻无不克。

我军连战皆捷，车里庄、缪家、道口等据点之敌，为免遭被歼，相继逃窜。我军连续作战，向南猛扫，于7月27日，突然包围了伪军西王文据点。守敌是伪军刘子刚部，该敌兵力较强，但其阵地比较突出，其西边和南边的伪军周胜芳部，兵力也较弱，只要我们攻克西王文据点，周胜芳部就有可能不战而逃。因此，我们响亮地提出"活捉刘子刚，吓跑周胜芳"的战斗口号，鼓舞部队的斗志。

我军首先对伪军西王文据点进行围困战。伪军为了加强防守，除在西王文四周筑有很高的围墙外，还将附近的地物平掉，使我军接近围墙进行爆破较为困难。但是，我们发现围墙西北角不远的地方，还有敌人没来得及拆除的 20 余家民房。我们决定，先占领这些民房，挖地道爆破，主攻方向选在西王文据点的西北角。为了麻痹敌人，我们从西王文四周向据点不停地打枪打炮，敲锣打鼓，搞得敌人六神无主，惶惶不安，不知我军从什么方向攻击，何时攻击。在这种方法的掩护下，我军在小房子里紧张地进行着坑道作业。为了使坑道准确地挖到敌人围墙西北角的炮楼底下，我们在乡亲们的启发下，采用"点灯照镜子"的方法，即：在坑道里点一盏灯，正对敌人的炮楼放上一面镜子，将镜子的反光对准坑道里的灯头，指示土工作业的方向，因此坑道挖掘的方向不偏不斜，并且进度很快。

8 月 2 日，我军对西王文守敌发起了总攻。我们利用坑道，首先对西王文据点西北角的围墙和岗楼进行地下爆破。攻击命令一下，便传来"轰隆"巨响，敌人的炮楼开了花，围墙被炸开了一个大缺口，我军潮水般地攻进了据点，直捣刘子刚的伪指挥部。很快，守敌 500 余人全部被歼，缴获机枪 10 挺。不出我们所料，伪军周胜芳部闻风不战而逃。

我军乘胜扩大战果，一面派出大批敌工干部到各伪顽指挥部进行争取、瓦解工作，一面命令主力部队向敌占区挺进。军区主力一部于 8 月 17 日进入益都、寿光、临淄、广饶四县边区，接连攻克刘桥、稻庄据点。清中我军主力在临淄和广饶县大队配合下，连克董家庄、沙窝、兴福等据点，而后又于 8 月 28 日至 30 日，连克兴和许、小张、利城据点，全歼守敌 300 余人，并迫走大张等 4 个据点的伪军。清东我军击溃日伪对昌潍地区的"扫荡"，敌人 4 个团被歼过半。清西我军进至邹平、长山地区，连克陶唐口、苏家庄等据点，并配合邹平县大队，截击了由高苑县县城向长山县运粮之敌，缴获粮食 1 万余公斤，并一度攻入高苑城，伪军 4 个警备队全部被歼。长山县大队主动出击，连克梭山子、屯里等据点。

至 9 月上旬，历时 3 个多月的反"蚕食"战役胜利结束。

我军在反"蚕食"战役中，共进行大小战斗 409 次，攻克敌伪据点 133 个，击溃伪军 6 个团，歼灭伪军 3 个团，共毙伤俘敌 3100 余名，缴获了大批枪支弹药。不但恢复了被敌"蚕食"的小清河北地区，还部分恢复了小清河以南的益都等四县边区。

这是清河军民的重大胜利，也是在山东坚持平原游击战争的重大胜利。为此，山东军区司令员兼政委罗荣桓同志通令嘉奖了我清河区全体指战员。

海阳地雷战

赵守福　于化虎

1940 年，海阳县委遵照东海地委指示，发动群众积极组织各种抗日武装。民兵们拿起长枪、土炮、大刀、长矛，积极开展反封锁、反"资敌"、反"扫荡"斗争，搞得日伪军心魂不安。最使他们闻风丧胆的则是"地雷战"。

1943 年春天，在保卫麦收的战斗中，瑞宇村民兵队队长于凤鸣把两颗 12.5 公斤重的大地雷埋在青威公路上，炸中了由行村出动的 5 个日本兵。消息传开，邻村民兵交口称赞，摩拳擦掌地说："啥时候我们也弄几个地雷，叫鬼子尝尝'铁西瓜'的味道！"

这年秋天，赵疃村民兵队队长赵同伦到区上开会，武委会主任托着两颗地雷说："这家伙很厉害，一炸一大片，谁要？"不等别人答话，赵同伦跳到台子上，把两颗地雷抱了去。回村后，他马上找赵守福、赵乾江、赵新瑞等民兵骨干一起研究埋地雷的方法，朝思暮盼亲手炸死一片日军。一开始，他们在大道上挖个深坑，把地雷放进去，伪装好，但敌人的马蹄子踏上了，没有爆炸。等日军走过去，他们把地雷起出来，分析不爆炸的原因，原来是雷埋得太深。于是他们研究改进了埋雷方法。

一天，行村据点里蹿出200多个日伪军到寨头一带抢粮食，赵疃民兵估计日伪军下午要沿原路返回据点，便提前来到村西南山枣埠顶，在通往行村的道上埋下两颗绊雷。下午两点多钟，日伪军带着抢来的粮食和猪、羊等得意扬扬地往回走，刚到山枣埠顶端，只听"轰"的一声，走在前面的一个日本兵踏响了石垒里那颗地雷，四五个敌人飞上了半天空，后面的日军慌忙向东跑，地瓜地里那颗地雷被绊响，又炸倒了七八个。

事后，赵守福和他的战友们根据放炮打石头的原理，很快研制出一颗石雷，经过试爆，效果很好。此后，民兵们就地取材，在石头上凿圆洞，填进炸药，安上导火索，制成拉雷、绊雷、滚雷等各种石雷杀伤敌人。

文山后民兵队队长于化虎，1943年夏天被派到胶东军区独立营学习埋地雷技术，并带回两颗地雷。深秋的一天，行村的日军到寨头、小纪一带"扫荡"，我们就在文山后西面野虎岭上巧妙地埋下了三颗地雷，然后隐蔽在树林里。日头平西的时候，"扫荡"的日伪军从小纪方向转回来，走到文山后村分成三股朝野虎岭爬去，刚到后坡，便踩踏响了一颗地雷，四五个日军坐了"土飞机"。民兵们站在山头高兴地大喊："喂，吃西瓜要留下西瓜钱呀！"日军一看山上有民兵，急忙向前追赶，走不多远，"轰"的一响，又有几个倒了下去。敌人不敢再追，就到赵疃村下门板抬尸，抬尸的敌人走到山坡前，又被第三颗地雷炸死炸伤七八个，其余的吓得胆战心惊，丢盔弃甲逃回据点，好长时间不敢出来。

小滩村的女民兵孙玉敏，当时是个 16 岁的小姑娘，别看她身体瘦弱，打日伪军可是个"机灵鬼"。她和姐妹们见日军经常通过小滩村东的石板桥到外地"扫荡"，就把原来的石板桥加以改造，使桥石间的距离加宽，然后把地雷埋在桥头上。一天，一长串日伪军来到桥边，前边的拖拖沓沓走得很慢，后边的拥挤在一起，"叽里咕噜"直嚷嚷。民兵们抓住时机牵动雷弦，一下子炸死炸伤 9 个。消息传开，周围的群众没有不竖大拇指的。

一时间，地雷热掀起来了，全县在各级党组织领导下，几乎村村都自制地雷，不仅造出了大批石雷，还进一步研制出了铁雷、飞行爆炸雷、空中绊雷等多个品种。

为了对付地雷，狡猾的日军想出了鬼点子。1943 年秋后的一天，行村的日军要抢粮食，便从驻地抓来一些老百姓，强迫他们牵着牲口在前边踏雷开路，日伪军畏缩在后面，妄图达到既能保住性命又能抢到粮食的目的。为了不伤害群众，民兵们只得强压心中的怒火不拉预埋的地雷。敌人见阴谋得逞，扬扬自得。第二天又故技重演。哪知民兵们连夜想出对策，发明了一种长藤雷，等前面的群众走过雷区以后，埋伏在旁边的民兵迅速扯动长线，随着几声巨响，后面的敌人一个个被炸得血肉横飞。

1943年5月9日上午，一小股日伪军耀武扬威地闯进"五虎村"。"五虎村"的联防队员堵住山头，敌人刚刚爬到半山腰，民兵纪云纲埋的两颗夹子雷便"轰轰"地开了花，四五个日军丧了命，其余的狼狈逃窜。

日伪军连遭打击，兵力损伤很大，不得不把原来分散在各地的兵力全部集中于行村据点，龟缩在据点里，强迫周围村庄的老百姓往里面送给养。为了把敌人引出据点加以歼灭，民兵骨干们就深入到东山、鹏化庄等村，教育发动群众卡断敌人的供给，并组织那里的民兵建立武装，教会他们埋雷方法。据点里的敌人断了粮草，只好用汽车从青岛往这里运输，民兵们便在赵疃村西的青威公路上埋下几颗丁字雷。敌人运粮汽车刚开到那里，只听"轰"一声，跑在前面的一辆汽车立刻瘫痪了，司机见了阎王，其余的三辆汽车掉过头来慌忙逃走。

敌人见陆运不成，又改从海上运送，我们摸清了敌人扛粮的往返路线，提前把水雷埋在敌人返回的路线上，待伪军扛着粮食靠近岸边时，水下的连环雷一起爆炸，伪军们纷纷倒毙水中，民兵们乘机把粮食搬走。

1944年夏天，我们得到消息，日军将从青岛用汽车运兵配合行村据点向我解放区反扑。一天，文山后的民兵队队长脱掉衣服，用黑泥抹遍全身，带着四颗地雷在夜幕的掩护下摸近敌人据点，等敌人熄灯睡下以后，他悄悄地来到操场用刺刀挖好坑，熟练地埋下地雷，然后翻过高墙，越过壕沟，用钳子剪断了铁丝网，顺利返回村庄。第二天上午9点多钟，敌人整队集合，四颗地雷接连爆炸，黑烟腾空而起。民兵们站在高处亲眼看到30多个日军被炸倒了，心里乐开了花。

为了维持残局，日军把行村的四个围墙门堵死三个，只留下南门进出，并在南门旁边设了个登记所。所长崔国英外号"大麻子"，是个杀人不眨眼的坏家伙，凡是从南门进出的人，稍不顺眼，轻则拳打脚踢，重则关进监狱治罪。民兵们看在眼里，恨在心里，决定除掉这个罪行累累的家伙。

一天深夜，赵疃民兵掩护一名埋雷能手带着四颗地雷来到行村据点附近，用泥土涂抹全身，然后携雷匍匐前进。先在东南角碉堡下边的门口埋下一颗地雷，又顺着壕沟爬到南门外的围门下埋了一颗；然后爬到登记所，跳进屋里，先拴了一个开门雷，最后把一颗地雷放进了"大麻子"办公室的废纸篓里，雷弦拴在椅子腿上，然后从容不迫地顺原路返回。

第二天早晨，敌人一开围门，"轰"地吃了个开门炸。碉堡上面的敌人听到响声慌忙下来询问情况，脚没站稳就给报销了。"大麻子"担心日军找他算账，惊魂未定就赶到登记所，准备严查行人，立功赎罪。哪知刚一推门，就被炸倒在地，脑袋开了花。几个伪军战战兢兢地进来收尸，又弄响了废纸篓里那颗地雷，转眼之间也成了死鬼。

1945年3月28日，盘踞青岛的日军纠集3000多兵力卷土重来，进行报复性"扫荡"，妄图进行垂死挣扎。在县委统一部署和领导下，全县人民紧急动员起来，给敌人以致命打击。

一天，敌人杀气腾腾地闯进赵疃，隐蔽在村口的民兵迅速闪出，挂好雷弦，然后向村内转移诱敌上钩。不大一会儿，村头的夹子雷、连环雷一齐开了花，五六个敌人应声倒下，其余的连滚带爬，四散逃命，慌乱中又踏响了几个大地雷，霎时间，硝烟滚滚，尸横遍野，剩下几个丧魂落魄地趴在地上连口大气也不敢喘。民兵们对准他们就是一阵土枪，那个骑马的日本军官像输红了眼的赌棍，"哇啦哇啦"地狂叫几声，抽出洋刀，逼着喽啰们向村里追赶。民兵们进村后分片挂好雷弦，故意在100米远的地方暴露一下目标，敌军官一见人影拍马就追，刚到牌坊下边，一声巨响，特大的箱子雷正好在马肚子下开了花，大洋马和日军军官倒毙在血泊中，另外三四个日军也一块上了西天。

5月26日上午，盘踞索格庄的日伪军遭到我主力部队强袭之后，分三路向南逃窜。文山后村民兵立即在敌人必经的路口预埋了20多颗地雷。下午3点左右，从西北汪格庄过来200多个伪军，刚到文山后村西，就一连踏响了三颗地雷，死的躺在地上挺尸，活的吓得不敢动弹。不一会儿，

200 多个日军从瑞宇窜来，他们拿出"武士道"精神，气势汹汹地朝村里闯去，哪知刚到村西北角就踏响了一颗地雷。他们不肯罢休，硬着头皮继续往村里钻，很快进了雷区，顿时响声四起，震天动地，吓得敌人六神无主，朝着空中放了几枪，便翻山越岭逃窜了。

6 月中旬的一天夜里，孙玉敏和村长及几个民兵在青烟公路上布下了地雷阵。第二天清晨，日军大队人马出动。孙玉敏和民兵们隐蔽在公路两旁的土丘上，眼看着敌人走进了雷区，骑在马上的日军小队队长挥舞着指挥刀催着士兵："快快的！"喊声未落，马踏响了一颗地雷，队伍顿时乱成了一团，慌慌张张地向公路两旁逃命。这下可乐坏了孙玉敏，她埋下的夹子雷、连环雷正等着呢！她故意从石棚后面闪出来，边跑边打枪，引敌人上钩。敌人一窝蜂似的扑上来，孙玉敏凭着熟悉的地形左躲右闪，很快把敌人引进雷区，一时间雷声大作，炸得日伪军丢盔弃甲，落荒而逃。

一天上午，莱阳城的 500 多个日伪军来到北口子。"五虎村"的联防队员提前把雷弦挂好，在几个山头张开天罗地网。日军一进入山口，四面便响起枪声，吓得敌人胆战心惊，刚要向外突围，又绊响了地雷，"轰轰"的响声震荡山谷，日伪军被炸得血肉横飞。原来的长蛇阵被炸得七零八落，就像没头的苍蝇乱撞，撞到哪里都挡不了挨打、挨炸，从上午 9 点到下午 3 点钟，6 个多钟头的时间才走了 2 公里多路，好不容易逃离了"五虎村"。

麦收后下了一场大雨，赵疃的民兵担心埋在地里的地雷受潮失效，就取出来搬到北山顶上晾晒。行村的敌人趁机对赵疃进行了一次偷袭，抢去了一批财物。民兵们气愤难忍，爆炸队队长赵同伦说："狡猾的日军钻了我们的空子，大家不要灰心，要想个法子治他们！"说来凑巧，第三天又下了一场大雨，雨刚停，赵同伦便指挥爆炸队队员先在路面上布下三角形胶皮连环雷，每组拴上 3 个大号地雷，路两侧布满了 100 多个踩雷、绊雷、夹子雷。为了迷惑敌人，故意在村头留下几个雷坑；知道敌人要进家抢东西，就在显眼的地方找几户人家把门反扣上，在门里边拴上地雷；菜园里长着土豆，就选择几棵在根部埋上地雷。而后用水把整个雷区喷洒一遍，不留半点痕迹，又把黄泥、粪土均匀地撒在路面，造成到处都埋着雷的假象，给敌人布下了迷魂阵。

中午时分，上次雨后偷袭占了便宜的日伪军又向赵疃扑来，他们探头探脑地走进疃北头，见到处埋有"地雷"，便缩回头朝疃东头摸去。有个敌兵见一户人家反扣着街门，想进去捞一把，刚一推门，"轰隆"一声被炸飞；几个日本兵跑进菜园里拔土豆，也在巨响中倒下；路当中的连环雷怒吼了，"轰！轰！轰！"连声巨响，炸死炸伤 10 多名日伪军；余下的慌忙向两边躲闪，又踏响了两旁的连环雷。爆炸声接连不断，吓得日伪军魂不附体，除了损兵折将外，什么油水也没捞着。

日军被"铁西瓜"吓破了胆，以后"扫荡"中，便叫伪军在前边寻雷、起雷。为了保证埋雷的"成活率"，我们和民兵们很快研制出一种真假子母雷，在一个坑里，上边放个假雷，下边放个真雷，中间用线连在一起，并在地面故意留下埋雷的痕迹。伪军发现了，得意扬扬地起雷，一提上面的假雷，下面的真雷立即爆炸，瞬间便见了阎王。日军吃了苦头不敢再起雷，碰见可疑的地方，便用石子、面粉、食盐之类的东西撒上个圆圈，一个传一个地向后面报信："地雷的有！"他们还在怀疑的地方压上写有"雷田"的纸条，后边的人见了圆圈和纸条就绕道而行。

民兵们将计就计，在日伪军撒过圈的路面上再撒上一些圈儿，在"圈"与"圈"之间埋上地雷，并压上若干张写有"雷田"的纸条，在纸条旁边布上雷群。敌人再次从这里经过，东躲西闪，又蹦又跳，地雷就在他们的脚下"轰隆""轰隆"连续爆炸。敌人见画圈不灵，又想出一个鬼点子，用一根长长的竹竿，前头钉上一些铁钩子，由几个伪军战战兢兢地推着它排雷。我们爆炸队就把夹子雷加以改装，用胶皮连着绳子，绳子再连着胶皮，把夹子和地雷的距离拉长。当伪军推着带钩的竹竿排雷时，铁钩挂住胶皮向前一推，后边的地雷恰好在脚下爆炸。敌人仍不甘心失败，又从青岛搬来一批工兵，用探雷器开路，我们又研制出一种灵敏度极强的头发丝雷，探雷器一触即炸，日军还没反应过来就粉身碎骨了。

地雷战是人民战争的奇迹。全县涌现出"爆炸大王"11名，赵疃、文山后、小滩村被胶东军区誉为"特等模范爆炸村"，县被胶东军区授予"战斗模范县"的光荣称号。

横扫日伪军的最后一战[*]

黎 玉 林 岩 景晓村 李耀文

1945 年 8 月 10 日夜，罗荣桓、黎玉、萧华得知日本投降的消息后，彻夜研究布置反攻事宜。

11 日上午 9 点，山东军区召开了高级干部会议，罗荣桓首先传达了党中央的各项指示和朱总司令的命令。党中央于 8 月 10 日专电指示罗荣桓、黎玉、萧华：山东军区有占领德州、济南、徐州、青岛、连云港及其他大小城市交通要道之任务，但着重于徐州、济南之占领及其他可能为我军占领之城市，并希望山东军区迅速进攻与招降伪军，争取群众，扩大部队。会上，罗荣桓和黎玉代表分局、军区，号召全体指战员紧急行动起来，以高度的自我牺牲精神，坚决执行党中央和朱总司令的指示和命令，为争取抗日战争的最后胜利，解放山东所有的大城市、交通要道与全部土地和同胞而

———————
* 本文原标题为《横扫日伪军的最后一战——忆山东大反攻》，收录时做了适当修改。

斗争。

与会同志集思广益，当即决定由军区及省行政委员会共同组织城市委员会和后勤工作委员会，前者负责执行我军及民主政府的城市政策，后者负责处理一切交通、通信、运输、俘虏等工作，以动员广大军民的全部力量，为迅速地接受日伪军投降，收复全部国土而斗争。会议还围绕大反攻的进军任务，讨论了整编部队、接管城市、动员参军、支援前线和后方治安等各项工作。

8月11日，山东军区给下属五个军区做了控制战略要点、逼迫和接收日伪军投降的部署，要求各军区坚决执行朱总司令的命令，积极向日伪军进攻。

我动员投入大反攻的大军，共21万余人。五路大军在罗荣桓和黎玉、萧华的指挥下，浩浩荡荡，冒着酷暑，跋山涉水，日夜兼程，奋勇前进。各路大军互相配合，所向披靡，威慑敌胆。大军所到之处，地方武装和民兵主动配合，群众争相欢迎。后方人民群众争着为抗战最后胜利出力，以修路、运输、借粮、秋收、优待抗属和参战民兵家属等方式，积极支援大反攻。短短十几天，山东军民反攻作战进展神速，日伪军退守于青岛、济南、徐州等大城市及根据地内之孤立县城。

8月11日和15日，蒋介石一方面连续发出命令，要我军"原地驻防待命"；另一方面，又下令国民党军队"加紧努力作战"。国民党企图垄断受降权，下令日军不得向共产党军队"投降缴械",公然要日军"特别防范并制止"共军占领城市和交通要道。

中共山东分局、山东军区遵照党中央确定的新方针,于8月24日决定以主力一部与地方武装,继续肃清济南、徐州、青岛外围及胶济路两侧之日伪军,破坏和占领铁路;主力大部回师内地,攻占与迫退内地之一切敌占中小城市。

9月间,我各路大军遵照党中央指示和山东分局、山东军区的决定,迅速改变反攻作战的方针和部署,回师内地,扫清日伪,对处于我内线的敌占坚固城市发动围城攻坚作战,奋起反击"蒋日伪合流"阴谋,夺取抗日战争的最后胜利。

第一路、第二路大军和军区特务团发动了临沂战役。

临沂是楔入我鲁中、鲁南、滨海区中心的反动堡垒和"扫荡"我解放区的军事集结地。临沂和从费县窜来的伪军,妄图凭借高墙深壕、明堡暗碉和日军逃跑时留下的大批武器弹药及粮食,据守待蒋,拒绝向我军投降。山东军区决心铲除这个反动堡垒。大反攻开始后,即令第二师四团、警二旅十一团、山东军区特务团和沭水独立营,运动包围临沂。

8月17日黄昏,我军开始对临沂发起攻击,当即占领外四关。20日凌晨,首次强攻县城,未获成功。22日又发动一次强攻,也未奏效。罗荣桓于23日致电临沂前线,指出"此次临沂之久攻不下,主要由于军事上迟缓犹疑而失时机"，随后批准了前线指挥员共同研究的作战方案。

大家抱定敌越顽抗越要将其消灭的决心，在准备工作就绪后，于9月10日晨再度发起强攻。埋在坑道内的2000公斤炸药，"轰"的一声巨响，砖飞石舞，尘烟翻滚，城墙炸开了一个约30米宽的大豁口，我军攻击部队乘机冲击。但伪军在"督战队"胁迫下，拼死封锁缺口。我军两次冲锋受阻。10日黄昏，我军从三面发起总攻，十一团勇士以小包炸药和集束手榴弹连续爆炸，反复冲锋十余次，击退敌人在"督战队"号叫下的八次反扑，乘胜向两翼扩展。继之，北门、东门、南门亦皆为我军区特务团等部突破，我军汹涌入城，勇猛冲杀。敌人五次施放毒气，也没能挽救其覆灭的厄运。守敌除被我毙伤600余人外，汉奸许兰笙及临沂与费县的县长等2000余人皆被我生俘，缴获手炮50门、步枪3000余支及其他大批军用物资。

第二路大军发动了诸城战役。

我第一师攻克胶县后，即以突然行动，于9月2日进逼诸城。诸城是日军控制山东半岛的一大堡垒，城里麇集着张步云所属伪第一师、第二师、第三师以及诸城伪警备旅等4000余人。

我军扫清诸城外围后，于5日晚发起攻击。第一团、第二团冒着滂沱大雨，乘黑夜占领城外东、西关。6日晚开始总攻。我二团首先突破西门，敌向街里溃退；东门守敌在我一团攻击下，亦动摇散乱。少顷，大批敌人从东南门蜂拥而出，直扑我一师指挥所高地，企图夺取制高点掩护突围。当时，我指挥所仅一个特务连担任警戒。在师长梁兴初直接指挥下，特务连英勇阻击，打退敌人两次亡命冲击。急于逃命之敌又转向东北突围。我各部分路追击、堵击，敌四处乱窜、乱钻。战斗于当晚结束。我军从水沟中、泥坑里、野地里搜捕出一批批俘虏。除张步云率少数残敌逃脱外，计俘伪第一集团军秘书长以下2100余人，毙300余人。

在我军威逼下，日照城守敌于9月8日弃城逃窜。孤立在我滨海区东北部的泊儿镇，亦于12月底被我军解放，歼灭李香斋、李永平部3000余人。

第三路大军发动了平度战役。

在我第三路大军横扫70多个敌占县城和据点以后，地处胶东腹地的平度，成了胶东仅剩的反动堡垒。城内盘踞着王铁相部以及从莱阳、掖县、招远等地逃窜来的伪军共6000余人，日军600余人。胶东军区敌工科辛冠吾曾打入王铁相部，对王进行说服教育，因而在日军宣布投降时，王曾有投我意向。但蒋介石给他封官，要他坚守平度，迎接"盟军"和"国军"在青岛登陆，王铁相立即打起"中央军"旗号，自恃人多枪好，工事坚固，扬言要在平度"二十里内外杀得人烟不留"。

我军决心"打进平度城，活捉王铁相"。许世友亲临前线指挥，攻城部队由第五师十三团及警备五旅等组成，分东、西两个梯队，钳形夹击。进攻于9月7日晚开始。城外守关的张松山部4个团毫无斗志，一触即溃，大部被歼，一部逃进城内。我军迅速占领东、南、西三关。日军惧怕被歼，于8日拂晓夺路南逃高密。城内由王铁相3个嫡系团固守，2公里长的城墙上就筑有30多个大碉堡。我军再次给王送去通牒，限令他2小时内率部投降。王铁相死心塌地与人民为敌，竟然残杀我军送牒人员。怒不可遏的我军指战员，于9日晚8点向平度城发起总攻。十三团一营三连主攻西门，他们在炮火掩护下，由战斗英雄孙连君带领的突击队和战斗英雄谭学敏带领的爆破组，轮番连续爆破开路。尖刀班猛插入城，后续连队随之冲进。王铁相亲自督战，七次反冲锋均被我军击退，敌人凶焰顿挫。我各路部队旋风般地从西门、东门、南门卷进街巷，同敌短兵相接。王铁相逃进一居民家里，被我军战士活捉，我军全歼守敌，生俘伪官兵5700余人，毙伤700余人，打了一个漂亮的歼灭战。

第四路大军发动了无棣战役和商河战役。

第四路大军指挥部决定，回师内地扫清残伪分三步：第一步"拉网"扫清"四县边区"残伪；第二步攻取无棣；第三步解放商河。参加拉网战的部队在民兵配合下，于9月10日在"四县边区"构成了一个周长80公里的大包围圈。我军逐渐拉紧"网绳"，最后将残伪挤压到徒骇河河畔。我军从四面八方发起攻击，伪军除成建基等少数漏网外，大部被我围歼，俘伪保安旅旅长李法西、杜孝先等以下2000余人。

与此同时，我分区部队、各县独立营和 3000 民兵，已先将无棣城围困起来。无棣墙高城坚，视野开阔，四关外围有宽 25 米、深 4～5 米的护城壕，壕内灌满水，插遍竹扦。张子良自吹无棣是"金汤城池"，攻打不破，我军兵临城下，他竟然找人唱大戏。我围困部队和民兵从 9 月 12 日开始，绕无棣城挖掘了三道总长 40 多公里的封锁壕，使无棣城守敌成为瓮中之鳖。我军主力赶到后，于 9 月 16 日晚开始攻击。我集中炮火轰击天齐庙。担任主攻的特务营三连经过激烈战斗，占领了天齐庙和海丰塔，这是敌防御体系的要害。敌在炮火支援下，由督战官驱赶"敢死队"，号叫着向我反扑。我军指战员英勇无畏，死打硬拼，一级人民英雄戴先运一人接连挑死六七个敌人。激战至 17 日凌晨，我巩固了已占阵地。17 日晚，我军发起总攻，仅三个小时，即全歼守敌，击毙张子良，俘副旅长冯立刚以下 5400 余人，毙伤伪军 400 余人。

　　此时，商河城内守敌也已成另一瓮中之鳖。我部队和民兵于 9 月 10 日即包围该城，围城挖掘周长 20 公里、深宽各 4 米的封锁沟。敌闻无棣为我军所攻克，我主力部队已移师商河，军心更加慌乱。伪师长田敬堂慌忙率部投降。我毙伪军官兵 300 余人，俘敌 4500 余人。

　　第五路大军发动了峄县战役。

　　峄县城是枣庄煤矿南郊之屏障。守城伪军依仗日军支持，拒绝向我军投降。9 月 7 日夜 11 点，我军开始总攻，在夜幕和炮火掩护下，我突击队迅猛越过城墙，从东门、北门等八处同时突入城内，北门伪军在我军猛烈打击下，首先向我军缴械。我军迅速向南和西压缩，攻击伪县政府及城防指挥部。至9月8日凌晨2点，即占领全城，全歼守城伪军，除毙伤外，俘伪县长石镇九及3个伪大队长，共计1400余人。日军200余人突围，被我军毙伤俘20余人，其余逃往枣庄。

各路大军发动的围城攻坚战役，打得很有气势，各有特色，完全实现了我军的战略意图，锻炼和提高了山东解放军的机动作战和攻坚作战的能力，对建立和巩固完整的山东解放区，为抽调军区主力部队挺进东北执行新的战略任务，创造了极为有利的条件。

截至9月底，山东我军共解放县城46座及烟台、威海等城市、港口6处，攻占火车站35个，歼灭日伪军6万余人。10月1日至31日，我军又收复县城6座，歼灭日伪军1.7万余人。山东解放区扩大到12.5万平方公里，人口由2000万人增至2800万人。这就为顺利地转入土地革命战争，使山东战区赢得这场战争的胜利，创造了极好条件。

深切怀念汉斯·希伯同志

谷　牧

汉斯·希伯同志是德国共产党党员，伟大的国际主义战士，中国人民的好朋友。

1925 年，希伯同志第一次来到中国，在北伐军总政治部编译处做编译工作，国民党四一二反革命政变后，愤而返欧。1932 年秋天，希伯同志第二次来华，携其夫人秋迪·卢森堡定居上海。当时在上海的包括史沫特莱、马海德、艾黎在内的几位外国友人，组织了一个国际马列主义学习小组，希伯同志是发起人之一。大约在 1934 年，希伯同志回过一次欧洲，住了半年，又回上海参加了中国的反战反法西斯运动。他用"亚细亚人"的笔名，在美国和英国的一些报刊上，发表了很多关于中国的政治文章及报道，揭露日本帝国主义者的侵略野心。中国的抗日战争全面爆发后，他把全部注意力集中在中国的抗战上，在美国的《太平洋杂志》等报刊上发表了《中国正越战越强》等有影响的文章。他和夫人曾化装成医生和护士，把药品送往敌占区的新四军交通站，以实际行动支援了中国人民的民族解放斗争。

为了报道中国共产党领导下进行的抗日战争情况，希伯同志于1938年春去延安采访，见到过毛泽东同志。1939年二三月间，又到皖南云岭新四军军部进行采访，见到过周恩来同志和新四军的许多领导人。1941年5月，希伯来到苏北，对新四军进行采访，他将采访所得，写成了一本约8万字的书稿《中国团结抗战中的八路军和新四军》。

为了进一步了解八路军在山东敌后的活动情况，他提出了到山东采访的要求，新四军领导同志告诉他，到山东去，路途艰险，而且估计山东敌人的大"扫荡"快要开始，比较危险，劝他暂勿北上。希伯同志执拗地说："正因为这样，我更要去。那儿从没有外国记者去过，更需要我。许多问题，我到那儿才能找到答案！"最后，新四军军部尊重他的意见，决定派部队护送他去山东。

1941年9月12日，希伯同志顺利到达了山东滨海地区。当时我任中共中央山东分局秘书主任。希伯同志未到之前，我们就得到了通报，在新四军派人把他护送过陇海路以后，一一五师派出一支小分队，把他安全接到了滨海抗日根据地。希伯同志不久就被护送到八路军一一五师师部，与一一五师政委罗荣桓、山东分局书记朱瑞、山东纵队政委黎玉等同志见了面。10月4日晚上，山东抗日根据地的党政军民各界举行盛大的茶话会，热烈欢迎希伯同志。

随后的一段时间里，希伯同志白天采访，晚上写作，废寝忘食地工作着。在他住处附近的人们，每天深夜都可听到他的打字机在"托托"地响着，有时一直到天明。一篇记述他从苏北到山东经过的通讯稿《在日寇占领区的旅行》，就这么赶写出来了，他满怀喜悦的心情，给远在上海的夫人秋迪写了信，让她也来山东看看，顺便取走他的文稿。

就在这时，山东抗日根据地斗争形势恶化了，日伪军正在策划对我抗日军民进行大"扫荡"。罗荣桓、朱瑞等同志考虑到一一五师主力部队作战频繁了，他们也要到前方指挥反"扫荡"，希伯同志再随一一五师活动不安全，决定把他转移到山东分局机关。因为分局机关离战场毕竟远些，也就相对安全些。不久，希伯同志就转到山东分局，他的生活、行政方面的事情当然都要由我负责了。由此开始，我和希伯同志朝夕相处，结下了深厚的友谊。

希伯同志刚到我们这里来时，看到我们骑马，他也要骑，我们就让他骑了。没想到他并不会骑马，上坡的时候，身子挺得直直的，马一跑动，他就摔下来了。我们急忙跑过去看他，问他伤着了没有。他乐呵呵的，用特有的幽默的语调说："可能因为我长得怪，马见我害怕了，就把我扔了下来！"我们也被他逗笑了。他这种不畏艰苦的精神和平易随和的作风，给大家留下了非常深刻的印象。

在这段时间里，秋迪女士曾来探望过他一次。秋迪来后，我们让希伯同志把采访工作暂时放一放，陪她走走、玩玩。第一次来山东的秋迪，对这里的山水、民俗以及田里的庄稼等都颇感兴趣。希伯陪着她，到老乡家里做煎饼，到田头看收地瓜。他们无论走到哪里，都受到老乡们的热情欢迎。

这种战争环境下暂时平静的生活，不久就被日军大"扫荡"的枪炮声打乱了。为了保证国际友人的安全，分局决定让秋迪女士提前回上海，并让我们劝说希伯同志也一起回去。希伯说："让秋迪先回去，我同意。但我决不离开山东。一个想有所作为的记者，是从来不畏惧枪炮子弹的，让我留下来吧！"我们苦劝不成，只好尊重了他的意见。就这样，希伯送走了他的夫人、战友秋迪女士。但谁也没有想到，这次分别，竟然成了他们俩的永别。

1941 年 11 月 5 日，2 万多名日伪军在飞机、大炮、坦克的配合下，分别从临沂、费县、平邑、蒙阴、莒县等地向留田扑来，妄图将驻在这里的一一五师主力和山东分局机关包围消灭。当天下午，罗荣桓政委在留田附近的一个山村，召开了一次紧急军事会议，研究部署了突围的方案。黄昏后，希伯同志跟着我们向西南方向突围，我和希伯同志走在一起。当晚，月光淡淡，夜色朦胧。敌人在周围的山头上，燃起了一堆堆大火。我们和敌人相距最近的时候，只有一两公里，听得见敌方人喊马嘶声。我们的队伍依靠熟悉的地形和准确的情报疾行，肃静无声。到 6 日拂晓时分，我们胜利地钻过了敌人的"铁壁"，安全到达了费县汪沟一带，就地休整待命。我把当夜突围的大致情况向希伯同志讲述了一遍。

希伯高兴得跳了起来，兴奋地说："这一夜，是我一生最难忘的夜晚。比起在西方参加过的任何一次最愉快的晚会，都更有意义，更值得留念。"他提出，要立即为八路军一一五师出版的《战士报》写篇文章，赞颂这次突围的神奇指挥以及山东抗日军民所表现出来的严密的组织性和纪律性，欢呼这个奇迹般的胜利。我们同意他的这个想法。于是，希伯不顾奔波跋涉一夜的劳累，坐在一块大石头上，以腿当桌打字，写出了一篇题为《无声的战斗》的稿子，由陪同他的翻译小方同志译成中文，旋即送往《战士报》社。希伯同志的这篇稿子，不久就被套红刊登在《战士报》的第一版上。文章中说："这次突围的指挥是神奇的！阴险毒辣的日军，四面布网，想在留田合击消灭我们。而我们却自由从容地在敌人的缝隙之间钻了出去，住到了敌人的隔壁。这是一场无声的战斗，我们一枪未放，就突破了敌人三道防线！敌人在封锁线上布置了巡逻兵，但是八路军的战士是那样神勇，敌人的巡逻兵在刚要喊叫和射击的一刹那就被匕首消灭了……"

希伯同志的这篇文章，在山东抗日军民中引起强烈反响，起到了激励和鼓舞士气的作用。

11月下旬，沂蒙山山区飘起了小雪，日军"扫荡"与抗日军民反"扫荡"的斗争更加白热化。希伯同志跟着我们的队伍，在东蒙山中与敌人"推磨"。我们曾多次劝他早日离开山东，但他坚决不肯，一再表示："现在正是最需要我奋斗的时刻，我要和你们在一起。"

不久，发生了鲁中南地区抗战史上最悲壮的一次战役——大青山战役。

11月29日晚上，我们山东分局机关和山东省战工会接到命令，向沂南县和费县交界处的大青山区转移，那里是我抗大分校的驻地。事先得到情报说，那里没有敌情。

我因前两天在一次战斗中前胸中弹，被担架抬着，跟着队伍出发，接替我负责指挥机关队伍的是陈明同志。我们经过一夜急行军，赶到了沂南县崖子乡的西梭庄村一带，此时已是11月30日凌晨，天才蒙蒙亮，周围山头上突然响起了枪声。仔细一看，周围山头上都是敌人，我们被日军一个混成旅团包围了，形势十分险恶。陈明同志把分局、战工会和山东国民党抗敌同志协会的警卫队集合起来，仓促迎敌，掩护机关突围。仗打得很残酷，不少同志倒在血泊中，我躺在担架上，被抬着离开机关队伍，东躲西藏，走了一条没有被敌人发现的小路，于第二天拂晓才突出敌人的包围圈。

部队找到我们后，我被护送到敌占区一位老大娘家里治疗养伤，不久，我听到了使我震惊的消息，我们的国际友人希伯同志，在大青山战役中也拿起了枪杆子，和我们的战士一起射击敌人，最后奉献出了生命……战役结束后，抗日军民打扫战场，发现了希伯同志弹痕累累的遗体，大家用庄严的持枪礼向他致敬，并把他安葬在那里……

希伯同志牺牲了。他是一位著名记者，却是以一个战士的身份在战场上牺牲的；他是一个欧洲人，却是在中国的抗日战场上牺牲的。为支援中国人民抗日战争而以各种方式进行斗争的外国友人很多，但是，穿上八路军的军装，亲手拿起枪来同法西斯强盗战斗而死的欧洲人，他是第一个。希伯同志用鲜血和生命支援了中国人民神圣的民族解放战争，在山东抗日战场上最严峻、最困难的一段时间里，他不避危险，与中国人民同生死、共患难，他是中国人民真正的朋友。

1944年，山东军民在赣榆县马鞍山上，为他建立了一座高大、洁白的圆锥形纪念碑，碑上镌刻着山东军区司令员兼政委罗荣桓、副政委黎玉、政治部主任萧华的联名题词："为国际主义奔走欧亚，为抗击日寇血染沂蒙。" 1963年10月，烈士的遗骨又迁至临沂地区烈士陵园，并专门为希伯同志修建了一座陵墓。

我们都是共产党员

蒋学道

　　仲夏时节的一个早晨，我独自一人在营部看着墙上挂的地图，思考着将要执行的任务。

　　"报告！"我转过身来一看，原来是一个精神抖擞的战士。他很利落地向我敬了个礼，没等我说话，就急忙说："报告，有三名你们营的战士回来了。"

　　"什么？我们营的三名战士？"

　　"对，他们说是你们一营的。"

　　这真让我感到莫名其妙。我们营根本没派人去执行什么任务，怎么会冒出三名战士回来呢？

　　"你是哪个营的？"我又看了看他，有点眼熟，但肯定不是我们营的。

　　"我是团部特务连的。你们营的三名战士就在外边。"说完，他往外一指。

　　我大步走出营部，看见迎面站着三个衣衫褴褛，面容憔悴，浑身上下是伤痕、血迹的战士，正相互依偎在一起，他们的眼睛炯炯发光。面对着这三名自称是我们营的战士，我一下愣住了。他们是谁？从哪里来的？怎么成了这副模样？这令人难以解答的问题，在我的脑海里转了几圈。

我缓步走近他们，仔细一看，我几乎不敢相信自己的眼睛，不相信这会是真的。我激动地大声喊着："是你们？你们还活着！"这喊声，好像也把他们从梦中惊醒。他们一下子扑到我的身上，我们的泪水夺眶而出。

是啊，他们还活着，而且突然回来了，真想不到啊。那是五个月以前的事了……

1941年初，我们一一五师六八六团奉命越过津浦路，东进至日照、临沂地区，开辟新的抗日根据地。张仁初副旅长亲自给我们六八六团排以上干部做了攻打青口镇的动员。

就在我们攻进青口镇，歼灭了一个汉奸大队，正准备向日军控制的据点发起最后攻击的时候，意外情况发生了。

当时，我正在东门外向张副旅长报告我营的进展情况，请示新的任务。旅部侦察员气喘吁吁地跑来了，他上气不接下气地报告说："前面发现有600多日本鬼子，坐着汽车从新浦开来增援了。"听到这一报告，指挥所的空气顿时紧张起来。日本鬼子来得这么多、这么快，显然是企图与我们打一次"正规战"，趁机一口吞掉我们。

我们举目远望，只见青口镇南边远处，扬起一片烟尘。日军的增援车队越来越近。要阻止敌人增援，已为时太晚。

张副旅长看了看地图，果断地下命令说："立即撤退！"并命令我带领重机枪排，在东门外抢占有利地形，掩护攻城部队撤退。

我在东门外阵地上刚准备好，敌人的汽车队就已清晰可见。不一会儿，敌人增援车队就分两路，一路向日军控制的南门，一路向我军占领的东门猛插过来。眼看敌人就要上来了，可城里的枪声不断，有的部队还没有接到撤退的命令，还在继续同敌人作战。如果再不向外撤，敌人增援部队封锁了东门，再想撤就困难了。我焦急地监视着向东门移动的敌人。当敌人进入我军射程时，我立即下令"打"，重机枪一开火，敌人慌忙跳下汽车向我军还击。这时，我才看到城里的部队正从东门和城墙缺口向外撤，我的心情才平复下来，全力指挥重机枪排阻击敌人。战斗越打越激烈，敌人在数量上超过了我们，向我们阵地轮番冲击，迫击炮在我们周围不断爆炸，攻击一次比一次疯狂，敌人还分出一部分兵力向东门翼侧移动，情况十分危急。在阵阵硝烟中，我不断回头，看到我们的部队还在向外撤，真不知道什么时候才能撤完。

当接到"部队已全部撤出，立即转移！"的命令时，我长长地舒了一口气，如释重负。心想，好险呀！如果再拖延一会儿，有的部队可能就撤不出来了。

我们完成掩护任务，正在撤离时，一连连长贺元良报告说，他派通信员马本华进城通知一排撤退，到现在还没回来。我一听，急得一句话也说不出来。这时，我们眼看着敌人从南门、东门进城了。

为了执行命令，我们不得不最后撤离阵地。战争年代，在频繁的战斗中，战友的牺牲，甚至为坚守阵地，整个班、整个排的同志阵亡我都经历过。可是，像这样眼睁睁地看着战友们被围困而无能为力，还是第一次，真叫人难以忍受啊！我们虽然离青口镇越来越远了，但我们还在想着、惦念着一排的同志们，不时回过头去，远望那硝烟已渐渐飘散的镇子的轮廓。

青口镇的枪声逐渐稀落了，接近中午，青口镇完全寂静下来了。我们怀着沉痛的心情，向着一排与敌人最后战斗的远方致敬、默哀……

"一排长，一排长！"通信员小马在街巷里，冒着敌人的枪弹，奔跑着、呼喊着。

当他找到正在指挥战斗的一排排长李德胜同志，并急切地向他报告说："报告一排长，上级命令立即撤退。"

"撤退？"李排长重复一句，瞪着眼睛凝视着小马。

"对，撤退。我进城时，咱们部队都撤了。我到处找你们，最后听到这个方向枪声激烈，才找到你们。"小马解释说。

李排长一听，猛地站起来，向东门方向望去。这时，他才发现日本鬼子已占领了东门城楼，一个指挥官模样的鬼子，正挥动太阳旗，指挥部队向一排阵地合围过来。

情况变化得这么快，又这样突然，李排长站在那里一时不知道怎么办才好。

"怎么办，一排长？"小马盯住排长问。

"敌人占领了东门，咱们就撤不出去了。可是，咱们绝不能在这等死！"这最后一句话，李排长几乎是喊出来的。

敌人从东、南两个方向兜过来，情况越来越危急。在这极为不利的处境中，排长李德胜冷静地考虑着怎么办。他想，现在城里可能只有他们1个排，加上通信员小马，一共才18个人，凭这么点力量，立即突围是不可能的。唯一的办法，就是先坚持一阵，再找机会突围。他环视四周，发现不远有一座比较坚固的地主大院，他大声命令全排："立即占领地主大院，阻击敌人！"

已经接近中午了，一排接连几次打退了敌人，战斗暂时平息下来，估计敌人在调整部署，准备新的进攻。一上午的激战，他们牺牲了四位同志，现在的处境更艰难，完全陷入敌人的重重包围，突围的希望变得更小了。现在全排还有14个人，其中还有三名伤员，弹药就剩下这么多了。能不能坚守到黄昏？不能突围怎么办？大家现在是怎么想的？这一连串的问题，在李排长的头脑里转来转去。

李德胜同志还是一连党支部委员，他找到党小组组长袁飞友同志商量。最后，他们决定乘这个战斗间隙，召开一次紧急党员会议，统一党员的思想。在废墟上，支部委员李德胜同志主持召开了八名党员参加的紧急会议，李德胜同志分析了整个情况以后说："我们现在要突围，明摆着不行。假如我们能坚守到黄昏，说不定还有点希望。但是，从敌人进攻的情况来看，大概城里只剩下咱们一排了。敌人在数量上比我们多得多，他们会集中城里的全部兵力来对付咱们。所以，在这个时候，什么情况都可能出现，咱们思想上要有个准备。"说到这里，他看了看每个党员，用极严肃而坚定的语气说："同志们，我们都是共产党员，在这个节骨眼上，一定要发挥共产党员的模范作用，党考验咱们的时候到了！敌人下一次进攻，会比前几次更厉害。不管有多少敌人向我们围来，大家都要沉着，要节省子弹。在万不得已的时候，要带领群众坚决和敌人拼尽最后一枪一弹，就是战死，也绝不投降！"党小组组长袁飞友同志说："现在咱们是八名党员，带领六名群众，这在政治上是很强的。只要党员有了决心和信心，时刻想到我们都是共产党员，咱们全排 14 个人，就是一个坚强的战斗集体。日本兵再多，再猖狂，我们也不怕！"看到排长和组长这样坚定，其他六名党员的信心也就更足了。最后，李德胜同志问大家还有什么意见，同志们齐声回答："坚决和敌人拼到底！"李德胜说："好，同志们快回去，把咱们共产党员的决心，告诉大家，准备打退敌人的进攻。"

不一会儿，敌人的进攻又开始了。这次，日本鬼子集中了九二式步兵炮、迫击炮和掷弹筒，向我一排退守的大院持续轰击 5 分钟，大院的南墙倒了，炸塌了几间屋子，燃烧的木料杂物噼啪作响，烟尘笼罩着整个大院。袁飞友和小马被敌人的弹片炸伤，倒在一边。30 多个鬼子，在轻重机枪的掩护下，趁着烟尘未散，从南墙缺口进来了。李排长一见敌人进来了，早已憋在心头的怒火爆发了，他大喊："同志们，党考验我们的时刻到了，冲啊！"战士们上了刺刀，像一群下山的猛虎，冲进敌群，同敌人展开了激烈的白刃战，院子里的刺刀撞击声、喊杀声和鬼子死前的惨叫声混成一片。可是，拥进来的敌人越来越多，从院子一直杀到屋里，战士们的子弹光了，刺刀弯了，枪支断了，他们就用桌子、椅子、凳子跟敌人搏斗、厮杀……在敌人付出重大代价后，李德胜和八名战友为党、为人民流尽了最后一滴血。

在混战中，已经负伤的袁飞友、马本华和王青山、李思忠、吴吉田相互搀扶着，退到了西厢房，用家具顶住房门，继续向敌人射击。不一会儿，子弹也打光了，敌人一听枪声断了，像恶狼似的扑了过来。这群日本鬼子推不开房门，就抬着一棵树干撞大门，敌人歇斯底里的号叫和咚咚的撞击声，在整个院落里回响。

这时，屋里的五名八路军战士，经过一天的激烈战斗，负伤、流血、饥渴，把最后一颗子弹射向了敌人。现在，敌人就在门外，他们并没有惊慌，没有胆怯，没有被敌人的气势汹汹吓倒，他们没有后退半步。党小组组长袁飞友，吃力地走到大家跟前，两臂紧紧搂住四个战友，用坚定的口气说："同志们，我们是党培养的八路军战士，只要还有一口气，就要和敌人拼到底，像排长他们那样，死也不能投降！"

门，终于被敌人撞开了，五名八路军战士，用尽全身的力气，大喊着向敌人猛扑过去，同最先进来的敌人死死地扭打在一起……

在新浦日本宪兵队的监狱里，关着袁飞友他们五个人。几天来，敌人的严刑拷打，他们都硬挺过来了。现在，袁飞友是他们当中唯一的党员，他想了很多，想到了部队、战友和家乡。但想得最多的，是在这场与敌人面对面的斗争中，怎样带着这四个战友和敌人斗争到底。他深深感到这是一个党员的责任啊！他挪动一下受伤的身体，轻声地对大家说："这些天大家的表现都挺好，咱们八路军战士就要这么做。可是，敌人没捞到东西，是不会放过咱们的，不管敌人耍什么花招，咱们也不能泄露一点军事秘密。咱五个人在这里的一举一动、一言一行，都要对得起党，对得起牺牲的排长和战友们……"

"组长，你放心，咱们就是死了也不能给党和八路军丢脸！"几个战士坚定地说。

几天后，敌人又一次审讯开始了。通信员小马年龄最小，当敌人把他带出去后，大家都替他担心，怕他那负伤瘦弱的身体，被敌人折磨坏了。

大约半小时后，小马回来了。他一进门，摇晃了几下，就倒在地上，大家一下拥了上去。只见他苍白的脸上，净是斑斑血迹，浑身上下一条条青紫的鞭痕。大家喊着他，叫他的名字，小马慢慢地睁开了双眼。

"怎么样，小马？"大家关切地问。

"小鬼子逼着要我说咱们当中谁是共产党，他怎么问，我都说不知道。那个鬼子军官气得直跺脚，他们把我吊起来，用皮鞭一边抽我，一边继续要我说。我想，就是打死我，也不能给八路军丢脸。我忍着痛，冲着那个鬼子军官说，你不是问谁是共产党吗？我干脆告诉你，共产党领导八路军，八路军战士都是共产党员！要杀就杀，随你的便！这以后，他们又用鞭子抽我，直到我昏了过去……"说到这，小马喘了口气，用胜利者的神态，看了看自己的战友们。

"对，小马说得对。我们是党培养的八路军战士，八路军战士都是共产党员，看这些日本鬼子能把我们怎么样！"袁组长拉着小马的手，激动地对大家说。

正在这时候，门又打开了，进来两个鬼子士兵，拉起袁飞友就往外拖。袁组长用力甩开敌人，一瘸一拐地向门外走去。当他走到门口时，回过头来，用坚定的神情看了看大家，又微微地点了点头，似乎是告诉大家，请同志们放心……

不一会儿，突然一声门响，袁组长一头栽到屋里。大家立刻围了上去，有的给组长擦血迹，有的给他喂水。看到组长被打成这样，同志们都流下了眼泪，王青山气得把牙咬得咯咯直响，他怒不可遏地说："等着吧，小鬼子，我饶不了你们！"

"组长醒了！"小马惊喜地叫着。

袁组长醒了，当他看见同志们在落泪，用手抚摸着小马的手，缓缓地说："不要哭，哭有什么用！敌人就是那么几招，咱们都尝过了，没什么了不起。人活百岁也要死。咱们在家祖祖辈辈都是受苦的穷人，参加了八路军，就是为了赶走日本帝国主义，解放全中国，使四万万五千万穷苦人不再当牛做马。只要咱们坚信党能领导全国人民，总有一天能过上好日子。就是死了，我们也心甘情愿。你们说对吧?"袁组长说完，忍着全身的疼痛，向大家微微一笑。

听组长这么一说，又看见组长在笑，大家也都笑了。这是他们从陷入敌人魔爪后，第一次真正的笑。

这以后，敌人一个接一个地审问我们的战士，可一个也没有屈服，一个比一个硬。在敌人审问王青山时，他忍着伤口的剧痛，用愤怒的目光，瞪着那个军官，大声怒斥日本鬼子的野蛮罪行，嘲笑敌人不会有好下场。那个日本军官恼羞成怒，下令"火刑侍候"，竟残忍地用烧红的烙铁烙王青山同志的胸部。王青山面无惧色，在吱吱作响的焦皮烟气中昏过去了。

敌人想从我们五个战士的口中得到我们部队的番号、装备、首长姓名以及我军进入这一地区的目的等情报。但一个多月过去了，尽管敌人绞尽脑汁，用皮鞭抽、烙铁烫、军犬咬、杠子压，都没能使他们如愿。但是，敌人还不死心，企图用长期监禁、轮番审讯的手段从精神上消磨我们战士的革命意志。

炎热的夏天来到了。五个月的监禁、拷打、审讯，使袁飞友、马本华、王青山和吴吉田的体质越来越弱了，老伤口在溃烂，新伤口在化脓。但是，他们的意志并没有消沉。特别是在李思忠同志被敌人折磨、拷打牺牲时，大家更对日本鬼子恨到了极点。那天，袁组长在李思忠的遗体旁，沉痛地对大家说："李思忠同志肺部受了重伤，在敌人审讯、拷打他时，虽然他大口吐血，但他没有哼一声，没有吐露一点敌人想知道的东西。现在，他光荣牺牲了。他是好样的，给咱们做出了榜样。他在打仗时，是个勇敢的战士，在敌人的审讯面前，也是一条硬汉子，我们要永远记住他。只要我们活着，逃出去，咱们就要向党组织汇报咱一排光荣牺牲的排长和战友们的情况……"

一天，袁组长把大家召集起来说："我最近注意观察了一下，大概是我们在这里关的时间长了，又都是些行动不便的伤员，所以，敌人有点放松，庙门口的岗哨减成一个人了。只要有机会，咱们就要想办法跑。"小马他们三个人一听，兴奋地连声说："好，好！"

从这天起，他们每个人都在注意观察、分析敌人的动向，暗暗地做越狱的准备。

一天，一阵阵滚滚的闷雷过后，瓢泼的大雨跟着来了。不一会儿，庙院积水就有半尺深。那个日本哨兵看守，只顾躲雨，一头钻进旁边的小屋里去了。

"同志们，准备行动！"袁飞友像在战场上下命令一样，招呼他的战友。

他们轻手轻脚地摸到小屋外，突然冲了进去，还没等敌人喊出声，就把他给掐死了。他们解下敌人的子弹盒，拿起枪，迅速溜到西墙边，架起人梯，越过庙墙，在大雨中穿过街巷，艰难地向城外跑去……

天亮了，东方出现了鱼肚白。他们高兴地发现，黑夜里跌跌撞撞还没走错方向。

"只要我们一直向北，就一定会找到部队。"袁组长兴奋地告诉大家。

"对，可现在怎么办？"小马问。

"我们还在敌占区，白天不能行动，现在轮流休息，你们先睡一会儿，我去放哨。"袁组长说完，就去"站岗"了。

乌云渐渐散开了，灼热的阳光蒸烤着雨后的大地，高粱地里闷得几乎透不过气来。可是，这些刚获得自由的战士们，却既不觉得热，也不感到闷，他们尽情地呼吸着这散发着泥土香味的空气。不一会儿，他们就睡着了，好像生平第一次这样舒适、这样安静地睡了。

可是，他们万万没有想到，就在这天晚上，又一个战友离开了他们。大约半夜时分，他们正走着，突然王青山倒下了。当大家把他扶起来时，王青山拉着战友的手，断断续续地说："组长、老吴、小马……我不行了。你们回去后……告诉连长……指导员，告诉……党，我……我没有叛变。"

他吃力地说完后，就闭上了双眼。看到和自己共患难五个月，刚逃出敌人魔掌的战友牺牲了，他们悲痛欲绝，失声痛哭起来。天快亮了，他们用刺刀和双手挖了一个坑，掩埋了战友，怀着沉痛的心情，又继续前进了。

袁飞友、马本华、吴吉田，这三位坚强的战士，经过四夜的艰难行军，终于回到了自己的部队。

那是第四天的早晨，当他们看到自己的部队时，兴奋、激动和抑制不住的感情冲动，使他们忘记了伤口的疼痛，忘记了昼伏夜行的疲劳，忘记了难以忍受的饥渴，他们不是在走，几乎是在奔跑着，冲到自己的战友当中，大声呼喊着：

"我们回来了！"

"我们回到党的怀抱里了！"

是的，他们又回到党的怀抱中了。不久，第一营党的分支部，在严肃、认真的气氛中，讨论批准了马本华、吴吉田入党，并追认王青山、李思忠同志为中共正式党员，授予共产党员袁飞友同志特级战斗英雄的光荣称号。

抗日战争还在继续，新的战斗又在等待着这些在战火中锻炼得更坚强的战士们！